苏州大学文学院学术文库

- 本书系2019年度江苏省社会科学基金青年项目"近代江苏诗歌发展流变研究"（19ZWC006）阶段性成果
- 江苏高校优势学科建设工程项目资助

風雨鳴雞識此音

汪荣宝诗歌论稿

李 晨 / 著

苏州大学出版社
Soochow University Press

图书在版编目(CIP)数据

风雨鸣鸡识此音:汪荣宝诗歌论稿 / 李晨著. — 苏州:苏州大学出版社,2020.12
(苏州大学文学院学术文库)
ISBN 978-7-5672-3432-1

Ⅰ.①风… Ⅱ.①李… Ⅲ.①诗歌研究-中国-当代 Ⅳ.①I207.22

中国版本图书馆 CIP 数据核字(2020)第 261092 号

FENGYU MINGJI SHI CIYIN
WANGRONGBAO SHIGE LUNGAO

书　　名:	风雨鸣鸡识此音:汪荣宝诗歌论稿
著　　者:	李　晨
责任编辑:	孔舒仪
装帧设计:	刘　俊
出版发行:	苏州大学出版社(Soochow University Press)
社　　址:	苏州市十梓街1号　邮编:215006
网　　址:	www.sudapress.com
邮　　箱:	sdcbs@suda.edu.cn
印　　装:	苏州工业园区美柯乐制版印务有限责任公司
邮购热线:	0512-67480030　销售热线:0512-67481020
网店地址:	https://szdxcbs.tmall.com/(天猫旗舰店)
开　　本:	700 mm×1 000 mm　1/16　印张:13.5　字数:200千
版　　次:	2020年12月第1版
印　　次:	2020年12月第1次印刷
书　　号:	ISBN 978-7-5672-3432-1
定　　价:	58.00元

凡购本社图书发现印装错误,请与本社联系调换。服务热线:0512-67481020

"苏州大学文学院学术文库"系列丛书
学术委员会

主 任

王 尧　曹 炜

委 员

（按姓氏笔画排序）

马亚中　刘祥安　汤哲声　李 勇
季 进　周生杰　徐国源

总　序

苏州，江左名都，吴中腹地，自古便是"书田勤种播"之地。文人雅士为官教谕之暇，总爱闭户于书斋，以留下自己若干卷丹铅示于时贤后人自娱。这种风雅传统至今依然延续在苏州大学文科院系，自其他大学文学院调至苏州大学文学院执教的前辈学者不免感叹"此地著书立说之风甚浓"了。

苏州大学文学院"中国语言文学"为省优势学科，建设的内容之一是高水平学术著作的出版，"苏州大学文学院学术文库"（以下简称"文库"）便是学科建设的成果。出版文库的宗旨是：通过对有限科研资助经费的合理调配使用，进一步全面地展示与总结文学院教师的学术研究成果，以推进和强化学科建设，特别是促进学院新生学术力量的成长——这些目前尚属于"雏鹰"的新生学术力量便是文学院的未来。

文库的组织运行工作自2019年9月启动，第一批文库书籍在三个月内已先后同苏州大学出版社签订了出版协议。由于经费有限，在张罗文库之初，文库学术委员会明确：学术委员会成员的学术成果暂不列入文库出版阵容；首批出版的学术文库向副教授、青年讲师以及刚入职的青年教师倾斜，教授的学术研究成果往后安排。文库的组织出版应该是一项常态工作，每年视经费情况，均会推出一批著作。为贯彻本丛书出版宗旨，扩大我院学术影响，学院将对本丛书中已出版的各种成果加强宣传，推荐评奖，并对获得重大奖项者予以奖励。

为加强对文库出版工作的组织和领导工作，文库学术委员会设立了初审和复审小组，遴选学术著作。孙宁华、杨旭辉、王建军、吴雨平、王耘和张蕾等参加初审工作，王尧、曹炜、马亚中、汤哲声、刘祥安、季进、徐国源、李勇和周生杰等参加复审工作，袁丽云、陈实、周品等参与了部分具体事务。现在，经学院上下一起努力，文库第一批书籍付梓在即，这无疑是所有参与者心血的结晶。我们希望，借助这个平台，进一步激发文学院教师的科研热情，并为所有研究人员学术成果的及时面世创造条件。

为了文库出版工作的持续顺利运行，为了文学院学术影响力的不断提升，让我们全体同人携起手来！

王尧　曹炜

2020年4月28日

序

书稿修订自硕士论文《汪荣宝诗歌研究》（2014年），并杂收近五年来写作的一部分清代（及近代）文史短札。

书稿来得快，从毫无心理预期到出版流程展开并没有经历太长的时间，当然这主要感谢学院的经费支持以及对青年教师的颇多关照。另一方面，"快"其实也呼应了自己近年来的状态，在论文写作方面一门心思想要提速，却总会落得个心有余而力不足。

于是难免回忆"从前慢"，"慢"对应着硕士研究生的三年。"快"与"慢"有着直观对比：写硕论，两年时间集中研究一位诗人；写博论，两年时间研究了十一位诗人。或许读博的自己在论文写作上更加纯熟，但文献积累岂是一朝一夕的工夫，相较之下硕论写作较为从容，对这样单一诗人的集中探讨也深入一些。"慢"又是超功利的，"汪荣宝诗歌研究"于我而言是一项学术训练，是近代诗歌研究的起点。它更多地意味着一个过程，而不是结果，不用强求所谓的研究深度，论文是否"漂亮"，不用考虑是否有利于向"C刊"投稿，也不用纠缠于研究一位二三线诗人是否拥有足够的价值。我更愿意把这项研究视为探索未知的旅程，在这旅程中，似有一扇扇窗不断打开，自己又能不断将刹那间的想法落于实践。可能在某一晚，突然发现上海图书馆（以下简称"上图"）藏有某位与汪荣宝交游的不知名文人的诗文集，于是便去订购车票，第二天一早奔向上图查阅，结果一天下来并没有从那部诗文集中发现任何可用的材料，但同时也能在上图收获其他方面的知识。可能在另外一天，突然想去探访汪荣宝的墓地。汪荣宝墓据记载在陆墓山，然而陆墓山在哪里成了难题，于是通过查阅《吴郡西山访古记》以及检索地图,把目标锁定在越溪张桥村。真正抵达张桥村,面对着连绵的山头,仍是失了方向,向村民打听亦无结果。好在其间颇得野趣,其后误打误撞进入建设升级中的旺山景区,即又不虚此行了。总之,"汪荣宝诗歌研究"为我真切地带来了学术研究的乐趣和充实感。以汪荣宝为起点扩展开,认知近代诗歌的文献世界,感受近代历史的风云变幻,也慢慢开阔了自己的视野。

这,便是书稿的产生缘起。

汪荣宝像

《黑龙江省留日学生同乡会会刊》汪荣宝题词

目 录

引言   1

第一章 《思玄堂诗》概论   6
    第一节 汪荣宝诗集的版本问题   6
    第二节 汪荣宝诗歌的系年和辑佚   10
    第三节 汪荣宝诗歌的分期   13

第二章 诗学生成：汪荣宝"诗宗玉溪"论（一）   16
    第一节 家族：诗学的起点   16
    第二节 地域：诗学的渊源   19
    第三节 流派：诗学的成型（"西砖酬唱"考论）   23

第三章 诗学实践：汪荣宝"诗宗玉溪"论（二）   33
    第一节 汪荣宝对李商隐诗歌用典艺术的接受   34
    第二节 汪荣宝诗歌的艺术风貌及其成因   40
    第三节 楚雨：关于晚近吴下诗人集李商隐诗的文献考察与文本探微   44

第四章 戊戌·旁观者：诗史精神与婉曲心态（一）   62

第五章 鼎革·亲历者：诗史精神与婉曲心态（二）   74
    第一节 "中原真见海横流"——鼎革之际的汪荣宝及其诗歌响应   74

第二节　"空将清泪注漳流"——汪荣宝诗涉袁世凯的
　　　　　　历史语境　　　　　　　　　　　　　　　　　79

第六章　驻外·远游者：汪荣宝诗歌之新变（一）　　86

第七章　民国·参与者：汪荣宝诗歌之新变（二）　　96

第八章　中日关系与汪荣宝后期诗歌　　　　　　　113

　　第一节　近代以来驻日公使主导下的中日诗歌交流述略
　　　　　　——以汪荣宝为中心的考察　　　　　113
　　第二节　汪荣宝、郑孝胥交游考论　　　　　　124
　　第三节　"九一八"事变前后汪荣宝的诗歌创作　130

第九章　汪荣宝的诗歌史定位　　　　　　　　　　135

结语　　　　　　　　　　　　　　　　　　　　　142

附录一　汪荣宝诗歌编年　　　　　　　　　　　　144
附录二　汪荣宝诗文发表、出版编年录　　　　　　152
附录三　悼汪荣宝挽联、挽诗辑录　　　　　　　　168
附录四　清代（及近代）文史短札十四则　　　　　173
　　一、清初僧诗之繁盛　　　　　　　　　　　　173
　　二、黄绍箕的儒教观　　　　　　　　　　　　176
　　三、夏曾佑的儒教观　　　　　　　　　　　　179
　　四、吴文溥生卒年及其诗集问题补证　　　　　182
　　五、《涤庵日记》《乙亥年日记》作者考　　　183
　　六、《淮海日记》作者考　　　　　　　　　　184
　　七、关于"春音词社"的两则材料　　　　　　186
　　八、《王熙凤词》撰者"寄恨"考　　　　　　186
　　九、入山惟恐未山深——读苍雪读彻《山居四首》187
　　十、梦忆前朝——余怀《咏怀古迹》诗选读　　189

十一、洪水与看客——读梅曾亮《归舟至江东门》　　191
十二、云中佛境——读易顺鼎《云海歌》　　191
十三、靖难史鉴——读王伯沆《过明故宫》　　192
十四、词人笔下的"晚清日暮"——读朱祖谋《烛影摇红》　　194

后记一　　196
后记二　　198

引　言

在晚近中国诗界的璀璨群星中，本书选择苏州名家汪荣宝作为研究对象。汪荣宝，人生履历经过晚清与民国，是中国近代史诸多历史事件的亲历者。从近代史的角度言之，汪荣宝颇为学界重视者，乃其参与清代末期宪政改革、法律制定、纂拟宪法草案，并记录下辛亥革命的历史变局。长期以来相关研究成果较夥，很大程度上得益于《汪荣宝日记》丰富的史料价值。如单论其履历，作为民国任期最长的驻日公使，汪氏为中日关系折冲樽俎，亦可在中国近代史中留下一页。从思想史的角度言之，汪荣宝根基于传统，并汲取西学新知，推动国家政治、法律改革，给后世留下"稳健的改革者"形象。晚清以降新与旧的对立统一深刻集中于汪荣宝一身，他既是一位西学东渐的弄潮儿，又是一名孔教入宪的鼓吹者。从诗歌史的角度言之，汪荣宝与清末苏州、常熟地区学习李商隐的诗歌流派结合在一起，为晚唐诗派的理论建设做出较大贡献。本书以汪荣宝诗歌为研究对象，除发掘汪荣宝诗歌的艺术审美价值及汪荣宝的诗学思想、诗史地位，尚要厘清与汪荣宝有关的文学概念，探讨与汪荣宝有关的文学现象，考察与汪荣宝交游的文学人物。

关于汪荣宝生平，其后人所作《汪荣宝先生哀启》（实际上为汪东代拟）以及章太炎所作《故驻日本公使汪君墓志铭》是关键的原始资料。今赵林凤所著《汪荣宝评传》[1]对汪荣宝生平有详尽而深入的梳理与介绍，捕捉到其人生经历的大量细节。这里，本书不打算对汪荣宝

---

[1] 赵林凤：《汪荣宝评传》，南京大学出版社2012年版。

生平、思想再做无谓的重复研究，但是必要的生平简介应该出现在行文中：

> 汪荣宝（1878—1933），字衮甫[1]，号太玄，吴县人。父汪凤瀛以选拔贡国子监得州判，从兄凤藻出使日本，娴习外文，曾任常德、长沙知府，入总统府顾问。荣宝自幼颖慧，9岁即读遍群经，文辞斐然。15岁入邑庠，应岁科试，屡居首位，以优等送江阴南菁书院，从定海黄元同游，通乾嘉诸师家法。光绪廿三年（1897）拔贡，廿六年入上海南洋公学，与蔡元培、章太炎等人交往。后留学日本，肄业早稻田大学，并加入国民义勇军。回国后，任京师译学馆（今北京大学）教员。三十四年任民政部参议，随民政部尚书徐世昌出关考察，代陈兴利除弊者数万言。宣统元年（1909）任简字研究会会员，次年任资政院议员、协纂宪法大臣。民国元年（1912）任临时参议院议员，次年任众议院议员。三年春，出任驻比利时公使，兼考察宪法。七年调任瑞士公使。十一年六月转任日本公使。二十年七月回国后，任陆海空副司令部行营参议、外交委员会委员长。"九一八"事变前，荣宝即洞烛日本阴谋，上书告危；事变发生后，力陈当局不抵抗之失策，主张坚决抗战。工诗词与考据，书法亦颇有名。著有《清史讲义》《法言义疏》《思玄堂诗集》《汪荣宝日记》等。二十二年七月于北京寓邸病逝。墓在石湖陆墓山，章太炎撰墓志铭。[2]

在汪荣宝各类著述中，《法言义疏》因被列入中华书局出版的《新编诸子集成》而广为流传，该书是汪荣宝一生学术研究的结晶。中华书局《中国近代人物日记丛书》于2013年新增标点本《汪荣宝日记》（韩

---

[1] 一字衮父。
[2] 詹一先主编、吴县地方志编纂委员会编：《吴县志》，上海古籍出版社1994年版，第1138页。

策、崔学森整理），又有凤凰出版社《中国近现代稀见史料丛刊》（第一辑）于2014年收入标点本《汪荣宝日记》（赵阳阳、马梅玉整理），均为汪荣宝研究提供更多便利。汪荣宝研究成果首推赵林凤所著《汪荣宝评传》一书，该书于2012年由南京大学出版社出版。《汪荣宝评传》从作者博士论文《汪荣宝与清末民初的政治变迁》发展而来，充分吸收此前汪荣宝研究既有成果，且资料详尽、考证细密，对汪氏生平事迹多有独到发掘，故而极具参考价值。

本书因专门研究汪荣宝之诗，以下即对汪荣宝诗歌研究做简要综述。

晚清、民国时期，各类笔记、诗话、点将录述及汪荣宝诗歌，今日看来较难冠以"研究"二字，充其量只能算是提供研究的素材。晚近与汪荣宝诗歌相关的具有研究意味的文本，一者如吴宓所撰文章。吴宓于1933年在《大公报·文学副刊》撰文评介汪荣宝之学术和诗歌，此评介虽终究还是诗话的变型——实为其《空轩诗话》评论汪荣宝诗歌的前身，又因属作家专论，针对性较强，研究的性质还是清晰可见。再者如钱基博《现代中国文学史》、汪辟疆《近代诗派与地域》、钱仲联《十五年来之诗学》等作品，虽属通论的范畴，论及汪荣宝诗歌较为简略，但较早把汪荣宝纳入"现代诗史"考量，也带有研究色彩。由于汪荣宝去世距今不过八十来年，本书所谓研究的主要部分自然还是落在1949年以后。

> 汪衮甫亦笃嗜玉溪，学裕才优，工于变化，深微婉约，韵味旁流，有义山之清真而无其繁缛，晚作尤高，庶几隐秀。[1]

> 衮甫昔官京师，已与曹张诸子往还，从事昆体，相戒不作西江语，有西砖酬唱之集，西砖者，璩隐所居胡同名也。故其少壮之作，隐约缛丽，神肖玉溪，自东瀛槎回，乃参取异派之长，致力于荆公、山谷、广陵、后山之集，深折其清超道上，

---

[1] 汪辟疆：《近代诗派与地域（附吴蔡小笺残本）》，《汪辟疆说近代诗》，上海古籍出版社2001年版，第38页。

> 诗境益进,海藏亦称其工,然西昆面目,犹蜕之未尽也。[1]

作为清代及近代诗歌研究大家,汪辟疆与钱仲联二位先生的说法具有广泛的影响力。前者凭借地域研究的新视角为后世学人提供近代诗歌研究的重要法门,在汪辟疆先生的论述中,汪荣宝被列入"江左派";后者从诗学取法的角度认定汪荣宝为"西昆派",并将吴地学习西昆的诗派和湘乡学习西昆的诗派统合起来。1949年后钱仲联先生撰写了一系列近代诗歌史论性质的文章,如《近代诗坛鸟瞰》《〈中国近代文学大系·诗词集〉导言》《〈近代诗钞〉前言》《三百年来江苏的古典诗歌》等涉及汪荣宝,再次强化其晚清"西昆派"的相关论断。除此以外,《钱仲联讲论清诗》对汪荣宝诗歌的阐论非常具有启发意义,在这部短小精悍的讲课笔记中,汪荣宝在其中占据不少篇幅,可见钱先生对汪氏诗歌的关注,其中均为钱先生对汪氏诗歌的具体解读,频见精到的笺释。

1949年以后的研究,各类论著、论文提及汪荣宝诗歌者,受钱仲联先生"西昆派"说法的影响较多。从诗歌史的常规角度看,汪荣宝自然还算不上近代诗坛第一梯队的诗人,所以普遍而言相关研究对汪荣宝的着墨是有限的。较具规模者,如马卫中先生在《光宣诗坛流派发展史论》一书中用"晚唐诗派"的提法代替"西昆派"以衡量汪荣宝诗歌,在创作实践的意义上更为贴合汪诗;如米彦青在《清代李商隐诗歌接受史稿》一书中关注民国诗话对汪荣宝的评论且加以罗列,重点研究汪荣宝对李商隐的接受;如黄培的博士论文《晚清民国中晚唐诗派研究》,同样集中探讨汪荣宝与李商隐诗歌的共性与个性,其中充分利用稀见文献《北松庐诗话》,别有新意;再如赵林凤之《汪荣宝评传》,辟有专门章节谈论汪荣宝诗歌,亦较全面。除此以外,台湾地区学者李猷、龚鹏程均获得汪公纪(汪荣宝四子)所赠汪荣宝诗集,并在撰述中论及

---

[1] 钱萼孙:《十五年来之诗学》,无锡国学专修学校编:《无锡国学专修学校十五周年纪念册》,民生印书馆1936年版,第19—20页。按:曹张乃曹元忠、张鸿,璱隐亦即张鸿。

汪诗。

当代关于汪荣宝诗歌的研究固然不止这些,往后的行文亦将随时兼顾到已有研究成果。综合来看,仍有诸多推进空间:其一,基本问题尚未解决,如汪荣宝诗歌的系年、辑佚问题;其二,重点话题尚可进一步研讨,如"西昆派"和"西砖酬唱"的问题,汪荣宝诗歌艺术特征的问题;其三,研究视角尚需积极拓展,如汪荣宝诗歌能够和民国旧诗研究、日本汉诗研究等形成关联。以上问题将是本书的论述着力点和研究方向。

第一章 《思玄堂诗》概论

本书所论汪荣宝诗集，底本是民国二十六年（1937）铅印本，至今不见点校本出版[1]。汪荣宝诗歌研究，系年问题是基础性、关键性的问题，由于汪荣宝诗歌极强的现实性，唯有理清汪荣宝诗歌的创作年份和创作背景，方可理解其诗所要传达的内容和情感。尝试对汪荣宝诗歌进行分期，有助于迅速了解、把握汪荣宝诗歌的创作概况。

第一节 汪荣宝诗集的版本问题

有关汪荣宝诗集的最早记载来自徐兆玮的《北松庐诗话》。据《北松庐诗话》卷五（1906年）："汪衮夫诗初摹西昆，与璱隐唱和，有《西砖酬唱集》，时璱隐寓西砖胡同也。"[2]《西砖酬唱集》并非别集，而是一部诗歌总集，已不可见，本书将在另外章节考证。今天，流传于世的汪荣宝诗集叫作《思玄堂诗》，为1937年铅印本，是时汪荣宝已经去世四年之久，故而其生前未曾刊印诗集，《思玄堂诗》实由汪荣宝诸子整理遗稿编订而成。因之，汪荣宝诗集的稿本留下的探索空间，不妨首先考察。

汪荣宝诗集的稿本在20世纪20年代初已有一定规模，据章士钊

---

[1] 网络上可见网友整理的《思玄堂诗》标点本，但非正式出版物。
[2] 转引自钱仲联：《清诗纪事》（二十）（光绪宣统朝卷），江苏古籍出版社1989年版，第14224页。

《孤桐杂记》记载：

> 辛酉夏，愚游日内瓦，参观国际联盟会场，与汪衮父遇于湖上……一日，衮父出新诗一厚册，强愚题词，辞不获已，天下从未有以能诗许愚者，衮父独食马肝，亦徒自丧其知味之名而已。翌日，以铅笔写百四十字归之。究是诗否，不自知也。诗云：十年不见汪衮父，瑞士湖边偶相遇。示我新诗数百章，旨奥词繁未全喻。我闻时尚轻前辈，文字诗篇迥非故。问君何事自熬煎，月下花前苦封步。我抛词笔已廿载，荒落年年不知务。今为此问忽沉思，默数时贤深有悟。迩岁齐州几陆沉，孔丘盗跖俱泥汙。君智几囊才几斗，饲狗何如供饱蠹。呜呼一时诚得矣，回头终向中原顾。何日江湖更逅君，集中定益忧时句。[1]

说明汪荣宝出使瑞士期间，曾经向章士钊出示诗稿并索求题诗。及至抗战时期，章士钊撰写《论近代诗家绝句·汪衮父》，忆及此事道："壬戌秋，余遇衮父于日内瓦，以手写《思玄堂诗》属为题评。时余诗功极浅，愧无以应。"[2]［按：时间有误，应为辛酉年（1921）］此外，汪荣宝也曾向黄濬、冯飞索求题诗，黄濬《聆风簃诗》即有一首《奉呈衮甫先生并题〈金薤琳琅斋诗稿〉》[3]［按：此诗作于癸亥年（1923）］，据此可知汪荣宝诗集的稿本叫作《金薤琳琅斋诗稿》。吴宓读《聆风簃诗》笔记，特记下"汪荣宝《金薤琳琅斋诗稿》（后名《思玄堂诗集》）"[4]。1924年，冯飞"借读手稿"并"奉题二诗"[5]，在

---

[1] 章士钊：《孤桐杂记》，《甲寅周刊》1925年第1卷第1号。
[2] 汪辟疆撰、王培军笺证：《光宣诗坛点将录笺证》，中华书局2008年版，第487页。
[3] 《奉呈衮甫先生并题〈金薤琳琅斋诗稿〉》："东南元气在狂儒，谁遣雕虫澒壮夫。觅句妙参成纪髓，采风亲蹋拂林都。旧游沈李应哀邺，昨梦羹莼饦忆吴。闻说三神舟不到，问奇犹许入门趋。"黄濬：《聆风簃诗》卷五，民国三十年（1951）本。
[4] 吴宓著、吴学昭整理：《吴宓诗话》，商务印书馆2005年版，第295页。
[5] 冯飞：《思玄堂跋》，汪荣宝：《思玄堂诗》，民国二十六年（1937）本，沈云龙主编：《近代中国史料丛刊》（第六十辑），文海出版社1970年版，第233页。按：下文标注汪荣宝诗歌之页码，皆据《近代中国史料丛刊》影印本，特此说明。

第二首的首句下注曰："集题《金薤琳琅斋稿》。"再到1934年，汪荣宝诗歌选刊于《国立中央大学文艺丛刊》第1卷第2期，则题作《金薤琳琅斋诗录》。当然，"金薤琳琅斋"和"思玄堂"一样均系汪氏室名。而到1935年，黄濬在《青鹤》第4卷第1期发表诗歌《将之旧京途次校〈思玄堂诗〉有作》[1]，说明汪荣宝遗诗的整理工作已经启动，黄濬参与校订，诗集也开始定名为《思玄堂诗》。

《思玄堂诗》刊印于日军侵华的动荡与战乱之际，一开始流传未广。许宝蘅在1949年听孙子涵介绍："其诗曾经乃弟旭初付印三册，印成之时适值南京撤退，其书遂散落，事后有人于市摊得见两部，携来北京，以一部赠子涵。"[2]因而初版《思玄堂诗》相较于一般的近代名人诗词集，传世数量算是较少的，藏有民国刊《思玄堂诗》的图书馆寥寥无几，今上海图书馆藏有两部：一部是全本，为叶景葵旧藏，内含叶氏的题识和批注；另一部是残本。汪荣宝之子汪公纪（1909—2000）后又在台湾"复印若干册（《思玄堂诗》），以资流传"[3]，并赠与李猷与龚鹏程，李猷"当时曾赋四绝"[4]，载于其《汪衮父丈之〈思玄堂诗〉》一文；龚鹏程则"点读一过，略笺其年事"[5]。1970年，台湾文海出版社据民国版影印出版《思玄堂诗》，收入大型丛书《近代中国史料丛刊》，对《思玄堂诗》的传播贡献极大，现在汪荣宝诗歌的研究者即多参考此影印版。尤其需要注意的是，民国原版诗集前有汤尔和《题亡友汪衮父遗诗》、赵椿年《题汪衮父遗诗》以及黄濬《思玄堂诗序》，而影印版抽

---

[1] "石城汗渍葛衣烦，淮上秋风被失温。凉燠乘除才一夕，邱原浩荡尽南奔。重来临眼知何补，思旧深悲在不言。掩卷那须论载酒，市中宁有酒人存。"秋岳（黄濬）：《将之旧京途次校〈思玄堂诗〉有作》，《青鹤》1935年第4卷第1期。此诗另发表于《国闻周报》1936年第13卷第1期，题作《别旧京垂三年比忽北行适子长以〈思玄堂诗〉属校车上感赋》。按：子长即汪荣宝长子汪延熙。

[2] 许宝蘅著、许恪儒整理：《许宝蘅日记》，中华书局2010年版，第1597页。

[3] 李猷：《汪衮父丈之〈思玄堂诗〉》，《近代诗选介》，台湾商务印书馆1995年版，第131页。

[4] 李猷：《汪衮父丈之〈思玄堂诗〉》，《近代诗选介》，台湾商务印书馆1995年版，第131页。

[5] 龚鹏程：《论晚清诗》，《近代思潮与人物》，中华书局2007年版，第225页。

掉了汤尔和与黄濬的题诗、序。此外原版附有"删诗"四首，在影印版中也被拿掉。汤尔和与黄濬的题诗、序在影印版中被删，究其原因，不外乎"世乱佳人还作贼"[1]。黄濬因出卖军事机密，成为抗战后第一批被处决的汉奸，其伏法之日与《思玄堂诗》印成的时间十分接近；汤尔和同样晚节不终，据马叙伦《石屋续沈》："九一八以后，尔和家时有日人影佐、梅津、本庄者流之踪迹，而尔和卒沾伪职以迄于死。"[2]

《思玄堂诗》封面由黄濬题签，扉页由陈衍题签，正文由《第一集》《第二集》《楚雨集》三部分组成。《第一集》是截止到1921年汪荣宝的诗歌，以时间衡量或许正是章士钊等所见《金薤琳琅斋诗稿》的内容，然而稿本不传，只能付诸猜想。《第二集》是起始于1922年汪荣宝的诗歌，这一年汪荣宝被任命为驻日本公使，直到1931年辞职。因汪荣宝病逝于1933年，所以《第二集》的大部分诗歌是汪荣宝在日本期间所作。《楚雨集》是集李商隐句所成的诗歌合集，独立于前两集之外。正文之前是汤尔和等三人的题诗、序，正文之后是汪东的《金薤琳琅斋集后序》和冯飞的《思玄堂跋》。

汪荣宝不以词名世，夏敬观说汪荣宝"为词绝少"，今日最容易见到的一首汪荣宝词作即为夏敬观《忍古楼词话》所录《浪淘沙》：

> 官柳俯河桥。冶叶倡条。台城风片暮萧萧。雪藕调冰多俊侣，同试兰桡。　　十五小蛮腰。翠羽金摇。背灯无语弄鲛绡。今夜月明归去晚，重理筝箫。[3]

汪荣宝的这首《浪淘沙》后被林葆恒《词综补遗》转录[4]。笔者

---

[1] 陈寅恪：《丁亥春日阅花随人圣盦笔记深赏其游旸台山看杏花诗因题一律》，《寒柳堂集》附《寅恪先生诗存》，上海古籍出版社1980年版，第24页。
[2] 马叙伦：《石屋续沈》，上海书店1984年版，第14页。
[3] 汪荣宝：《浪淘沙》，转引自夏敬观：《忍古楼词话》，唐圭璋：《词话丛编》，中华书局1986年版，第4809页。
[4] 林葆恒辑、张璋整理：《词综补遗》，上海古籍出版社2005年版，第1921页。

另从《握兰簃裁曲图咏》辑得汪荣宝所填《齐天乐》一阕[1]，为题赠李宣倜所作。当然，从汪荣宝相关文献的角度来看，汪词仍然具有补佚的空间，但若放眼于词史，汪词的影响力实是无足轻重、微乎其微的。

第二节　汪荣宝诗歌的系年和辑佚

关于《思玄堂诗》的编年问题，龚鹏程认为"荣宝《思玄堂诗》不分卷，亦不纪年，读者未易知其行至"[2]，赵林凤认为"汪荣宝所作的诗歌大多没有确切时间记载，这为探寻他在各个历史时期的思想带来了困难"[3]。这些说法未免流于诗集表面，实则《思玄堂诗》在编排时已有明确的时间框架，汪荣宝绝大部分诗歌是可以确定具体创作年份的。论证此说法，不妨先从诗集外部推测其可能性，再从诗集内部确定其合理性。

铅印本《思玄堂诗》从汪荣宝诗稿发展而来，稿本是否编年，因为稿本未见，遂无法敲定。台湾文海出版社影印的《金薤琳琅斋文存》，也就是汪荣宝文稿，乃确切编年，所以诗稿也极有可能是编年的。纵览诗集刊刻的历史，一位诗人的诗歌作品采用编年结集的方式刊印行世是寻常可见的情况，民国时期的一大部分诗集自然也是以编年的形式呈现，即使未明确按卷析出年代，诗歌编排也是以时间先后为序的，《思玄堂诗》出现例外的概率不高。翻阅《思玄堂诗》，不难发现虽然诗集不分卷，但是所有诗歌并非从第一首一直连缀下去，其中若干首诗在一叶未结束时断开，这一叶剩下的部分空白，接下来的一首诗则新起一

---

[1] 汪荣宝《齐天乐》："翠微指点云深处，将军旧时书屋。银甲弹筝，金鱼换酒，断梦依稀堪续。其人如玉，更刻征裁宫，自怡幽独。问讯重来，倚栏同对数竿竹。　升平南府都尽，剩哀丝嘲哳，胡语新曲。万叠家山，一声闷满，换了绮窗柔绿。夜阑剪烛，话宿昔开元，难为歌哭。写入窗缣，松风茶正熟。"李宣倜：《握兰簃裁曲图咏》，民国二十二年（1933）本。

[2] 龚鹏程：《论晚清诗》，《近代思潮与人物》，中华书局 2007 年版，第 225 页。

[3] 赵林凤：《汪荣宝评传》，南京大学出版社 2012 年版，第 24 页。

叶，特征俨然如分卷。更进一步推得，当一叶出现空白时，意味着某年诗歌的结束，如诗集第九叶只有一首七律《己亥除夕病中隐南寄示新诗有早朝车马客应有泪沾巾之句怆然感赋》占了约四分之一的空间，剩下四分之三的空间没有排印诗歌，这说明汪荣宝己亥年（1899）的诗歌到此为止。紧接着的一首诗《初春病起为彤士题马湘兰画观音》从第十叶开始，也标志着新一年诗歌的开始，所以这首诗创作于庚子年（1900）春。再看《思玄堂诗》第二十一叶出现空白，从第二十二叶到第二十五叶为《赠胡紫脾》《恭送景皇帝梓宫奉移梁格庄述德抒哀》《四月二十六日雨后刘仲鲁大理招游积水潭即席赋呈》《寄周少朴》《十月十一日将自长沙还京组庵星槎俟园三咨议设饯天心阁重伯在座赋诗三章见赠依韵奉答兼呈三咨议》《十月十四日自汉口北上中夜渡黄河桥看月有作》等六首诗，第二十五叶再次出现空白。这六首诗的情况在《汪荣宝日记》里均有涉及，不难断定分别作于宣统元年（1909）二月、三月、四月、八月、十月十一日、十月十四日，所以这六首诗就是汪荣宝己酉年（1909）的作品，并且严格按照时间先后的次序编排。需要说明的是，两次空白之间不一定是某一年的作品，也可能是某几年的作品，如第七十三叶到第九十一叶是汪荣宝戊辰年（1928）到辛未年（1931）的诗歌。这四年还可以再次细分，因为中间有《除夕》和《次韵兑之庚午元日发笔寄释戡纕蘅》两首诗相连，意味着第七十三叶开始到《除夕》之间的若干首诗是戊辰（1928）、己巳（1929）两年的作品，《次韵兑之庚午元日发笔寄释戡纕蘅》到第九十一叶结束是庚午（1930）、辛未（1931）两年的作品。所以为汪荣宝诗歌系年，除了根据诗集编排的内在逻辑，还要充分把握汪荣宝诗歌题目、内容所含有的时间标记。此外，《楚雨集》因为诗歌数量较少，年代前后分散，有些诗歌系年确实存在困难。对于《思玄堂诗》系年的结果，《附录一》将有呈现。

由于汪荣宝诗歌大量发表于晚清、民国报刊，部分诗歌在创作的当年即已发表，因此为《思玄堂诗》系年，报刊也是重要的参考工具。《思玄堂诗》最后时段若干首，从《壬申元日》到《题式之所藏曲园手写诗》，按照常理推断，应该为壬申（1932）以及汪荣宝去世的癸酉

（1933）两年的作品。然而最后一首《题式之所藏曲园手写诗》刊登在《国闻周报》1932年第9卷第31期，也就意味着《思玄堂诗》截止在壬申年（1932），因而汪荣宝生命的最后一年并没有诗歌编进《思玄堂诗》。那么，是不是表示汪荣宝最后一年没有创作诗歌？这又涉及汪荣宝诗歌的辑佚问题。

《思玄堂诗》的辑佚，冯飞为诗集作跋时已经注意："集中附见补亡诸诗，以飞所知，殊不仅此。甲戌旅京，年丈为书聚头扇二律……《次韵答缠蘅兼寄秋岳》……《癸酉暮春萃锦园看海棠分韵得深字》。"[1]［按：年丈前应缺"见"字，因为甲戌年（1934）汪荣宝已逝世］后一首诗出现"癸酉暮春"的时间标志，断定作于癸酉年（1933），前一首诗创作时间应该也相距不久，所以汪荣宝生命的最后一年仍有诗歌留下，只是未编定在诗集中。而汪荣宝最后一年发表的诗歌，笔者由报刊所见正是此两首，前者发表于《国闻周报》1933年第10卷第8期，题作《缠蘅有诗见怀次均奉答》，后者发表于《国闻周报》1933年第10卷第20期。汪荣宝在癸酉年（1933）是否还有更多诗作，现在无法直接佐证。评估范围以内可考据的是，汪荣宝在生命末端全身心投入《法言义疏》的撰写，完成《法言义疏》不久即谢世，其间只有两首诗歌创作也存在可能性。

许宝蘅以为汪荣宝的集玉溪诗存在遗漏："《楚雨集》，皆集玉溪之作，七言四十八首，五言二十七首，昔年所抄存七律二十四首，有一首为集中所无，又曾闻其自诵'唯有郑樱桃'一首亦不见，可知尚非全豹。"[2]《汪旭初（东）先生遗集》即有汪荣宝的《岁暮还家集义山示旭初二首》以及二汪合作的《端居有感集义山联句得十九首》[3]，此二首在《楚雨集》中失载，这些诗同时发表在《华国月刊》1925年第2期第5册，许宝蘅所提两首则指向未明。再如黄濬提到"甲子秋直奉

---

[1] 冯飞：《思玄堂跋》，汪荣宝：《思玄堂诗》，第232页。
[2] 许宝蘅著、许恪儒整理：《许宝蘅日记》，中华书局2010年版，第1606页。
[3] 沈云龙编：《汪旭初（东）先生遗集》，《近代中国史料丛刊续集》（第四辑），文海出版社1974年版，第21—24页。

战时，先生有集李五言律诗十六首，典丽隐讽，予尚存其稿"[1]，也不见于《楚雨集》。此外，《汪荣宝日记》可作诗歌辑补的参考资料，里面部分阙题的诗歌不见于诗集中，应是汪荣宝主动忽略的作品。齐白石《白石诗草二集》载有汪荣宝的题诗[2]同样是在集外。这些散佚诗零星存在且难成规模，因之得出结论：《思玄堂诗》补遗空间有限，汪荣宝诗歌散佚的情况也不算严重。

第三节　汪荣宝诗歌的分期

　　汪荣宝的人生历程，以"三起三伏"概括，并据此大致把汪荣宝诗歌分为三个阶段。

　　第一阶段即 1878 年至 1904 年，是为第一次起伏。汪荣宝天资颖异，少年得志，20 岁即考中拔贡，由此迈入仕途。然而，受维新思想影响的汪荣宝在京目睹戊戌变法的昙花一现，流血的政变给他带来巨大的心理阴影。己亥年（1899）冬，汪荣宝患上大病，"患喉痧几殆，委顿床榻者累数旬，比起股肉尽脱"[3]。次年春，汪荣宝离京，进入上海南洋公学深造。1901 年年底，汪荣宝留学日本，先后入早稻田大学和庆应义塾。在日本期间，汪荣宝治东西方历史、政治、法律，成为西学东渐的"弄潮儿"。但是汪荣宝也困扰于革命党在日本组织的国民义勇军，最终于 1904 年被迫回国。汪荣宝诗歌创作第一阶段最具分量的主题无疑是"戊戌变法"，数量达到二十多首，主要集中于己亥年（1899）。相较之下，汪荣宝 20 世纪最初的几年创作数量锐减，其留学

---

[1] 黄濬著、李吉奎整理：《花随人圣庵摭忆》，中华书局 2013 年版，第 624 页。
[2] 汪荣宝题诗："当代论三绝，于君惬素衿。风流接湘绮，名字满鸡林。动墨成奇趣，安弦即雅音。艺舟看独住，何止似冬心。"齐白石：《齐白石诗集》，广西师范大学出版社 2009 年版，第 36 页。
[3] 沈云龙编：《汪旭初（东）先生遗集》，《近代中国史料丛刊续集》（第四辑），文海出版社 1974 年版，第 414 页。

日本所作域外诗难言规模。

第二阶段即 1905 年至 1918 年,是为第二次起伏。日本归来的汪荣宝在清季预备立宪中渐得重用,并于 1911 年参与纂拟"大清宪法草案"。虽经历清政府覆亡,但由于"立宪派"的汪荣宝认清现实,迅即投靠袁世凯集团,其仕宦生涯仍是一帆风顺,并投身于新政权的政治、法律等相关事务。然而到 1914 年,在袁世凯集团内部逐渐边缘化的汪荣宝遭遇挫折:一是出任中国驻比利时公使后,在欧战烽火里饱尝战乱、思乡之苦;二是对袁世凯"洪宪帝制"极为不满,又对袁世凯的死亡深感痛心。所以 1905 年至 1913 年间的汪荣宝诗歌纵有朝代鼎革的背景,但出于汪荣宝对革故鼎新的美好向往,诗歌绝非"亡国之音哀以思",反而 1914 年至 1918 年间的汪荣宝诗歌却真正是"哀以思",实也包括"乱世之音怨以怒",其整体质量超越前九年所作诗歌。《魏武和旭初》《留滞》《故国》是汪荣宝中期诗歌的代表作,均创作于 1914 年至 1918 年间。

第三阶段即 1919 年至 1933 年,是为第三次起伏。汪荣宝 1919 年出任中国驻瑞士公使,1922 年被任命为中国驻日本公使。担任驻日公使的十年是汪荣宝外交生涯的巅峰时期——中日邦交作为民国外交的重中之重,使汪荣宝的公使地位格外显目。亦即在 20 世纪第三个十年,汪荣宝诗歌声名大进,其应酬诗大幅增加。对于"九一八"事变,汪荣宝早已觉察日本侵华野心并及时反映给国民政府,然而并未引起当局重视,终至酿成"九一八"的"突然"爆发,汪荣宝也在事变前一个月结束了驻外公使生涯。这件事带来汪荣宝一生的最后"一伏",此后两年,汪荣宝专心著述直至逝世。

综观汪荣宝《思玄堂诗》近四十年的诗歌创作,其诗歌文本实为容纳自身宦海浮沉的精神家园。汪荣宝诗歌的偏胜之处,在于以精心排布的象征语言构成虚实相生的情感磁场,引导读者在主动破译诗句密钥之时,对其在近代史层面的生平遭际产生共鸣。关于汪荣宝第一阶段诗歌,似无须强调"深刻",即如汪荣宝对戊戌变法的叙事,主要还是来自人所共见的"上谕",虽饱含真情,也难有历史反馈的深层次看法;

而应强调的是"呈现",也就是李商隐式的"诗的迷宫",与李商隐又不同的是,汪荣宝的"迷宫"迷而不失,仔细体会自可找到出口。汪荣宝第二、三阶段诗歌,其"深刻"随着阅历增加而浮现,对其强调"呈现"的同时也应注意"再现",尤其当羽翼渐丰的汪荣宝在袁氏称帝、日本侵华等大事件中与现实角力时,诗歌保留了他极为丰富的内心独白,虽拗不过现实,但遗憾、痛惜、不甘的情绪亦能力透纸背。贯穿汪荣宝诗歌始终的,是对流血战争的厌恶,这与汪荣宝主张君主立宪、反对暴力革命有着直接联系。总而言之,越是逆境,越可能激发作家的创作潜能,所谓不平则鸣、穷而后工,汪荣宝的诗歌亦是如此。

第二章　诗学生成：汪荣宝"诗宗玉溪"论（一）

学习李商隐是汪荣宝的诗学方向，历来评骘汪荣宝诗歌皆要论及此点，汪辟疆在《光宣诗坛点将录》中说"衮甫《思玄室诗》，由玉溪入"[1]，钱仲联在《近百年诗坛点将录》中也说汪荣宝"诗宗玉溪，故是吴门诗派后劲"[2]。汪荣宝学习李商隐，关键在于从事西昆体，钱仲联先生即把汪荣宝归入"晚清西昆派"。当然，宋代西昆派和李商隐也是学习和被学习的关系，诗学取舍已经存在。而汪荣宝从事西昆体和学习李商隐究竟存在怎样的离合关系？汪荣宝又因何在诗歌创作之初即树立西昆体的旗帜？

第一节　家族：诗学的起点

在晚清，汪荣宝所在的元和汪氏家族因一门三拔贡、四知府而成为苏州名门望族。以文学史审视，汪家却并非诗歌世家，汪荣宝的祖辈、父辈在诗歌史中籍籍无名。汪荣宝早年求学的江阴南菁书院，以治经学、古学著称，没有提供蔚然成风的吟诗环境，所以汪荣宝在二十岁之前几无诗歌创作。对于早年开始致力于诗，汪荣宝有所回忆："弟之好

---

[1] 汪辟疆撰、王培军笺证：《光宣诗坛点将录笺证》，中华书局2008年版，第487页。
[2] 钱仲联：《梦苕盦论集》，中华书局1993年版，第370页。

训故词章,第不能为诗。及官京曹,与乡人曹君直、张隐南、徐少玮诸君往还,始从事昆体,互相酬唱。"[1] 据此,汪荣宝诗学的起点似在进京做官,结识曹元忠、张鸿、徐兆玮之后,也就是1898年以后的事情。然事实并非如此,《思玄堂诗》开篇第一首诗《感事》,常任侠先生以为"盖作于甲午战役之后,国疆残破,豺狼四逼,先生十六岁矣"[2],即1894年。常先生的系年未知由何判定,但由于诗集第二首题作《丁酉秋日独游孝陵》,所以《感事》最迟不晚于1897年。诗云:

> 玉宇初寒夜漏长,宫中行乐事难量。新声宜号千秋戏,残粉犹堪半面妆。玄菟戍空边月黑,朱厓路断海云黄。如闻故老思飞将,泪洒金河雁几行。[3]

《感事》一诗抒写甲午战后汪荣宝对国事的感慨。前两联以乐见讽,战败之耻尚未洗刷,宫中却安于享乐,不思进取。"半面妆"由宫廷事转用于国事,手法袭自李商隐《南朝》"休夸此地分天下,只得徐妃半面妆",揭露清廷苟延残喘之事实。后两联以忧寄情,以黑与黄的颜色渲染,表现边事峻急,危机四伏,并通过对一代名将李广的追忆,表达对国家边疆遭到蚕食的失望之感。钱仲联先生认为"《感事》,是标准的西昆体"[4],所以汪荣宝在进京之前已经具有诗学李商隐的潜在意向。结合《感事》和《丁酉秋日独游孝陵》二诗所展现的创作功力来看,家族才是汪荣宝诗学的起点。

汪荣宝的父辈非以诗名见称于世,但他们在诗歌领域也并非一片空白,《郑孝胥日记》就曾记录下汪凤藻、汪凤瀛兄弟与郑孝胥的诗歌往来。汪荣宝的二伯父汪凤藻担任清政府出使日本国大臣,辑有中日诗歌

---

[1] 王逸塘撰,张寅彭、李剑冰校点:《今传是楼诗话》,张寅彭主编:《民国诗话丛编》(三),上海书店出版社2002年版,第368页。
[2] 常任侠:《红百合室诗话》,郭淑芬、常法韫、沈宁编:《常任侠文集》卷六,安徽教育出版社2002年版,第390页。
[3] 汪荣宝:《感事》,《思玄堂诗》,第3页。
[4] 魏中林整理:《钱仲联讲论清诗》,苏州大学出版社2004年版,第157页。

交流的《海东酬唱集》。在甲午战争之前,汪凤藻洞察日本的侵华野心,秘密向清政府反映,然"当轴"却"不见听",结果甲午一战中方大败,汪凤藻竟为此背负骂名,"底事宵人悉使材,天教误国作胚胎"[1]。事后,汪凤藻"绝口不谈世务,裹足不谒要津,闭户读书,深自韬晦,有所感触,一寓于诗,有《仪疏斋诗稿》十余卷藏于家,非至好未尝轻以示人也"[2]。宣统元年(1909)汪凤藻还和孙雄"时相唱和",但这些诗现已难看到。此外,由汪凤藻事迹可见历史惊人的相似,汪荣宝在"九一八"事变前后的遭遇和汪凤藻在甲午战争前后的遭遇竟是如出一辙,最终汪荣宝也彻底退出了政坛,从中亦可间接反映汪凤藻对汪荣宝的影响。

汪荣宝父亲汪凤瀛在作诗方面的热情不及汪凤藻,他在为王晋荪《拙叟遗稿》所作序里说道:"余素不工诗,偶有应酬之作,辄弃其稿,何足论先生之诗。"[3]他也曾为张宝森《悔庵诗存》作序,文字无非是交游、编集的介绍,并无阐论诗学的内容。但是,汪凤瀛在为《拙叟遗稿》作序时给出了对待诗歌的态度:

> 余惟先生之诗,不过自写其性灵,自抒其怀抱,而后之读先生诗者,可以见其忠孝之忱,廉能之绩,与夫性情之正,嗜好之清,足使人低徊仰慕而不能已。则谓先生之诗,即先生自治之年谱也。[4]

汪凤瀛对于诗歌用来自叙情感、志向并不以为然,他关注的焦点在

---

[1] 黎汝谦:《光绪廿年甲午五月日本师入朝鲜我军一败于牙山再败于平壤大溃至凤凰城连失牛庄旅顺威海诸隘失地丧师朝廷震骇乃遣使割台湾赔兵费二百兆万两以和其始祸皆起一二宵人谬充专对以至于此朝廷优容不治厥罪似于始祸之原尚未洞悉者其事始末已记于别篇更赋二律以讽使世之君子秉国之钧于简命使臣知所戒云》,《夷牢溪庐诗钞》卷五,清光绪二十五年(1899)本。
[2] 孙雄:《郑斋感逝诗甲集》卷三,民国七年(1918)本。
[3] 汪凤瀛:《拙叟遗稿·序》,王晋荪:《拙叟遗稿》,民国十二年(1923)本。
[4] 汪凤瀛:《拙叟遗稿·序》,王晋荪:《拙叟遗稿》,民国十二年(1923)本。

于诗歌所体现的人格、修养，乃至对诗人生平的反馈与道德的展现。这种严肃的态度，以及并行其中的家风传承，对汪荣宝的诗歌必然产生重要作用。《思玄堂诗》开篇诗作即聚焦国事，正是这种态度的外化，汪荣宝不独在诗歌的思想情怀持有严肃的态度，在创作环节也是如此，"虽寻常一字，亦窜易数四，想见用心苦矣"[1]。家族的影响是潜移默化的，既在内部陶冶着诗人创作的有机天性，又从外部提供着诗人创作的后天条件。汪荣宝进京之前，汪凤瀛已在张之洞幕府，张之洞幕府中有梁鼎芬、郑孝胥、樊增祥、陈衍等诗界翘楚，而张之洞本就是诗坛中坚。因为汪凤瀛的关系，汪荣宝对于张幕中的近代一流诗人应不陌生，其所获得的诗坛信息也为诗歌兴趣的培养以及未来在诗坛的发展提供了难得的铺垫。

1897 年，汪荣宝考中拔贡生，科考的压力解除；1898 年，汪荣宝赴任小京官，仕途开始步入正轨。"春风得意马蹄疾"，年轻的汪荣宝踌躇满志，正如《天津早发车中有作二首》所言"金张击钟里，春梦正飞沉"，"欲将成相意，一为庙堂陈"。[2] 汪荣宝的学诗之路也在这之后展开，戊戌（1898）、己亥（1899）两年是汪荣宝诗学观的形成时期。两年的京城生活，汪荣宝在与张鸿、曹元忠等人的往来交游中，确立了诗学李商隐的方向。

第二节　地域：诗学的渊源

对汪荣宝从事西昆体影响较深者首推张鸿。张鸿（1867—1941），江苏常熟人，字隐南、映南、师曾，号璷隐、蛮公、燕谷老人，著有《蛮巢诗词稿》《游仙诗》《续孽海花》等。晚近常熟地区出现张鸿、徐兆玮、孙景贤等擅西昆体的作手，张鸿居核心地位。从交游关系看，徐

---

[1] 冯飞：《思玄堂跋》，汪荣宝：《思玄堂诗》，第 231 页。
[2] 汪荣宝：《天津早发车中有作二首》，《思玄堂诗》，第 4 页。

兆玮是张鸿的挚友，孙景贤是张鸿的学生，而外邑昆体诗人如曹元忠、汪荣宝和常熟昆体诗人连成一片，张鸿是其间的桥梁，因为曹、汪与张同在京城做官，来往较多；从诗学主张看，张鸿"深入西昆之室"[1]，从事西昆最为执着。所以孙景贤说："吾师蛮公树坛坫，独弹古调声泠然。"[2]

晚清常熟地区的西昆风尚，其追溯的原点在清初虞山诗派，此乃张鸿等人明确的诗学自觉，孙景贤在《校写〈西昆酬唱集〉成诗以纪之》一诗中做出极为清晰的阐述：

> 西昆诗倡杨大年，同朝赓和刘与钱。黄陈异军拔帜起，瓣香独盛虞山传。国初二冯得三昧，钝吟妙笔追前贤。何郎精写摹宋本，周侯急起作郑笺。[3]

虞山诗派虽以钱谦益为宗，然钱氏学习李商隐并上溯杜甫，对西昆未予重视。[4]在清初，冯舒、冯班兄弟引领常熟地区从事昆体的诗歌风气，尤以冯班（字定远，晚号钝吟老人）影响为甚，王应奎在《西桥小集序》里说："吾郡诗草，首重虞山。钱蒙叟倡于前，冯钝吟振于后，盖彬彬乎称盛也。"[5]常熟二冯是否见过《西昆酬唱集》？冯舒当未曾见过，钱曾说冯舒"但不得睹《西昆集》，共相怅惜耳。未几，君为酷吏磔死"[6]；冯班则见过，铁琴铜剑楼旧藏抄本《西昆酬唱集》，顾广

---

[1] "诚示近作，温丽缜密，深入西昆之室。"徐兆玮：《己亥日记》，初八日丙辰（2月17日），稿本。
[2] 孙景贤：《校写〈西昆酬唱集〉成诗以纪之》，《龙尾集·龙吟草甲》，民国九年（1920）本。
[3] 孙景贤：《校写〈西昆酬唱集〉成诗以纪之》，《龙尾集·龙吟草甲》，民国九年（1920）本。
[4] 钱谦益未见到《西砖酬唱集》，冯武《清康熙戊子苏州重刻〈西昆酬唱集〉序》："自胜国名人以逮牧斋老叟，皆以不得见为叹息。"转引自杨亿编、王仲荦注：《西昆酬唱集注》，中华书局1980年版，第243页。
[5] 王应奎：《西桥小集序》，《柳南文钞》卷二，清乾隆本。
[6] 钱曾原著，管庭芬、章钰校证，傅增湘批注，冯惠民整理：《藏园批注读书敏求记校证》，中华书局2012年版，第435页。

圻说"验其笔迹,盖定远手录者"[1]。关于西昆体,"正名"是首要问题,"西昆"之名产生于北宋之后,而严羽误把西昆体的外延扩大到李商隐诗乃至温庭筠诗,所以见到《西昆酬唱集》的冯班在《严氏纠谬》里一针见血地指出"此则沧浪未见西昆集序也"[2]。

晚清常熟昆体诗人熟知乡邦先贤在《西昆酬唱集》传播方面所做的贡献,"何郎精写摹宋本,周侯急起作郑笺"正说明此点。何郎即何敳,"字道林,一字学山。从陈先生确庵游,为诗得其指授,有《薇蘅集》一卷"[3],"诗宗钝吟,而无其纤靡之习"[4]。从孙景贤的诗看,何敳当有《西昆酬唱集》写本,今未见著录。周侯即周桢,"字以宁,号无干。自少从陈翁在之游,为诗婉约秀润,体近晚唐"[5]。他与王图炜合注的《西昆酬唱集》,是迄今所见的唯一清代注本,极具版本价值和研究价值。如果说以《西昆酬唱集》为线索的文献领域的事迹流传,从侧面反映了清初虞山诗派对晚清常熟昆体诗人的影响,那么正面影响的着眼点仍要落在虞山诗人自身,尤其是冯班。民国以后,张鸿模仿冯班作《游仙诗》并整理《常熟二冯先生集》,具体落实这种影响,而更需要探讨的是,抽象范畴的诗论如何来呈现这种影响?研究汪荣宝的诗论,就要以冯班的诗论作为参照。

把握冯班的诗论,应理清两条线索。其一,冯氏诗学的创新之处。冯班《同人拟西昆体序》云:

> 余自束发受书,逮及壮岁,经业之暇,留心联绝。于时好事多绮纨子弟,会集之间,必有丝竹管弦,红妆夹坐,刻烛擘

---

[1] 瞿良士辑:《铁琴铜剑楼藏书题跋集录》,上海古籍出版社2005年版,第315页。
[2] 冯班:《严氏纠谬》,冯班撰、李鹏点校:《钝吟杂录》卷五,中华书局2013年版,第86—87页。
[3] 王应奎、瞿绍基编,罗时进、王文荣点校:《海虞诗苑 海虞诗苑续编》,上海古籍出版社2013年版,第250页。
[4] 徐兆玮:《己亥日记》,二十三日庚午(5月2日),稿本。
[5] 王应奎、瞿绍基编,罗时进、王文荣点校:《海虞诗苑 海虞诗苑续编》,上海古籍出版社2013年版,第302页。

笺，尚于绮丽，以温、李为范式，然犹恨不见《西昆酬唱》之集。四十年来，世运变革，同人沦谢，仅得此书于郡中，友人少室钱君旧籍也，读之不任泛澜。偶与陈子邺仙论文之次，戏为一篇，刻鹄未工，雕虫自耻。诸君不以其丑，猥加酬和，朱研逾赤，遂成卷帙。邺仙开板行之。呜呼！自江西派盛，斯文之废久矣。至于今日，耳食之徒羞言昆体。然王荆公云：学杜者当从李义山入。欧阳文忠尝称杨、刘之工。世有二公，必能鉴斯也。是为序。[1]

钱谦益说冯班"其为诗沉酣六代，出入于义山、牧之、庭筠之间"[2]，王应奎说冯班"盖根柢于徐、庾，而出入于温、李者也"[3]。综合观来，冯班建构的创作论体系是"徐庾—温李—杨刘"，或者说是"南朝—晚唐—宋初"，所谓"梁有徐庾，唐有温李，宋有杨刘，去其倾侧，存其繁富，则为盛世之音矣"[4]。三者的共通之处在于辞采的绮丽、浓艳，追求炼饰文字，这是冯班诗学的显著导向，其消极影响是藻饰过度之后的淫艳绮靡。冯氏诗学有着传统一面，如果从思想内涵论诗，冯班强调诗教、美刺、比兴，仍回到钱谦益的老路——跻义山，桃少陵。所以，无论讨论诗歌的思想还是语言，冯班诗论的核心及枢纽都是落在学习李商隐。而在宋诗一节，冯班对西昆确实青睐，如前引《同人拟西昆体序》所云"以温、李为范式，然犹恨不见《西昆酬唱》之集"，所谓"盛世之音"也似为西昆量身定做，北宋开国正是国势蒸蒸日上之刻，南朝、晚唐却是衰世，如果从这层面说李商隐的衰世之音反倒要西昆来矫正了。当然，冯班抬出晚唐、西昆还是为了打击宋诗尤其是江西诗派，对"李商隐—西昆"这一环冯班并没有充分评估，这就生

---

[1] 冯班：《同人拟西昆体序》，《钝吟老人文稿》，《常熟二冯先生集》，民国十四年（1925）本。
[2] 钱谦益：《冯定远诗序》，冯班：《钝吟先生集》，《常熟二冯先生集》，民国十四年（1925）本。
[3] 王应奎：《西桥小集序》，《柳南广钞》卷二，清乾隆本。
[4] 瞿良士辑：《铁琴铜剑楼藏书题跋集录》，上海古籍出版社2005年版，第314页。

出理论破绽,并给后世制造理论陷阱和破绽。先看理论陷阱。研究者论冯班诗学时频繁触礁之处在于因为李商隐和西昆的一脉相承,而把二者融会一炉,无形中又给李商隐和西昆画上了等号,这种潜在的学理之谬相当于返归严羽,比如李猷论汪荣宝诗的同时提到西昆体,认为"西昆体看似繁缛多文,不易窥见本意,所谓隐喻谲谏,意在此而言在彼者,此种工夫,自以李商隐为最擅胜场"[1],未免本末倒置。再看理论破绽。北宋西昆派极力模仿李商隐,而模仿会造成精神内涵的缺失,更何况二者所处的时代风貌已经完全不同,创作心态难以呼应,所以西昆派对李商隐的模仿只是形似而非神似,何焯对冯班的说法即从此处辨正:"冯定远先生谓:'熟观义山诗,自见江西之病。'余谓:'熟观义山诗,兼悟西昆之失。西昆只是雕饰字句,无论义山之高情远识,即文从义顺,犹有间也。'"[2]西昆之失,恰恰是冯班所忽视的。

时间转回晚清,汪荣宝和曹元忠、张鸿、徐兆玮等从事昆体,"相戒不作西江语,稍有出入,辄用诟病"[3],民国后又有言论认为汪荣宝"直抉李精髓,以入杜堂奥"[4],这些观点在冯班诗论里不难找到回应。汪荣宝"杜甫—李商隐—西昆"诗学模式的核心及枢纽同样是学习李商隐。从事实上看,江西诗派何尝没有学过李商隐?只是汪荣宝和常熟先贤一样,选择从事西昆体作为门径。那么问题的焦点仍然回到"李商隐—西昆"这一环,汪荣宝若要补正冯班的诗论,就必须努力挽救西昆之失。

第三节 流派:诗学的成型("西砖酬唱"考论)

在"同光体"笼罩的光宣诗坛,诗宗玉溪的西昆派可谓别开风气,

---

[1] 李猷:《汪衮父丈之〈思玄堂诗〉》,《近代诗选介》,台湾商务印书馆1995年版,第122页。
[2] 何焯著、崔高维点校:《义门读书记》,中华书局1987年版,第1243页。
[3] 王逸塘撰,张寅彭、李剑冰校点:《今传是楼诗话》,张寅彭主编:《民国诗话丛编》(三),上海书店出版社2002年版,第368页。
[4] 冯飞:《思玄堂跋》,汪荣宝:《思玄堂诗》,第231页。

独树一帜。西昆派的概念由钱仲联先生提出："此派极盛于光绪季年，尔时湘乡李亦元（希圣）、曾重伯（广钧）、吴县曹君直（元忠）、汪衮甫（荣宝）、我乡张璱隐（鸿）、徐少逵（兆玮）诸公，同官京曹，皆从事昆体。"[1] 同时，钱仲联先生又把西昆派分为两支队伍："一支是湘人，李希圣为主，曾广钧为辅……一支是苏州区域人，张鸿、曹元忠、汪荣宝为主。"[2] 在晚清，湖湘西昆派和苏州西昆派之间略有交集，以汪荣宝为例，《缘督庐日记》载李希圣和叶昌炽谈及汪荣宝，并给出"倾倒汪衮甫"[3] 的极高评价；汪荣宝和曾广钧则在长沙见过面，并有诗歌酬赠[4]，时为宣统元年十月十一（1909 年 11 月 23 日）。次日，汪荣宝在日记里也给予曾广钧诗集"倾倒"的评价："阅《重伯诗集》（未刊本，重伯属余删定者），惊才绝艳，诚非同时流辈所有。"[5] 然而，湖湘西昆派和苏州西昆派并没有更广泛、深入的往来唱和，这些零星的史料也没有体现出诗学上的共鸣，自可把湖湘和苏州的西昆派分开讨论。

苏州区域西昆派诗家如张鸿、曹元忠、汪荣宝，连同徐兆玮，又有"西砖派"的提法。西砖派得名于张鸿居住的西砖胡同，其标志性的诗歌活动为"西砖酬唱"。"璱隐仙才似玉溪，昔年酬唱凤城西"[6]，据徐兆玮《蛮巢诗词稿·叙》：张鸿"尝与曹君直、汪衮夫倡和，仿西昆体，成《西砖酬唱集》"[7]。可知西砖酬唱的人员为张鸿、曹元忠、汪荣宝三人。由于汪荣宝于光绪戊戌年（1898）进京，庚子年（1900）春即离京，所以西砖酬唱的时间不脱戊戌、己亥两年，根据徐兆玮关于片昆诗

---

[1] 钱仲联撰、张寅彭校点：《梦苕盦诗话》，张寅彭主编：《民国诗话丛编》（六），上海书店出版社 2002 年版，第 217 页。
[2] 钱仲联主编：《中国近代文学大系 1840—1919 第四集 第十四卷 诗词集一》，上海书店出版社 1991 年版，第 8 页。
[3] 叶昌炽：《缘督庐日记抄》卷八，己亥年十二月廿二日，民国二十二年（1933）本。
[4] 曾广钧：《汪衮甫来湘查考咨议局谭组安冯星楼曾挚元三咨议宴之天心阁同座有胡子靖监督杨哲子京卿即席口占送衮甫还京兼奉呈同席诸君子》，《环天室古近体诗后集》，清宣统二年（1910）本；汪荣宝：《十月十一日将自长沙还京组庵星楼俟园三咨议设饯天心阁重伯在座赋诗三章见赠依韵奉答兼呈三咨议》，《思玄堂诗》，第 49 页。
[5] 韩策、崔学森整理，王晓秋审订：《汪荣宝日记》，中华书局 2013 年版，第 80 页。
[6] 汪荣宝：《怀张隐南时在朝鲜》，《思玄堂诗》，第 93 页。
[7] 徐兆玮：《蛮巢诗词稿·叙》，张鸿：《蛮巢诗词稿》，民国二十八年（1912）本。

社的记载，西砖酬唱的时间应在己亥年（1899）。然而，《西砖酬唱集》未见传世，只有汪荣宝撰写的《西砖酬唱集序》因发表在《华国月刊》并收进《金薤琳琅斋文存》而得以流传，西砖酬唱的具体情况仍需进一步考察。

一、"西砖酬唱"小考

徐兆玮（1867—1940），字少逵，号虹隐，诗集总名为《虹隐楼诗集》。光绪己亥年（1899）间，徐兆玮的活动范围在家乡常熟及附近地区，未达京城。徐兆玮与张鸿时有通信，通信内容也常被徐兆玮迻录于日记之中。《己亥日记》七月朔日载：

> 映南结片昆诗社于宣南坊，专效西昆酬唱，邮示《枇杷》四什，因走笔和之，并录原作以俟甲乙。[1]

"片昆"，昆山片玉，意指西昆；片昆诗社，当属西砖酬唱的范畴，组织形式专效西昆酬唱。汪荣宝为孙景贤《龙吟草》所作题诗即云："片玉昆山已不凡，倚天龙尾况巉巉。"[2] 张鸿作《枇杷》诗，结片昆诗社，正是其在西砖派核心地位的体现。再看孙景贤的《校写〈西昆酬唱集〉成诗以纪之》：

> 吾师蛮公树坛坫，独弹古调声泠然。香孙虹隐两诗伯，《枇杷》新咏酬涛笺。元和汪公叙其集，义同窃比名西砖。[3]

这里提及《枇杷》诗，除了虹隐（徐兆玮）和作，尚有香孙（黄炳

---

[1] 徐兆玮：《己亥日记》，稿本。
[2] 汪荣宝：《题孙希孟〈龙吟草〉》，《思玄堂诗》，第88—89页。
[3] 孙景贤：《校写〈西昆酬唱集〉成诗以纪之》，《龙尾集·龙吟草甲》，民国九年（1920）本。

元）和作。黄炳元是徐兆玮好友，其平日状况得到徐兆玮甚至远在北京的张鸿关注。据徐兆玮日记记录，黄炳元己亥年（1899）也不在京城，与张鸿的《枇杷》唱和当是付诸"涛笺"。检汪荣宝《思玄堂诗》，亦有一首《枇杷和张鸿户部》，首联前半句"怅望西园别思深"直接袭自张鸿《枇杷》四首的第二首。所以"枇杷"是西砖酬唱毫无争议的诗题。

除《枇杷》以外，有论者据徐兆玮《北松庐诗话》所载"汪衮夫诗初摹西昆，与璩隐唱和，有《西砖酬唱集》，时璩隐寓西砖胡同也。戊戌八月在都，赋《有感》十首"，认为西砖酬唱从戊戌八月开始，汪荣宝的《有感》诗为西砖酬唱的一部分。[1] 推敲徐兆玮这段话的语意实无法建立《有感》和西砖酬唱的必然联系。此《有感》诗在《思玄堂诗》里题作《重有感》，"戊戌年有感，己亥年诗成"[2]，与徐兆玮所指的年份相冲突。作为汪荣宝早年的代表作，《有感》十首先后在《政学报》《国粹学报》《申报》刊载，又被选本《道咸同光四朝诗史》《晚清四十家诗钞》部分选录，应是独立创作，而非唱和而成的作品，西砖酬唱的时间也不能由此前推至戊戌年（1898）。

再检张鸿《蛮巢诗词稿》、曹元忠《笺经室遗集》、汪荣宝《思玄堂诗》，框定这三部诗集戊戌、己亥两年的诗歌，参考徐兆玮日记以及1902年《政学报》（张鸿创办，今只有三期）所载近几年西砖诗人的诗词作品，并无法更多地划定属于西砖酬唱的作品。西砖酬唱的当时叙述仍是只能看到汪荣宝作于己亥年十一月的《西砖酬唱集序》[3]。所有空白仍然无法脱离一个核心问题——《西砖酬唱集》已佚[4]。

二、《西砖酬唱集》小考

《西砖酬唱集》是否真实存在过？答案是肯定的，徐兆玮、钱仲联

---

[1] 黄培：《晚清民国中晚唐诗派研究》，南京师范大学博士学位论文，2010年，第122页。
[2] 汪荣宝：《有感》，《思玄堂诗》，第12页。
[3] 汪荣宝：《西砖酬唱集序》，《华国月刊》1925年第2期第5册。
[4] 时萌：《张鸿年谱》，《曾朴及虞山作家群》，上海文化出版社2001年版，第162页。

等先生经常谈及,尤其是徐兆玮,与张鸿、曹元忠、汪荣宝长久交谊,对他们的创作情况自是相当熟悉。徐兆玮虽以旁观者的身份谈及西砖酬唱,但其和作《枇杷》,也算是间接参与了西砖酬唱的创作。关于《西砖酬唱集》,争议的问题在于是否最后付梓刊印。卢前在《小疏谈往·西砖张鸿》里记载:"元和汪荣宝,常熟张鸿皆瓣香于西昆者也。于是《西砖酬唱集》之刻。"[1] 李猷在《近代诗选介》里也说:"在旧都时,有《西砖酬唱集》之刻。"[2] 钱仲联先生不止一次提到"刊有《西砖酬唱集》"[3]。然而徐兆玮《己亥日记》提及张鸿两次整理诗词集的计划:一是刊印《怀璃词》,其余的词刻入章华《题襟集》[4];二是注《西昆酬唱集》,刻《冯钝吟集》[5]——《西砖酬唱集》未曾涉及。两方面计划只有翁之润所辑,包含八家词的《题襟集》(张鸿词集名为《长毋相忘词》)在戊戌年(1898)即已刻出。张鸿拟刻的冯班(钝吟)诗集,直到20世纪20年代才有《常熟二冯先生集》问世。张鸿所作的《怀璃词》,更是直到1939年刊印《蛮巢诗词稿》时才附在其内。所以,《西砖酬唱集》刊刻的可能性也不大。如果我们把《西砖酬唱集》刊刻的时间假定在汪荣宝撰写《西砖酬唱集序》的前后,也就是己亥年十一月左右,当时汪荣宝身体状况不佳,在年末大病一场。己亥年十月张鸿回乡一趟,返回京城不久,沈鹏弹劾"三凶"(荣禄、刚毅、李莲英)事件发生[6],惊动常熟翁同龢家族,张鸿亦波及其中,必是再无心诗集刊刻之事。此时曹元忠亦不在京城。我们可以从《蛮巢诗词稿》

---

[1] 卢前:《小疏谈往·西砖张鸿》,《南京中央日报周刊》1947年第2卷第3期,第13页。
[2] 李猷:《汪衮父丈之〈思玄堂诗〉》,《近代诗选介》,台湾商务印书馆1995年版,第122页。
[3] 钱仲联:《三百年来江苏的古典诗歌》,《梦苕盦论集》,中华书局1993年版,第237页。
[4] "三月初七日甲寅(4月16日),雨。弟近写成《怀璃词》一卷,思欲付梓,其余词刻入章曼仙《题襟集》中。"徐兆玮:《己亥日记》,稿本。
[5] "十月二十日甲午(11月22日),晴。映南言欲注《西昆酬唱集》,拟刻《冯钝吟集》,钝吟专效西昆也。"徐兆玮:《己亥日记》,稿本。
[6] "十一月初五日己酉(12月7日),晴。沈北山上疏攻荣禄、刚毅、李莲英,称为三凶,辞甚切直。徐荫轩掌院事格不为上,翁叔平闻之,恐其波及常熟相国,电致又申,嘱叶茂如强挟之归,闻已旋里矣。"徐兆玮:《己亥日记》,稿本。

里的《岁暮怀人诗》《汪兵部属疾》《沈北山入狱》三首诗了解当时情形，故而得知《西砖酬唱集》并不具备刊印的时机与条件。

《西砖酬唱集》既未曾刊印，或许也只是以稿本形式出现，而综合之前所说西砖酬唱的作品难以辑得，基本可以断定西砖酬唱终究停留在草创阶段，唱和的环境和心境到己亥年（1899）后期已然不再具备，因而书稿也未能成书，更谈不上流传。倒是汪荣宝的序言"实质上是清末晚唐诗派的宣言"[1]，树立了西砖酬唱的旗帜，完成了西砖派的理论初建，并引起后世研究者的注意。

三、汪荣宝与"西砖"诗学

汪荣宝《西砖酬唱集序》云：

> 西砖者，张鸿郎中所居胡同之名也。右邻精舍，地多乔木，华星晓落，则清钟澹心；吴歈夕扬，则松飙答响。良友时至，命巾车以访碑；春服既成，采杂华而簪髻。虽游观之乐，未有可怀；而抗走之状，庶其涤焉。余以假日，数过其居。宾既骏发，主亦淡雅。咸以诗歌之道，主乎微讽，比兴之旨，不辞隐约。若其情随词暴，味共篇终，斯管孟之立言，非三百之为教也。历观汉晋作者，并会斯旨。迨于赵宋，颇或殊途。至乃饰席上之陈言，撼柱下之玄论，矜立名号，用相眙愕，则前世雅音，几于息乎。惟杨刘之作，是曰西昆。导玉溪之清波，服金荃之盛藻。雕鐵费日，虽诒壮夫之嘲；主文谲谏，庶存风人之义。于是更相文莫，愿言则象。凡所造作，不涉异家，指事类情，期于合辙。号曰"西砖酬唱"者，既义附窃比，兼地从主人，无所取之，取诸实也。今夫择言之则有常，而抒怀之致不一。是以条风告煦，虽长年而悦情；素商惊秋，将丰人而

---

[1] 钱仲联：《近代诗钞》，江苏古籍出版社2001年版，第1874页。

曾戚。哀乐所直，难可强齐。以我今情，俦彼古制，异同之故，抑又可言？夫其游多俊侣，出奉明时，翔步文昌，逍遥中秘，蕙心兰质，结崇佩于春芳；扇影炉烟，抗予情于霄汉。莫不神闲意远，气足音宏。虽多恻悱之词，实惟欢娱之作。而今之所赋，有异前修，何则？高邱无女，放臣之所流涕，周道如砥，大夫故其潜焉。非曰情迁，良缘景改。故以流连既往，慷慨我辰；综彼离忧，形诸咏叹。虽复宫商繁会，文采相宣，主工宛转之吟，客许飘飘之气。而桃华绿水，不出于告哀；杂佩明珰，宁关乎欲色。此则将坠之泣，无假雍门之弹，欲哭不忍，有同微开之志者也。嗟乎沧海横流，怨航人之无楫，风雨如晦，惧胶啀之寡俦。于是撰录某篇，都为一集。侧身天地，庶以写其隐忧，万古江河，非所希于曩轨，傥有喻者以览观焉。[1]

《西砖酬唱集序》深刻揭示了西砖诗学对西昆诗学的扬弃：一是西砖对西昆的发扬，"导玉溪之清波，服金荃之盛藻。雕镂费日，虽诒壮夫之嘲；主文谲谏，庶存风人之义"，关键在于诗语的藻丽和诗意的隐约，这与常熟二冯的核心诗学不谋而合，是谓隐秀，实则也是学习李商隐；二是西砖对西昆的矫正，西昆"虽多恻悱之词，实惟欢愉之作"，而西砖却是"侧身天地，庶以写其隐忧"，"匪曰情迁，良缘景改"，忧情的根源在于晚清国势的衰颓。不管是忧情还是隐约，回归的都是现实。张鸿说："立志忠孝，托词芳菲，异日读吾诗者必谅其难言之隐。"[2]与汪荣宝诗学观相合。北宋西昆派对李商隐诗歌的接受历来最被诟病者，在于过度模拟诗歌的形式，而导致诗歌情感层面的薄弱。晚清西砖派关注现实，书写时代之隐忧，既挽救了西昆之失，也是对冯班诗论的补正。较之于冯班，酬唱形式的"义附窃比"是西砖派的推进之处。西砖对西昆的取舍至少为晚清西砖派的诗歌创作带来两方面积极影响：其

---

[1] 汪荣宝：《西砖酬唱集序》，《金薤琳琅斋文存》，沈云龙主编：《近代中国史料丛刊》（第六十辑），文海出版社1973年版，第19—21页。
[2] 徐兆玮：《己亥日记》，六月二十八日甲辰（8月4日），稿本。

一，时代赋予晚清西砖派创作动力，而晚清到民国正是风云变幻的时代，西砖派诗歌紧随时代走势，延续着诗史传统；其二，晚清西砖派追溯玉溪，琢磨于诗歌艺术极，后在集句诗取得突破，汪荣宝、曹元忠、徐兆玮的集句诗，特别是集李（商隐）诗均有较高造诣。

一种理论，其运转的空间、调整的动力由预设的模型建构和提供。西砖派虽在"李商隐—西昆"这一环努力完善，但限于西昆体狭窄的门径，实也不具备在诗学上大显身手的转圜余地。张鸿对从事昆体已然高度自省："溺于西昆，性灵自凿。"[1] 所以到了晚年，张鸿"颇沉浸宛陵、半山，能取异派所长，以博其趣矣"[2]。《蛮巢诗词稿》是张鸿去世前编定的，却未收西砖酬唱的《枇杷》四首，此外张鸿唱和翁之润的十二首《惜花》诗发表于1902年的《政学报》，也未收进《蛮巢诗词稿》，而张鸿在《政学报》发表的其他诗作皆可以在《蛮巢诗词稿》中找到。所以推测结集时《枇杷》和《惜花》似是有意被删，进一步说，或许是张鸿晚年对当年这些模仿西昆体而成的感情贫乏拙涩的咏物诗并不满意。徐兆玮对西昆早已是警醒的态度："映南讥我诗渐平淡，我亦不自知，但逞心而言，觉涂泽脂粉为可厌耳，西昆非不警动而刻意为之，则金银珠玉、红紫丹黄，摇笔即来，固不如率真之为愈也。"[3] 对冯班的纤靡之习，则是颇有微词："从者效西昆，鄙人直似钝吟矣，每下愈况，可为喟息。"[4] 徐兆玮抬出两位清代诗人——杨芳灿（号蓉裳）、陈文述（字云伯），指出"杨蓉裳、陈云伯皆学温、李，佳处直逼西昆，国朝诗止爱此二家"[5]。汪荣宝后来也说："少壮所作，专以隐约缛丽为工。久之亦颇自厌，复取荆公、山谷、广陵、后山诸人集读之，乃深折其清超遒上，而才力所限，已不复一变面目。"[6] 事实上，

---

[1] 徐兆玮：《己亥日记》，六月二十八日甲辰（8月4日），稿本。
[2] 钱萼孙：《张璚隐传》，《同声月刊》第2卷第10号，第121页。
[3] 徐兆玮：《己亥日记》，八月三十日己巳（10月4日），稿本。
[4] 徐兆玮：《己亥日记》，初八日乙卯（4月17日），稿本。
[5] 徐兆玮：《己亥日记》，八月三十日己巳（10月4日），稿本。
[6] 王逸塘撰，张寅彭、李剑冰校点：《今传是楼诗话》，张寅彭主编：《民国诗话丛编》（三），上海书店出版社2002年版，第368页。

他们的诗风在后期各自有所转变。

总而言之，无论是张鸿还是汪荣宝，他们并不一直囿于西昆体，而是在自我诗歌的反思中汲取新的诗学动力，为诗歌创作带来新的变化，西昆体也为他们提供流派的轨范，使晚清西昆派能在近代诗歌史上据有一席之地。

附说：2013年，《徐兆玮日记》标点本由黄山书社出版，我们也获得了较为丰富的文献依据用来探讨《西砖酬唱集》和《楚雨集》的相关情况。

关于《西砖酬唱集》，《徐兆玮日记》直接透露了两点关键信息。第一，《西砖酬唱集》未曾刊印，徐兆玮答复友人汪贡的信中提道："西昆体源出温李，二冯实沿其派。张璚隐力摹之，所编《西砖酬唱集》意在蹑迹杨、刘，而篇什不多，未能付刊。"[1] 第二，《西砖酬唱集》已佚，据《都门与师郑话旧事有感》诗后小注："师郑寓西砖胡同，忆曩时张璚隐亦寓此，有《西砖酬唱集》，庚子乱中遗失，惟汪衮甫一序曾录示予，尚在箧中"[2]，证实了时萌所撰《张鸿年谱》中相同的结论。这两点确认了西砖酬唱并未形成规模。

> 按：本节文字初稿作于2012年，2013年以"'西砖酬唱'考论"为题发表于《文教资料》2013年第16期，2014年略做修改后收入硕士论文《汪荣宝诗歌研究》。长久以来，《西砖酬唱集》不见流传，又不乏学者提到这样一部诗集存在，以致具体情况很难说清。通过阅读（包括当时常熟图书馆公布在网络上的徐兆玮甲午、戊戌、己亥三年日记）和推理，笔者认为《西砖酬唱集》既未曾刊印，或许只是以稿本形式出现，且综合前文所说西砖酬唱的作品难以辑得，基本可以断定西砖酬唱

---

[1] 徐兆玮著，李向东、包岐峰、苏醒等标点：《徐兆玮日记》，黄山书社2013年版，第268页。
[2] 徐兆玮著，李向东、包岐峰、苏醒等标点：《徐兆玮日记》，黄山书社2013年版，第1989页。《都门与师郑话旧事有感》失载于徐兆玮《虹隐楼诗集》(2003年版)。

终究停留在草创阶段。因为徐兆玮是笔者硕士论文涉及的一位非常重要的人物，读研的那几年笔者也比较注意《徐兆玮日记》的情况，但是这部稿本日记部头太大，又是常熟图书馆珍稀馆藏，作为一名"初来乍到"的研究生，当时缺乏勇气去借阅。好在运气不错，2013年下半年《徐兆玮日记》整理本出版了，具体上市时间未知，2014年春我在"亚马逊"网站注意到以后第一时间便购买了全套六本《徐兆玮日记》，并迅速把《徐兆玮日记》翻阅了一遍。终于在徐兆玮其他年份的日记中找到了关于西砖酬唱的零星说法，印证了自己的考证是正确的，于是把相关文献赶在答辩前补入硕士论文。这部分简短的关于西砖酬唱的考证固然无甚高明，所形成的文字却是敝帚自珍的，因为在思考上确实花费了一番功夫。因而此次收入书稿，仍依硕士论文，几乎不做改动。

第三章 诗学实践：汪荣宝"诗宗玉溪"论（二）

李商隐诗，常见"沉博绝丽""深情绵邈""设采繁艳、吐韵铿锵、结体森密，而旨趣之遥深"[1]等诗评家言，朱鹤龄则以李诗论李诗，拈出"楚雨含情皆有托"一句，视为"自下笺解"。[2]以上说法套用于评论汪荣宝诗歌亦觉贴合，是为汪荣宝诗学李商隐所呈现的共性之处，马卫中先生总结为："清末晚唐诗派学习李商隐，最明显的艺术特征就是诗歌哀怨的情感、华丽的藻采和密栗的典故，由此产生一种朦胧与晦涩的总体感觉。"[3]汪荣宝虽在诗论中打出从事西昆体的旗号，却在创作中实践"不规规酬唱，直抉李精髓"[4]，汪东说其诗"诗宗玉溪，形神并肖"[5]，吴宓说其诗"学李义山，绵密工丽，而自然清新，情韵不匮"[6]。

---

[1] 冯浩：《玉溪生诗笺注序》，刘学锴、余恕诚：《李商隐诗歌集解》，中华书局2004年版，第2286页。
[2] 朱鹤龄：《笺注李义山诗集序》，刘学锴、余恕诚：《李商隐诗歌集解》，中华书局2004年版，第2266页。
[3] 马卫中：《光宣诗坛流派发展史论》，苏州大学出版社2000年版，第322页。
[4] 冯飞：《思玄堂跋》，汪荣宝：《思玄堂诗》，第231页。
[5] 汪东：《金薤琳琅斋集后序》，汪荣宝：《思玄堂诗》，第235—236页。
[6] 《大公报·文学副刊》1933年7月31日第291期。

第一节　汪荣宝对李商隐诗歌用典艺术的接受

用典是李商隐诗具有代表性的诗歌技巧之一，揄扬者称其精巧、浑成，批评者称其繁复、僻涩。对汪荣宝诗歌用典的评价，表象理解则难免与义山"铁索连舟，一荣俱荣，一损俱损"。汪荣宝擅长此道，其原因一者如钱仲联先生所说："汪荣宝不仅是外交家、学问家……作西昆体就要有学问，西昆以用典为特点，没学问不行。"[1] 一者是学李则直接从李商隐诗歌的语典、事典获取素材。然而不管是模仿还是效法，等而下之则为末流，陈衍在《石遗室诗话》中说："余尝论玉溪末流，有咏史之作，专摭本传事实，若一首论赞者，西昆诸公是也。"[2] 汪诗自非末流，若论汪荣宝对李商隐诗歌用典艺术的接受，则不妨从咏史诗说起。

一、典中布局，意出典外

和李商隐一样，汪荣宝亦有数量可观的咏史诗，初期诗作如《瑶池》《陈王》，追和李商隐的意味甚浓，李诗《瑶池》《东海王》云：

> 瑶池阿母绮窗开，黄竹歌声动地哀。八骏日行三万里，穆王何事不重来。
>
> 国事分明属灌均，西陵魂断夜来人。君王不得为天子，半为当时赋洛神。

汪诗《瑶池》《陈王》云：

---

[1] 魏中林整理：《钱仲联讲论清诗》，苏州大学出版社 2004 年版，第 157 页。
[2] 陈衍著，郑朝宗、石文英校点：《石遗室诗话》，人民文学出版社 2004 年版，第 104 页。

闻说君王祷岳回，斋居近在集灵台。瑶池一夕云輧降，不遣青禽寄语来。[1]

朝罢承明赋洛神，高邱反顾涕沾巾。君王自有芳兰恨，却被人疑作感甄。[2]

李商隐和汪荣宝的《瑶池》指向西王母的传说，均是择取一则事典作为蓝本，不同的是，前者取材自《穆天子传》，后者取材自《汉武故事》[3]。他们用典，并不是对历史史实、故事传说的高度还原，而是在故事的细节处进行加工，稍做处理即可为读者带来产生联想的空间。刘学锴、余恕诚先生对李商隐的《瑶池》诗解释为"此诗特点，一为不拘于《穆天子传》之情节，从'将子无死，尚能复来'与'比及三年，将复而野'之期约中翻出'不复来'之情景"[4]，造说西王母无能为力之事，自是讽刺皇帝求仙之无益。汪荣宝《瑶池》诗的关窍在于反用典故："瑶池一夕云輧降，不遣青禽寄语来。"王母娘娘不用青鸟传话，如此突然降临，究竟是要表达什么意思呢？在中国传统神话体系中，王母虽地位崇高，如《汉武故事》里，王母的地位凌驾于汉武帝之上，但其文学形象却往往是顽固的、保守的、反面的。把握住汪荣宝这首诗的创作时间——戊戌年（1898），就不难把西王母和西太后联系起来，西王母毫无音信地突降在汉武帝面前，即有可能是隐射慈禧太后突然回宫发动戊戌政变，囚禁光绪皇帝。而以西王母譬喻西太后，汪荣宝在其他诗歌里还有类似的表达。《陈王》诗义直承李商隐《东阿王》

---

[1] 汪荣宝：《瑶池》，《思玄堂诗》，第6页。
[2] 汪荣宝：《陈王》，《思玄堂诗》，第12页。
[3] "七月七日，上于承华殿斋，日正中，忽见有青鸟从西方来集殿前。上问东方朔，朔对曰：'西王母暮必降尊像上，宜洒扫以待之。'上乃施帷帐，烧兜末香，香，兜渠国所献也，香如大豆，涂宫门，闻数百里。关中尝大疫，死者相系，烧此香，死者止。是夜漏七刻，空中无云，隐如雷声，竟天紫色。有顷，王母至：乘紫车，玉女夹驭，载七胜履玄琼凤文之舄，青气如云，有二青鸟如乌，夹侍母旁。下车，上迎拜，延母坐，请不死之药。"佚名撰：《汉武故事》，上海古籍出版社编，王根林、黄益元、曹光甫校点：《汉魏六朝笔记小说大观》，上海古籍出版社1999年版，173页。
[4] 刘学锴、余恕诚：《李商隐诗歌集解》，中华书局2004年版，第626页。

而来，涉曹植"感甄"故实，汪荣宝"君王自有芳兰恨，却被人疑作感甄"实可视之为李商隐"君王不得为天子，半为当时赋洛神"的注脚。对李商隐《东阿王》诗的解读历来歧见纷出，而汪荣宝《陈王》诗似更接近自寓之作。当然，相同的叙述对象，相似的难解诗义，让汪荣宝的《瑶池》《陈王》二诗无法摆脱李商隐同题诗歌的影子，原创性大打折扣。

相较而言，汪荣宝的《商君》一诗对典故的处理更具新意。《商君》客观地呈现两则事典，巧妙地捕捉到两则事典的逻辑关涉，为读者提供连接古典和今典的构思空间。钱仲联先生对这首诗评价不俗[1]，诗云：

> 公孙才调亦堂堂，新法千年在抑商。岂识邯郸有豪贾，却将奇货视秦王。[2]

商鞅变法的重农抑商政策助秦国踏上富强之路，也让秦国为世人瞩目。历史所开的玩笑是，堡垒在最深层次被攻破，秦国的王位继承反而成为商人吕不韦投资政治的赌局。吕不韦"奇货可居"地放手一搏，帮助公子子楚达成不可思议的政治逆袭。现实的走向往往捉弄政策的初衷，即如洋务运动，这场新法的终极目标无非是巩固清政府皇权，以继续统治汉族。然而，偏偏是核心环节上的皇帝出了"问题"，汉人康有为把光绪皇帝视为"奇货"，希望借光绪之手推行君主立宪，进而削弱皇权。相类的戏剧性史实，正是古典与今典言外之意的关联。

二、典故澜翻，繁复密栗

范晞文纠弹李商隐的用典说："诗用古人名，前辈谓之点鬼簿，盖

---

[1] 魏中林整理：《钱仲联讲论清诗》，苏州大学出版社2004年版，第157页。
[2] 汪荣宝：《商君》，《思玄堂诗》，第12页。

恶其为事所使也……李商隐诗集中半是古人名，不过因事造对，何益于诗？"[1] 汪荣宝无疑继承了这一"恶习"，在《思玄堂诗》中，这类诗句比比皆是，如"陆机初入洛，贾谊敢论秦"[2] 抒发在赴任京官途中的自我期许，"汉廷不用相如赋，鲁国端须宓子琴"[3] 比况姚鹏图离京赴官济南，"刘向传经无百两，牟长著录过三千"[4] 借指康有为的学术成就……在诗歌中连续出现人名，或者连续出典，确有"因事造对"甚至逞才之嫌。当然，这种针对同一事件、同一人物典故澜翻式地演绎表述，增强了诗歌叙事的灵活性，也因为古典的史鉴意义，提升了诗歌的深度。如《三韩》：

> 三韩亦是汉东陲，千载衣冠上国仪。一自碧蹄烽火黯，长教玄菟阵云垂。新溪土蚀宜春字，古渡沙沈纪德碑。鱼烂亡梁君莫叹，中原堂奥有人窥。
>
> 八道河山擅海隅，坐看寒日下平芜。一匡霸业羞存卫，十稔危言验沼吴。漫笑赵佗空自帝，谁令箕子竟为奴。沧洲不少韩公子，那得椎秦壮志无？[5]

龚鹏程以为"《三韩》写甲午事"[6]，误。《中国近代文学大系·诗词集》选《三韩》，下注"朝鲜亡国"[7]。汪荣宝此诗作于1910年，当指日本吞并朝鲜半岛史事。第一首，汪荣宝深刻揭示朝鲜半岛遭吞并的原因：一则外患，"一自碧蹄烽火黯"，自壬辰倭乱之碧蹄馆一战以后，

---

[1] 范晞文：《对床夜语》，刘学锴、余恕诚、黄世中编：《李商隐资料汇编》，中华书局2001年版，第110页。
[2] 汪荣宝：《天津早发车中有作二首（其二）》，《思玄堂诗》，第4页。
[3] 汪荣宝：《饯柳屏赴官济南》，《思玄堂诗》，第11页。
[4] 汪荣宝：《重有感》，《思玄堂诗》，第13页。
[5] 汪荣宝：《三韩》，《思玄堂诗》，第53—54页。
[6] 龚鹏程：《论晚清诗》，《近代思潮与人物》，中华书局2007年版，第226页。
[7] 钱仲联主编：《中国近代文学大系 1840—1919 第四集 第十五卷 诗词集二》，上海书店出版社1991年版，第283页。

朝鲜边境的安定局面被打破，近代以来更是"长教玄菟阵云垂"；一则内乱，"鱼烂亡梁君莫叹，中原堂奥有人窥"，《公羊传》里说："梁亡，此未有伐者。其言梁亡何？自亡也。其自亡奈何？鱼烂而亡也。"[1]第二首，汪荣宝连用"存卫""沼吴""赵佗""箕子"诸典，烘托"寒日下平芜"这一朝鲜半岛吞并事件，最后以反问加强肯定，"沧洲不少韩公子，那得椎秦壮志无？"，用韩人张良谋刺秦始皇之典，指代 1909 年安重根刺杀伊藤博文之事，说明其时"韩人"没有丧失反击之志。1910年"日韩合并"对清朝上下极具震撼，汪荣宝把这一历史事件说得惊心动魄，又何尝不是对清朝前途深感忧虑？

三、典切沉至，语涉双关

李商隐诗擅长在典故中寄托主观情感，达到朦胧而哀婉的效果。汪荣宝用典，开合程度不及李商隐，其表达效果走向凝练，其诗义所指也趋于坐实。汪荣宝诗中，典故往往只是一层外衣，裹挟着即将喷发的情感，然限于时事，诗人又必须有所收敛，所以典故成为双关式表达讽或者忧的最有效"武器"，往往也是对诗人的一种保护。对于戊戌政变，汪荣宝非常愤慨，"会六君子祸作，新政萌芽摧折以尽，君[2]忧思忼慨，形诸咏歌。时先从祖辈皆官京师，戒君慎言"[3]，即使"慎言"，情感的附着也确实构成汪荣宝用典独特的叙事张力。如《太液》《碧海次前韵》：

> 太液秋光动绿萍，五云楼阁入微冥。玉虹带雨参差彩，璧水涵虚上下青。作戏鱼龙寒未歇，当关虎豹晓还醒。禁松更拟

---

[1]《公羊传》，《十三经注疏》（第七册），艺文印书馆 1965 年版，第 143 页。
[2] 汪荣宝。
[3] 汪东：《汪荣宝先生哀启》，沈云龙主编：《汪旭初（东）先生遗集》，《近代中国史料丛刊续集》（第四辑），文海出版社 1974 年版，第 414 页。

南薰曲，多恐仪鸾不忍听。[1]

碧海轻桡去似萍，石桥回首浪冥冥。苍凉落日犹凝紫，咫尺神山忽隐青。托月孀娥能不老，隔河灵匹共长醒。瑶台自弄云和管，那识人间掩泪听。[2]

这两首诗作于1899年，郭则沄《十朝诗乘》以"微婉深至，尤见楚骚忠爱之遗"[3]论之。《南薰曲》据传为帝舜所唱《南风歌》："南风之薰兮，可以解吾民之愠。"[4]朝廷上，奸佞小人如"作戏鱼龙"兴风作浪，顽固势力则如"当关虎豹"一刻也不松弛对权柄的掌控，所以帝王欲求大治，其意关合光绪帝。"仪鸾"语涉双关，仪鸾殿是慈禧太后所居住过的寝宫。所以"禁松更拟南薰曲，多恐仪鸾不忍听"是指光绪皇帝推行新政担心遭到慈禧的阻碍；而下首"瑶台自弄云和管，那识人间掩泪听"，《十朝诗乘》"瑶台"作"瑶池"，仍用西王母典，意指慈禧太后刚愎自用，又怎会了解到衰世之下的臣民之苦？再如汪荣宝《城阙》后三联"放鸡欲误新丰道，归鹄仍翻太液波。排闼谁令亡铁牡？登楼莫更数铜驼。星灯照澈诸蕃邸，愁听穹庐敕勒歌"[5]，钱仲联先生对词句做过部分笺释，"'新丰道'，皇帝的路，出汉高祖事"；"'铁牡'，指锁，责问是谁丢掉了锁使外国人进来"；"'星灯照澈诸蕃邸，愁听穹庐敕勒歌'两句，指东交民巷外国使馆区"。[6]层出的典故在"欲误""谁令""愁听"等词的拉动下，深含不满和担忧之情。

总的来说，汪荣宝诗歌的用典继承了李商隐寓意深妙、托意高远的特质，但因为主观看来，汪荣宝用典往往并不铺开，内容集中，针对性较强；客观看来，汪荣宝诗歌容易系年，指涉事件亦能据此推测，所以

---

[1] 汪荣宝：《太液》，《思玄堂诗》，第18页。
[2] 汪荣宝：《碧海次前韵》，《思玄堂诗》，第18—19页。
[3] 郭则沄撰，林建福、沈习康、梁临川校点：《十朝诗乘》，张寅彭主编：《民国诗话丛编》（四），上海书店出版社2002年版，第755页。
[4] 《南风歌》，沈德潜选：《古诗源》，中华书局1963年版，第3页。
[5] 汪荣宝：《城阙》，《思玄堂诗》，第35页。
[6] 魏中林整理：《钱仲联讲论清诗》，苏州大学出版社2004年版，第160页。

对于读者而言，汪荣宝诗歌的用典立意较李商隐更明确些。叶景葵甚至以为汪荣宝诗歌"学义山而无晦涩之病"[1]。如果放开到诗歌艺术全局，用"隐"和"显"比较李商隐和汪荣宝诗歌，后者相对来说也是"显"的。

第二节　汪荣宝诗歌的艺术风貌及其成因

汪荣宝的诗歌对诗学李商隐的执行力较强，除了用典这一显著的诗歌技巧，整体诗歌风格的相似性也容易直观体认，如语言的藻采、流丽，属对的工整、精致，诗意的朦胧、隐晦，思致的深微、细密。常任侠先生说汪荣宝"肆力于玉溪"[2]并举出一首《无题》诗尤得玉溪诗中三昧，诗曰："小别岩扉玉露新，重来香径紫苔匀。羽旗长带巫峰雨，罗袜微凝洛浦尘。锁骨玲珑原是佛，冰肌绰约若为神。春心不共寒灰尽，更造人天历劫因。"[3]当然，如果汪荣宝诗歌简单成为李商隐诗歌的仿制品，那么难免落入下乘，因而汪荣宝对李商隐是学中存变。汪荣宝的诗，不乏细腻的情感、宛转的表达，也绝少绮艳的题材，正合前文所说的汪荣宝严肃的创作态度。《时人诗与女性美》认为"汪衮甫如瑶台姹女，微睇通辞"[4]，固然是看到汪荣宝诗歌艺术风貌接近于李商隐的一面，而区别于李商隐的一面是其柔中带刚之处。汪荣宝诗歌辞雅而流正，符合温柔敦厚之旨，深具大家风范。

对于汪荣宝诗风，黄濬以"深苍雄秀"[5]概括，汪辟疆《光宣诗

---

[1] 叶景葵：《卷盦札记》，叶景葵撰、顾廷龙编：《叶景葵杂著》，上海古籍出版社1986年版，第225页。
[2] 常任侠：《红百合室诗话》，郭淑芬、常法韫、沈宁编：《常任侠文集》卷六，安徽教育出版社2002年版，第391页。
[3] 汪荣宝：《无题》，《思玄堂诗》，第37页。
[4] 无名氏：《时人诗与女性美》，转引自汪国垣撰、程千帆原校：《光宣以来诗坛旁记》，张寅彭主编：《民国诗话丛编》（五），上海书店出版社2002年版，第498页。
[5] 黄濬：《思玄堂诗序》，汪荣宝：《思玄堂诗》，民国二十六年（1937）本。

坛点将录》认为说汪荣宝"晚岁所作,苍秀在骨"[1],但又何止独在晚年?黄培在其博士论文《晚清民国中晚唐诗派研究》里也说汪荣宝诗歌"青苍秀媚"[2]。总结起来,汪荣宝诗歌相较于李商隐,其独特之处必然落在"苍"字。围绕苍健的风格,汪荣宝诗歌包含一系列配套的语词和意象,如由"沧"字所构成的沧海、沧江、沧波、沧桑、沧洲等词,再如由"夕"字所构成的夕阳、夕阴、夕黯、夕烟、夕曛等词,这并非意味着李商隐诗歌没有这些词汇,只是占比较小,通过北京大学的《全唐诗》检索系统检测,就会发现李商隐的616首诗中只有9首带"沧"字,19首带"夕"字,比重分别仅为1.46%、3.08%,远不及汪荣宝诗。李商隐诗里出现34次的"暮"字在汪荣宝诗里则比比皆是。汪荣宝喜用"横流"一词,如:

> 微生自有横流感,一吊通天倍惘然。[3]
> 横流今在眼,望古独踟蹰。[4]
> 坐感横流急,因知沧海深。[5]
> 横流不得作,与世长安便。[6]
> 可惜管弦犹未被,中原真见海横流。[7]
> 苦说横流欲际天,俄看沧海已为田。[8]

"横流"在李商隐诗中并未出现,其义取自沧海横流,表达一种动荡感,既有感官的,也有心理的;既有自我的,也有社会的;归根到底,还是时代的动荡。汪荣宝诗中经常出现的"劫灰"一词,典出《高

---

[1] 汪辟疆撰、王培军笺证:《光宣诗坛点将录笺证》,中华书局2008年版,第487页。
[2] 黄培:《晚清民国中晚唐诗派研究》,南京师范大学博士学位论文,2010年,第138页。
[3] 汪荣宝:《丁酉秋日独游孝陵》,《思玄堂诗》,第3页。
[4] 汪荣宝:《三月二十三日集永定门外十里庄范文正顾亭林祠》,《思玄堂诗》,第11页。
[5] 汪荣宝:《渡海》,《思玄堂诗》,第25页。
[6] 汪荣宝:《十月十四日自汉口北上中夜渡黄河桥看月作》,《思玄堂诗》,第51页。
[7] 汪荣宝:《闻歌》,《思玄堂诗》,第58页。
[8] 汪荣宝:《漫成》,《思玄堂诗》,第9页。

僧传》:"昔汉武穿昆明池底得黑灰,以问东方朔。朔云:'不委,可问西域人。'后法兰既至,众人追以问之,兰云:'世界终尽,劫火洞烧,此灰是也。'"[1]反映战争造成的伤害。而李商隐诗只有5首带"劫"字,其比重也不及汪荣宝诗。汪荣宝诗中这些常见语词、意象、典故只要归纳一下,就已然勾勒出帝国的黄昏图景,岂是"沉婉隽丽"[2]一词所能涵盖的?"怀人忆事有时兼,健笔凌秋几自拈"[3],"惟余诗笔健,挥洒满沧洲"[4],汪荣宝亦即把自己的诗笔称作"健笔"。不妨来看他的《由十三陵登岣岣岩回望有作》:

汉家陵树郁苍苍,西上灵岩见夕阳。岚气暝侵樵路细,涧声秋入寺楼凉。诸天钟鼓催回薄,万马旌旗返混芒。圣德神功谁具记?试从野老话兴亡。[5]

该诗苍劲雄健,与前首《无题》风格迥异,竟不似出自同一手笔,钱仲联先生说:"有明七子调,但较明七子之作高明,极有气派。"[6]

汪荣宝的诗歌何以经常突过隐秀,而表现出苍秀的风貌?原因不能单方面归于"汪荣宝作为外交官,饱历世事。宦游、世事感叹、时政等题材,更需要清峭、苍硬的审美特质"[7],汪荣宝最初的诗歌亦有"忧国之思,溢于文藻,少年意气,发为篇什"[8]之作,如《丁酉秋日独游孝陵》:

形胜江山荠夕烟,龙蟠犹是孝陵田。灵衣石马归何处,破

---

[1] 释慧皎撰、汤用彤校注、汤一玄整理:《高僧传》,中华书局1992年版,第3页。
[2] 米彦青:《清代李商隐诗歌接受史稿》,苏州大学博士学位论文,2006年,第154页。
[3] 汪荣宝:《写诗》,《思玄堂诗》,第86页。
[4] 汪荣宝:《新秋》,《思玄堂诗》,第95页。
[5] 汪荣宝:《由十三陵登岣岣岩回望有作》,《思玄堂诗》,第56页。
[6] 魏中林整理:《钱仲联讲论清诗》,苏州大学出版社2004年版,第161页。
[7] 黄培:《晚清民国中晚唐诗派研究》,南京师范大学博士学位论文,2010年,第140页。
[8] 常任侠:《红百合室诗话》,郭淑芬、常法韫、沈宁编:《常任侠文集》卷六,安徽教育出版社2002年版,第391页。

帽青衫拜此年。百战艰难三尺剑,中原零落五铢钱。微生自有横流感,一吊通天倍惘然。[1]

注意到汪荣宝的诗歌风格受到包括家族熏陶、诗学祈向、宦海浮沉,甚至是社会剧变的共同作用,却也不能忽视汪荣宝自身的性格、性情所赋予诗歌的深刻影响。而汪荣宝性格之形成本就和家族、交游及经历息息相关。凡此种种相互牵扯的作用力致使汪荣宝所呈现给读者的并非是想当然的"江南性格",章士钊即评价道:"老鹤难藏万里心,名湖潋滟话秋阴。人诗俱带北强味,压倒江南靡靡音。"[2]"北强"才是汪荣宝性格的真实写照。且看汪荣宝亲友对他的介绍:

同人中如邱公恪震、汪衮父荣宝皆少年奋发,感慨激昂。[3]

先生二十余岁,从日本归,短发新剪,束以丝绦,讲论飚起,意气绝盛。[4]

先生意气奋发,眉宇伉激,犹无以异于二十余年前……[5]

噫乎衮甫,外彪中磐。[6]

三伯父身材高大魁梧,不苟言笑,很是严肃神气,使我感到拘束,又有些畏惧。[7]

强势、果断是汪荣宝性格中的组成部分,汪荣宝在政治生涯中往往锋芒毕露。清末民初,汪荣宝参与集权部门的政治、法律事职,其间有

---

[1] 汪荣宝:《丁酉秋日独游孝陵》,《思玄堂诗》,第3页。
[2] 汪辟疆撰、王培军笺证:《光宣诗坛点将录笺证》,中华书局2008年版,第487页。
[3] 张一麐:《古红梅阁笔记》,上海书店出版社1998年版,第28页。
[4] 黄濬著、李吉奎整理:《花随人圣庵摭忆》,中华书局2013年版,第622页。
[5] 黄濬:《思玄堂诗序》,汪荣宝:《思玄堂诗》,民国二十六年(1937)本。
[6] 章炳麟:《故驻日本公使汪君墓志铭》,卞孝萱、唐文权编:《辛亥人物碑传集》,团结出版社1991年版,第387页。
[7] 汪溪:《朝左走,向右转——我和我的时代》,华夏出版社2007年版,第107页。

诸多琐碎而又容易引发争议的事务。在这一历史时期任一具体的人事变动、机构调整、法律修订均有可能引起不同政治派别乃至不同价值观的激烈冲撞。汪荣宝经常身先士卒,直陈己见,积极参与到辩论之中,甚有几至大打出手的经历。翻查清末民初的《申报》,容易找到汪荣宝"大呼""斥""反对""竭力反对"等字眼,兹以二三事说明汪荣宝性格:1910年,资政院速开国会案通过,汪荣宝竟激动地带头高呼"大清帝国立宪政体万岁",议场顿时"万岁声、拍掌声融成一片,声震天地"[1];1911年,武昌起义后,汪荣宝"在资政院中大声疾呼,力主释放汪精卫、黄复生"[2];1913年,在读音统一会中,北方语言学家王照"欲以北音统一读音,字母去浊声,韵母废入声"[3],同为苏浙派的朱希祖在日记里说道:"王照勾结各省不学无术之代表及延聘员通过其议案。汪君荣宝大反对之,几与王照斗殴。"[4] 性格使然,即使诗学李商隐,其诗歌也不可能把锋芒完全内秀,所以汪荣宝诗歌的艺术风貌是在外向型性格和内向型诗学的拉锯中形成的。

第三节　楚雨:关于晚近吴下诗人集李商隐诗的文献考察与文本探微

中国近代诗歌史的书写之中,有出现过晚清西昆派、西砖派、晚唐诗派等提法,这些流派名称的内涵重点关于晚近时期的几位吴下诗人,其中张鸿、曹元忠、汪荣宝长期寓居京城,徐兆玮也往返于京城、吴地之间。他们四人学习李商隐,形成一股诗学浪潮,又以标志性的西砖酬唱历来为诗歌史家津津乐道,徐兆玮《蛮巢诗词稿·叙》提到,张鸿

---

[1] 赵林凤:《汪荣宝评传》,南京大学出版社2012年版,第130页。
[2] 黄濬著、李吉奎整理:《花随人圣庵摭忆》,中华书局2013年版,第624页。
[3] 朱希祖著,朱元曙、朱乐川整理:《朱希祖日记》,中华书局2012年版,第99页。
[4] 朱希祖著,朱元曙、朱乐川整理:《朱希祖日记》,中华书局2012年版,第100页。

"尝与曹君直、汪衮夫倡和,仿西昆体,成《西砖酬唱集》"[1]。张鸿是西砖酬唱的核心人物,"西砖"正是得名于张鸿所居住的胡同名称。从流派而言,有模仿西昆酬唱的特定形式,有汪荣宝《西砖酬唱集序》作为诗学纲领,亦有诗人群体共同经历戊戌、庚子剧变的离乱心绪,西砖酬唱已然构拟出流派生成的框架和轨迹。但是,《西砖酬唱集》的篇什不多、未曾刊印、稿本散佚,让西砖酬唱最终变得有名无实,晚近吴下诗人仍需以创作之潮获得实现学习李商隐之旨的流派生成的动力,此动力之后由《楚雨集》完成,这也是诗歌史家相对忽视的部分。[2]

一、《楚雨集》考

《楚雨集》得名于李商隐的名句"楚雨含情皆有托",是集李商隐句所成的诗集,也是晚近吴下诗人学习李商隐最为直接的体现,对李商隐诗歌的熟谙和掌握构成晚近吴下诗人自身诗歌写作的诗学源泉。较之于散佚无踪、辑佚困难的《西砖酬唱集》,《楚雨集》更具规模,所含诗歌数以百计,在晚近诗坛的共时语境中也更具影响。今检西砖诸家,其名下多有"楚雨"一集。曹元忠存有《楚雨集》一卷,王欣夫《蛾术轩箧存善本书录》著录:"余编《笺经室遗集》,先得别稿辑入,后获此册,虽阙《秘殿篇》小序,而每首均附注所出,集句体例固宜如此。"[3]《笺经室遗集》乃曹元忠的诗文集,王欣夫未提及《楚雨集》对《笺经室遗集》的补辑之用,说明《楚雨集》所收诗歌应当还是保存在了《笺经室遗集》之中,《笺经室遗集》卷十八即有百首集李义山诗。然《笺经室遗集》的集李诗并未标明每句出自李商隐的哪

---

[1] 徐兆玮:《蛮巢诗词稿·叙》,张鸿:《蛮巢诗词稿》,《清代诗文汇编》编纂委员会编:《清代诗文集汇编》(第七百九十一册),上海古籍出版社 2009 年版,第 867 页。
[2] 张明华、李晓黎整理的《近代珍稀集句诗文集》[收入于《中国近现代稀见史料丛刊》(第二辑),凤凰出版社 2015 年版] 中亦未收录《楚雨集》。
[3] 王欣夫撰,鲍正鹄、徐鹏标点整理:《蛾术轩箧存善本书录》(上),上海古籍出版社 2002 年版,第 312 页。

首诗，这是体例不及《楚雨集》之处。宗廷虎、李金苓所著《中国集句史》提到曹元忠《凌波榭集李诗》，因曾说明"笔者在复旦大学图书馆借阅到该校中文系教授王欣夫于1960所写《后记》的手抄本"[1]，据此推测《凌波榭集李诗》即为《楚雨集》。汪荣宝诗集《思玄堂诗》包括《第一集》《第二集》《楚雨集》，将集李诗单列，较为清晰。徐兆玮存有稿本《楚雨集》两卷、《集义山诗稿》一卷，今藏于常熟图书馆。[2] 他说："丙午长夏，与汪衮甫、曹云瓿同集义山句为咏史诗。"[3] 说明集李诗的创作时间始于1906年前后，地点当在北京。在西砖诗家中，徐兆玮集李诗的延续时间最久，至20世纪30年代仍有同类型作品的创作。西砖酬唱的核心人物张鸿反而没有《楚雨集》，因为从1906年起张鸿出任驻日本长崎领事，自是无法在场，当然更具说服力的推断应是张鸿极有可能对集李诗缺乏兴趣。张鸿的学生孙景贤，其诗集《龙尾集》之后附有《旧集玉溪诗》，是为羽翼。

王欣夫著录曹元忠《楚雨集》时说："君直先生于光绪季年，旅寓都门，与徐兆玮、汪荣宝等各集义山诗以纪事托兴，而先生诗最工。"[4] 李猷则说汪荣宝"集义山句，亦并时第一，迄今尚无继者，盖非记诵纯熟绝顶聪敏，不能致也"[5]。龚鹏程更是推举汪荣宝的集句义山诗是"近代第一"[6]。曹元忠（1865—1923），字夔一，号君直，别号云瓿，晚号凌波居士，吴县人，著有《笺经室遗集》（王欣夫编次）、《凌波词》等。究竟是曹诗"最工"还是汪诗"第一"，姑且不论，可以认定的是，西砖诗家的集李诗风气，曹元忠充当了核心人物。曹元忠集

---

[1] 宗廷虎、李金苓：《中国集句史》，山东文艺出版社2009年版，第314页。
[2] 柯愈春：《清人诗文集总目提要》（中），北京古籍出版社2001年版，第1958页。
[3] 徐兆玮：《北松庐诗话》卷五，转引自黄培：《晚清民国中晚唐诗派研究》，南京师范大学博士学位论文，2010年，第125页。
[4] 王欣夫撰，鲍正鹄、徐鹏标点整理：《蛾术轩箧存善本书录》（上），上海古籍出版社2002年版，第311页。
[5] 李猷：《汪衮父丈之〈思玄堂诗〉》，《近代诗选介》，台湾商务印书馆1995年版，第122页。
[6] 龚鹏程：《汪荣宝的历史形相与地位》，《历史中的一盏灯》，汉光文化事业股份有限公司出版社1984年版，第169页。

李诗热情十分高,仅《秘殿》一题竟达四十首,罕有匹敌者。他又作有《楚雨集自叙》和《楚雨集题词》,不光是为自己,也为各家的《楚雨集》张目。《楚雨集自叙》是一篇集李商隐文句所成的奇作,《楚雨集题词》也是由集李诗组成,共计六首。从汪荣宝的角度来看,他的集李诗即有不少是唱和曹元忠诗作而成的,如《雪和君直》《玄圃和君直》《红楼和君直》。多年以后,汪荣宝作《怀曹君直》诗有"红楼玄圃俱消歇,惟有诗篇饲蠹鱼"[1]之句,即意指于此。徐兆玮曾经把汪荣宝"所集义山五七言诗检查笺注,另写一通"[2],寄与曹元忠。孙景贤的《旧集玉溪诗》目次为:《雪》八首和徐兆玮,《红楼》八首、《玄圃》一首、《白海棠》六首和曹元忠,《拟意》一首和汪荣宝,同样可以看出和曹元忠诗所占比重超出他人。从《楚雨集》的接受来看,许宝蘅是应当提及的,他也是集李诗的爱好者。《许宝蘅先生文稿》中,《咏簃仙馆别集》全为集李诗,数量亦多。晚清年间,许宝蘅和曹元忠、汪荣宝熟识,他对曹、汪的集李诗推崇备至,在日记中数次品评,由衷赞赏[3],并且亲手抄写。1950 年,曹元忠、汪荣宝已经去世多年,某日许宝蘅录完自己所集玉溪诗五十八首,仍慨叹"惜衮父、君直皆作古人,无与共赏此奇者矣"[4]。

二、《楚雨集》的刊印问题:兼与晚近吴下诗人群体凝聚之关系

既然曹元忠、汪荣宝、徐兆玮名下皆有《楚雨集》,那么他们是否有过计划将各自的集李商隐句诗合为整体刊印《楚雨集》?答案是肯定

---

[1] 汪荣宝:《怀曹君直》,《思玄堂诗》,第 88 页。
[2] 韩策、崔学森整理,王晓秋审订:《汪荣宝日记》,中华书局 2013 年版,第 21 页。
[3] "光绪三十三年(1907)三十日(4 月 12 日)……汪衮父有集玉溪诗七言三十六首、五言九首绝佳,其近世史十八首尤妙。"许宝蘅著、许恪儒整理:《许宝蘅日记》,中华书局 2010 年版,第 126 页。"1949 年 12 月 28 日,初九日壬辰……衮父集玉溪《咏雪》八首绝佳,作题后一首云云。"同上,第 1607 页。
[4] 许宝蘅著、许恪儒整理:《许宝蘅日记》,中华书局 2010 年版,第 1611 页。

的，他们为此精心准备。徐兆玮在日记中交代了《楚雨集》的刊印计划，大略分为三个阶段：第一阶段从1905年至1907年，第二阶段从1908年至1909年，第三阶段为1912年以后。

从徐兆玮方面看，《楚雨集》刊印工作的开展，条件有三。第一，徐兆玮1905年5月入都，并于同年创作一定数量的集李诗而有了结集的构想："予前曾集《玉溪诗》十二首，今更得前数，属对不难，难在意境相称耳。予欲取同人所集义山句合刊一集，曰《捋撼集》，亦可与瘖堂、香屑并存也。"[1] 第二，徐兆玮与曹元忠、汪荣宝、陆增炜等集李诗同好往来日密，并在1906年夏共同切磋诗艺，奠定了《楚雨集》刊印的基础，正如日记所记："曹君直来，携示所集义山诗共三十八首。予检旧作录出，亦得三十八首。衮父、彤士两人并之，约在百首以外，亦可为巨观矣"[2]；"昨，曹君直携示汪衮甫集义山诗三十首，予因将原稿审定，共得五十首。君直又集五律十二首。予拟集排律一首，义山七言多而五言少，所以难也"[3]；"晨起，访君直，以集义山诗与之，适汪衮甫亦在，畅谈半日"[4]。与此同时，不在京城的孙景贤也进行着集李诗创作，与徐兆玮信件往来相示。第三，西砖诗家对清代其他集句诗名家有所关注，如黄之隽《香屑集》、石赞清《钉铪吟》、史久榕《麝尘集》[5]、王以敏《檗坞诗存别集》[6]等。

很快，在1906年夏刊印集李诗的计划出炉，由曹元忠、汪荣宝、徐兆玮三人合刻，陆增炜被暂时排除，"曹云瓿来，言汪衮甫意集李义

---

[1] 徐兆玮著，李向东、包岐峰、苏醒等标点：《徐兆玮日记》，黄山书社2013年版，第571页。按：本节引文涉及《徐兆玮日记》皆为同一版本，下文注释从简。
[2]《徐兆玮日记》，第646页。
[3]《徐兆玮日记》，第650页。
[4]《徐兆玮日记》，第650页。
[5] "并取得史竹坪允榕《麝尘集》一卷，凡七律八十首，五律五十首，均集义山，洋洋大观，然与余雷同尚鲜，可见人心之善变矣。"《徐兆玮日记》，第650页。
[6] "赵剑秋送来王梦湘《檗坞诗存别集》（集义山诗）一册，凡七律百四首，中有与余重复者，亦有与云瓿、衮甫重复者。自序谓龚玉亭《留春山房集》、石襄臣《钉铪吟》各有集李诗。石诗予见之，龚诗则未之见也。"《徐兆玮日记》，第921页。

山诗,拟三人合刻,彤士诗亦不佳,可不必俟之也。"[1] 题词由徐兆玮拟撰:"曹君直欲将集义山诗汇刻一集。予拟为题词,仍集义山句为之。"[2]《楚雨集》之名由汪荣宝所取:"集义山诗,衮父云可名《楚雨集》。"[3] 为集句诗作注的工作多交给孙景贤,付梓时间则定在七月初[4](按:阴历)。

然而,当时间转入 1906 年下半年,问题却接踵而至。

先是汪荣宝因为诗歌隐射宫廷和时局,顾忌诗歌违和,又不肯署以别号。徐兆玮给孙景贤的信里说:"两书均收到,集句亦照改,惟汪衮甫以其诗有忌讳,不肯付梓。愚劝用别号,而衮甫又不愿,此与孟朴不肯印《雁来红》同一,通人之蔽也。"[5] 对此,徐兆玮评论道:"付梓之议,衮所创也。彼甚珍惜其诗,急欲表襮,而又恐盛名之下,或有鬼蜮,以是集矢于彼者,事固难料。若吾辈泯泯无闻,则弹射所不及,大可言论自由,可见名之一字有时而为患也。"[6] 解决办法是徐兆玮去上海印行《楚雨集》,曹元忠也表赞成。[7]

再是汪荣宝随徐世昌出关考察,阻滞了《楚雨集》的付梓计划。曹元忠给徐兆玮的信里说道:"衮父即日有奉天之行,楚雨裒集,恐彼无心于此,弟又不能见面,奈何?"[8] 已经南下的徐兆玮表示《楚雨集》不能马上付梓:"衮甫于役盛京,未识何时返旆。《楚雨》一集恐不能遽付梓人耳。"[9] 更为棘手的是,汪荣宝临行之际到处找寻集李诗稿,三天也没有找出。[10] 曹元忠提出的解决办法是《楚雨集》由曹、徐合刊,

---

[1] 《徐兆玮日记》,第 661 页。
[2] 《徐兆玮日记》,第 665 页。
[3] 《徐兆玮日记》,第 665 页。
[4] 《徐兆玮日记》,第 673 页。
[5] 《徐兆玮日记》,第 696 页。
[6] 《徐兆玮日记》,第 696 页。
[7] "倘衮甫决行此意,虹当携至沪上印行,云韶亦同虹意也。"《徐兆玮日记》,第 696 页。按:虹即徐兆玮。
[8] 《徐兆玮日记》,第 729—730 页。
[9] 《徐兆玮日记》,第 731 页。
[10] 《徐兆玮日记》,第 735 页。

排除汪荣宝,或者加上孙景贤。[1] 徐兆玮同意加上孙景贤,但是反对排除汪荣宝:"衮甫何日回京,甚盼觅得草稿邮寄同刊。"[2]

之后的困难出自徐兆玮,1907年年初,徐兆玮即将赴日本留学。虽然徐兆玮十分心悬《楚雨集》刊印之事,临行之前徐兆玮给陆增炜的信中说道:"衮父集句如已觅得草稿,望即寄东。大著亦期速藻,俾《楚雨集》得早日告成,幸甚。"[3] 然而刊印之事还是延宕了近半年。1907年中,徐兆玮回国,曹元忠给徐兆玮的信中约定了新的刊印时间,"计达此函时,足下必以暑假归国,衮父诗册奉上,正好在沪刷印"[4]。

接下来的阻力出自孙景贤,徐兆玮向孙景贤催稿,"与孙希孟书,索诗稿及云瓿稿,并催希孟集句速写定本,以七月中拟将《楚雨集》排印也"[5](按:孙希孟即孙景贤)。孙景贤要求三旬期限,"云瓿集李暨大稿拟细楷合写一本,更盼将衮父诗即寄来,约需三旬之久,可一同奉缴。拙稿姑缓寄"[6]。不久之后,徐兆玮回返日本,继续向孙景贤催稿。由于徐兆玮身在日本,直到1908年5月才回国,《楚雨集》的刊印之事只能就此搁置。

时至1908年11月,徐兆玮抵达京城,很快便与曹元忠见了面,《楚雨集》的刊印之事也再次启动。此时尚有花絮,陆增炜集成《悼秀集》,拟与《楚雨集》合订而分集。陆增炜的集诗之前虽被曹元忠等认为不佳,却在外界获得诗名,徐兆玮记道:"彤士竟以此得诗名,为肃邸所面询,名士虚声类如斯矣。"[7] 陆增炜又集玉溪文为《悼秀集》作序,曹元忠于是"思集《楚雨集》序以敌之"[8]。终于,曹元忠在1909年春集成《楚雨集序》,汪荣宝日记里记录:"遇曹君直于东华门,邀至

---

[1]《徐兆玮日记》,第735页。
[2]《徐兆玮日记》,第737页。
[3]《徐兆玮日记》,第756页。
[4]《徐兆玮日记》,第779页。
[5]《徐兆玮日记》,第780页。
[6]《徐兆玮日记》,第780页。
[7]《徐兆玮日记》,第906页。
[8]《徐兆玮日记》,第924页。

其寓斋，示所集《义山文》《楚雨集》序，新颖可喜。"[1] 徐兆玮日记里记录："云龢示予集李义山文为《楚雨集》一首，敏妙不可思议"[2]，"曹云龢集义山文为一序，颇诡丽气息，乃不似义山，亦是奇作"[3]。

为推动《楚雨集》印行，徐兆玮的工作总体进行得较为顺利。第一，徐兆玮继续向孙景贤催稿。孙景贤也有了答复："兹录寄集李四十首……尚有杂集六首，当另书寄。"[4] "旧集四十首，稍有更易，已录定一本，拟正月中旬寄北。"[5] 第二，录《楚雨集》，并为汪荣宝、曹元忠诗作注。第三，1909年春徐兆玮又作了不少集李诗。第四，徐兆玮想邀张鸿加入，"云龢、衮父急欲刊《楚雨集》，似仿《西昆酬唱》之例，闻吾哥亦已集成，望速寄来，题目可代注也"[6]，但是没有实现。

关于《楚雨集》的体例，汪荣宝希望仍沿用西砖酬唱式的义附窃比，"如《西昆酬唱》之例，此衮父持论也"[7]。"衮甫议从《西昆酬唱集》之例，以《元圃》为压卷，其余各以类从。"[8] 关于《楚雨集》的刊法，"君直欲用木板，衮父谓木板必须仿宋，君直难之，乃议仍用排字印"[9]。关于《楚雨集》的名称，又有《东华酬唱集》的拟议，"《楚雨集》拟改《东华酬唱集》"[10]。孙景贤对徐兆玮说："《东华酬唱》比附西昆，捋扯古人颇似之，然用《楚雨》原名亦佳，未知卓见如何？"[11]

万事俱备只欠东风，刊印之事系于徐兆玮一身，时间却是一再拖延。1908年腊月，徐兆玮给孙景贤的信里说："《楚雨集》约明春二月中付印。"[12] 年尾徐兆玮返乡，1909年2月却没有回到京城，他在给孙景贤的

---

[1] 赵阳阳、马梅玉整理：《汪荣宝日记》，凤凰出版社2014年版，第8页。
[2] 《徐兆玮日记》，第962页。
[3] 《徐兆玮日记》，第967—968页。
[4] 《徐兆玮日记》，第924页。
[5] 《徐兆玮日记》，第939页。
[6] 《徐兆玮日记》，第966页。
[7] 《徐兆玮日记》，第924页。
[8] 《徐兆玮日记》，第965页。
[9] 《徐兆玮日记》，第913页。
[10] 《徐兆玮日记》，第967页。
[11] 《徐兆玮日记》，第977页。
[12] 《徐兆玮日记》，第924页。

信里说:"《楚雨集》俟玮到京即当付刊。"[1]在给曹元忠的信里说:"去岁刊诗之议,不可以弟一人之延迟,败诸公之雅兴。兹先将注成衮夫诗一册寄邮,中有复句已一一签出,望交衮夫改定。弟诗及委注大著当先后寄上。闻希孟尚有续集十余律及和《红楼》《元圃》两题,已贻书促其送来……弟三月中必可北来。"[2]回京不到几日,徐兆玮在给孙景贤的信里说:"《楚雨集》决计于四月内排印。"[3]到农历五月,徐兆玮在给孙景贤的信里又说:"集李因循未刻,桐士又病,复将展限。"[4]此后,徐兆玮、曹元忠、汪荣宝、孙景贤虽有大量集李诗新出,但《楚雨集》的刊印计划彻底停滞下来。

及至1912年之后,《楚雨集》的刊印再被提及,尤其孙景贤热情不减。他给徐兆玮的信里说:"前过沪上,与曹民风说及《楚雨集》将付印,索阅者甚多。顷民风又来函催,望检稿寄来。"[5]徐兆玮答复道:"《楚雨集》稿已检出,航寄不妥,当自携交。"[6]差不多同一时间,孙景贤遇到曹元忠,谈及《楚雨集》,这在孙景贤的信中有记录:"云瓿又晤,谈及刊诗,伊愿手写付石,用《西昆酬唱集》例,非唱和之作附于卷尾。景贤颇赞同其说,未知卓见以为如何?"[7]可惜日记里面呈现出的是徐兆玮没有给出积极的响应。又过了一年,孙景贤提出了新的计划,"稍凉请命驾来苏,并携《楚雨集》来,拟乞石农抄付石印"[8]。徐兆玮答复道:"《楚雨集》本拟在京排印,匆卒未果,承示欲令石农手写付印,甚善。"[9]但事情却没有下文。汪荣宝对《楚雨集》的刊印也有关注,1913年徐兆玮在给孙景贤的信中说:"汪衮夫提议刻集李诗,

---

[1]《徐兆玮日记》,第941页。
[2]《徐兆玮日记》,第954页。
[3]《徐兆玮日记》,第965页。
[4]《徐兆玮日记》,第997页。
[5]《徐兆玮日记》,第1290页。
[6]《徐兆玮日记》,第1292页。
[7]《徐兆玮日记》,第1296页。
[8]《徐兆玮日记》,第1383页。
[9]《徐兆玮日记》,第1384页。

云七言稿本在兵变时遗失，五言却完全无恙。"[1] 1914年孙景贤和徐兆玮通信时说："衮夫见示集李七言，云五言全稿经乱散失，其警联尚能默诵。景贤劝其补录见寄，汇齐诸家所集，觅工楷者写付石印。彤士遇于劝业场，与作茗谭，亦有刻《悼秀集》之志，并云其集玉溪文一序胜于云瓿所集。"[2] 且不谈汪关于集李诗五言、七言存佚问题的前后矛盾，1914年不久之后，汪荣宝赴任驻比利时公使，集李五言的补录云云必是无从谈起。

现今回过头来梳理《楚雨集》的相关史实，可以发现集李诗的创作实际成为维系西砖诗人群体不可或缺的纽带。西砖酬唱的参与者目前只能确定张鸿、曹元忠、汪荣宝三人，徐兆玮虽然常被诗歌史家列为与张、曹、汪同派，但是值西砖酬唱的1899年，徐兆玮并未离开常熟及周边范围，对于西砖酬唱只是旁观者和记录者，同时徐兆玮也只是与张鸿经常通信，进而与曹元忠、汪荣宝的交游加深，其对西砖诗学执行的深化，是经由《楚雨集》的结撰、讨论和诗艺的切磋来完成的。经由《楚雨集》，孙景贤也真正意义上成为西砖诗人群体的后起之秀。清民鼎革，曹元忠成为清遗民，汪荣宝继续出仕，西砖诗人群体风流云散，《楚雨集》却给他们留下丰富的记忆。民国九年（1920）孙景贤去世[3]，徐兆玮帮助整理《龙尾集》，尚从《楚雨集》中补辑孙景贤的集李诗置于《龙尾集》之内。民国二十二年（1933）汪荣宝去世，徐兆玮读罢《大公报·文学副刊》刊载的汪荣宝诗《梅畹华生日集义山句》，在日记中慨叹道："集义山句四首不但词意蕴藉，自然工妙，且见汪君寝馈于义山者深，可明其诗渊源所自。曩与云瓿、衮夫集义山诗，众合刻《楚雨集》而未果，衮夫手稿一册尚留箧中，《寿畹华诗》盖应酬之作，与前

---

[1] 《徐兆玮日记》，第1356页。
[2] 《徐兆玮日记》，第1442页。
[3] 一般以为，孙景贤的卒年是1919年，实则有误。据《徐兆玮日记》可知，孙景贤去世于民国九年（1920）1月2日，己未年十一月十二日。"龙尾已于十二日长辞人世矣。"《徐兆玮日记》，第2063页。

所集句颇有重复，暇日拟录出，寄副刊以示世之嗜衮夫诗者。"[1]

三、集李写作：《楚雨集》的特征、价值

对于作为集句诗集的《楚雨集》，不妨从个性和共性两方面来把握。

从个性来看，首要问题是集李义山诗的抒写，如何与西砖诗学相得益彰，这要从《楚雨集》的名称入手。曹元忠《楚雨集题词》云：

> 含烟惹雾每依依，十二峰前落照微。为问翠钗钗上凤，每朝珠馆几时归。
>
> 杜兰香去未移时，珠箔轻明拂玉墀。尽日伤心人不见，空教楚客咏江蓠。
>
> 楚王葬尽满城娇，莫损愁眉与细腰。料得也应怜宋玉，女萝山鬼语相邀。
>
> 十二玉楼空更空，楚歌重叠怨兰丛。岂知为雨为云处，只有襄王忆梦中。
>
> 阳台白道细如丝，莫道人间总不知。楚雨含情皆有托，非关宋玉有微辞。
>
> 风帘残烛隔霜清，郢曲新传白雪英。纵使有花兼有月，草间霜露古今情。[2]

所谓"楚雨含情"，楚骚的哀怨悱恻之情外化为伤心人语，从宋玉到李商隐，再审视作为京城小官的曹元忠，身份的无足轻重让他们面对混沌黑暗的国事只能感伤于怀，只可运用诗歌的比兴手法微辞托讽，吟咏"香草美人"，正是"空教楚客咏江蓠"。改革受阻，家国受难，曹元忠同

---

[1] 《徐兆玮日记》，第3650页。
[2] 曹元忠：《楚雨集题词集李义山句》，《笺经室遗集》卷十八，《清代诗文集汇编》编纂委员会：《清代诗文集汇编》（第七百九十册），上海古籍出版社2009年版，第573—574页。

情光绪皇帝这位名义上的国家统治者悲惨的遭际,"岂知为雨为云处,只有襄王忆梦中",套用李商隐所运用的"巫山云雨"的典故,或许正为暗喻光绪皇帝对珍妃的怀念。曹元忠认为《楚雨集》是"郢曲新传白雪英",是阳春白雪,是新奏的楚调;"草间霜露古今情",其楚雨之音的情感和宋玉、李商隐是古今相通的,而且情感上的古今共鸣也不乏理智上的借古喻今、以古讽今,也就是"楚雨含情皆有托"。那么所托为何?曹元忠《秘殿集李义山句》小序直接给出了答案:

> 修门十载,更历万状;欲言不敢,为思公子;长歌当泣,取近妇人;托旨闺襜,从事义山。虽效尤西昆,持橐弥甚;而曲终奏雅,义归丽则。所谓国人尽保展禽,酒肆无疑阮籍,玉溪生倘许我乎?作《秘殿篇》。[1]

巧妙地将所知的清季掌故装饰成一个又一个的美丽谜题,如同诗题《秘殿》,神秘、深邃,幽幽地渗透着现实的政治博弈和历史的诡变。"欲言不敢",只好"托旨闺襜,从事义山",把不敢言、不能言之事用诗歌语言道出。曹元忠和汪荣宝仕宦京师,亲身经历清末戊戌、庚子之变,他们分别与戊戌六君子、袁昶、许景澄中的个别人物有过交游,对改革带有一定的倾向性和同情心。然而这些人物却在近代史的剧变之中招致杀身大祸,成为国家动荡的牺牲品,因而曹元忠、汪荣宝深切感受到政局的严酷和国变的震撼,他们集李诗,借重李商隐诗歌的象征手法和朦胧语境,隐射晚清史事,抒发各自情感。潘景郑著录《曹君直秘殿篇稿本》,指出:"晚清数十年中,牝鸡司晨,内祸外侮,荐臻无已,忧时者知国祚之将移,缄口不敢议政,而托之于诗人讽咏之旨,此亦雅颂之遗意乎?"这与汪荣宝《西砖酬唱集序》中所说"而今之所赋,有异前修,何则?高邱无女,放臣之所流涕,周道如砥,大夫故其潜焉。非

---

[1] 曹元忠:《秘殿集李义山句》,《笺经室遗集》卷十八,《清代诗文集汇编》编纂委员会编:《清代诗文集汇编》(第七百九十册),上海古籍出版社2009年版,第571页。

曰情迁,良缘景改。故以流连既往,慷慨我辰;综彼离忧,形诸咏叹……侧身天地,庶以写其隐忧,万古江河,非所希于曩轨,傥有喻者以览观焉"[1]不谋而合。他们学李,以诗史为指向,有着明确的理论取舍,一方面对当时诗坛流行的同光体持有批判意见,徐兆玮说:"近人多摹宋诗,而郑苏龛、陈伯严为此派之巨子,然作意为之,毫无气韵,适足供高心空腹者藏拙耳。"[2]另一方面对同为学李却又专注艳情的一派较为排斥,故而徐兆玮在《北松庐诗话》里批评史久榕"近艳体","故不录"[3],这一点大约也是徐兆玮、曹元忠不满陆增炜《悼秀集》的原因。徐兆玮指出集句诗创作应当"惬心贵当"[4],是为楚雨之情的经验反馈,其所集哭沈鹏(号北山)诗十律,曹元忠称赞道:"于北山身世言之历历,彦和所谓宛转附物,怊怅切情,尊著足以当之。即非集句,已是名作,况取材玉溪乎?鄙臆是制在《楚雨集》中当为第一。"[5]

集李乃是西砖诗群对学习李商隐的有力贯彻,当李商隐诗句被架空唐代历史穿越到晚清,这重朦胧与晦涩自是未曾消减。阅读晚近吴下诗人的这些集李诗,要如潘景郑所谓:"然想象当时情事,犹可约略得其一二也。"[6]李猷也说:"义山诗深晦,固未可全懂其寓意何在,集句成诗,亦只求直觉上发现其为何意而已。"[7]以徐兆玮咏沈北山其人其事为例,1899年沈鹏因上疏请诛三凶(荣禄、刚毅、李莲英)而下狱,《国闻报》披露之后引起巨大反响;1909年沈鹏去世,徐兆玮一连作有

---

[1] 汪荣宝:《西砖酬唱集序》,《金薤琳琅斋文存》,沈云龙主编:《近代中国史料丛刊》(第六十辑),文海出版社1973年版,第20—21页。
[2] 《徐兆玮日记》,第955页。
[3] 徐兆玮:《北松庐诗话》卷五,转引自黄培:《晚清民国中晚唐诗派研究》,南京师范大学博士学位论文,2010年,第125页。
[4] 徐兆玮:《北松庐诗话》卷三,转引自黄培:《晚清民国中晚唐诗派研究》,南京师范大学博士学位论文,2010年,第128页。
[5] 《徐兆玮日记》,第1036页。
[6] 潘景郑:《著砚楼书跋》,上海古籍出版社2006年版,第302页。
[7] 李猷:《汪衮父丈之〈思玄堂诗〉》,《近代诗选介》,台湾商务印书馆1995年版,第130页。

十首《集义山诗挽沈北山》和七首《哭沈北山》悼之。徐兆玮还另有同一主题但非集李诗的《哭沈北山》，诸如"继起有吾友，怀疏劾三凶。沮格不得上，传写遍寰中"，"三凶首荣李，其一为刚毅"[1]等句，叙事直白，直截了当。而《集义山诗挽沈北山》则须从抽象的文字中寻找意脉的走向，感受"宛转附物，怊怅切情"，也增添了较大的阅读难度。如"那修直谏草，安有大横庚"一句，徐兆玮日记中对此有说明，"北山闻大阿哥立，愤欲再入都上疏。安有大横庚，此本事也"[2]。反使汉文帝"兆遇大横"的典故，暗示光绪帝位岌岌可危，汪荣宝就曾有句"象法喜瞻金布甲，龟符惊失大横庚"[3]指喻戊戌政变。此句如无徐兆玮自己解释，实也难以从集句文本中确知沈北山尚有二次上疏的计划。集句诗"终隔一层"，幸好像汪荣宝的集李诗，通常附有小注，给读者指明方向，如《朱门》"此咏项城被逐"，《玄圃和君直》"此咏颐和园"，《红楼和君直》"此咏宝月楼"，《华清》"此咏戊戌至辛丑间时事"，《楚宫》"此咏国变以后西苑"。[4]即以《华清》为例，《华清》十八首是汪荣宝晚清集李诗的典型作品，原题或为徐兆玮《北松庐诗话》所说"近世史杂咏"[5]。这组诗歌深寓寄托，其言所指应予仔细推敲，如"玄武湖中玉漏催，瑶池阿母绮窗开"当指戊戌变法后期，慈禧在顽固派的怂恿下，回朝"训政"；"君王晓坐金銮殿，哀痛天书近已裁"则指光绪皇帝伤痛于戊戌变法的失败；"通灵夜醮达清晨，不问苍生问鬼神"讽刺慈禧竟然相信、依赖义和团势力；"敌国军营漂木柹，二江风水接天津""虏骑胡兵一战摧，中元朝拜上清回"代指庚子国变、八国联军入侵；等等。对于集李诗的分析，既要如龚鹏程强调"分析其艺术'形式'（Form）之存在问题，找出其组织结构与内在意义间的关联，并为他转化旧有经验文句以发展其主题、传达其意义而喝采，那是种高度语言秩

---

[1]《徐兆玮日记》，第1060页。
[2]《徐兆玮日记》，第1023页。
[3] 汪荣宝：《重有感》，《思玄堂诗》，第14页。
[4] 汪荣宝：《思玄堂诗·楚雨集》，第195—225页。
[5] 徐兆玮：《北松庐诗话》卷五，转引自黄培：《晚清民国中晚唐诗派研究》，南京师范大学博士学位论文，2010年，第126页。

序的重组与创造性想象（Creative imagination）的完成"[1]，又要着力感知排列组合李商隐诗句所带来的造境效果和所传达的情绪，即如汪荣宝《秋兴》《楚宫》所奏出的沉痛哀伤、物是人非的亡国曲调。各举《秋兴》《楚宫》第一首为例：

> 一岁林花即日休，凉风只在殿西头。遥知小阁还斜照，只有空床敌素秋。衣带无情有宽窄，酒垆从古擅风流。嗟余久抱临邛渴，瘦尽琼枝咏四愁。[2]

> 十二玉楼空更空，至今云雨暗丹枫。常娥捣药无时已，子晋吹笙此日同。蜡照半笼金翡翠，风声偏猎紫兰丛。几人曾预南熏曲，独立寒流吊楚宫。[3]

清政府覆灭以后，投身北洋政府的汪荣宝与曹元忠、徐兆玮已呈政治立场分道扬镳之势，徐兆玮在民国元年（1912）为此抒发一通感慨："天涯知己寥落如晨星，以云瓿之学问与性情，实于斯世大相乖忤，不似衮甫辈骑墙之见，朝可秦而暮可楚，然此病根深入，即为坎坷之媒。鄙人幸而有田可耕，有敝庐可退隐，有书可读。"[4]处在人心纷乱的时代转折点上，灵活机变、"朝秦暮楚"的汪荣宝看似华丽转身，从清政府官员变成民国政府官员，然而正如徐兆玮警示的那样，正是"坎坷之媒"！《秋兴》第一首即能看出汪荣宝心中的坎坷与不得志。"凉风只在殿西头"的出处是李义山诗《宫辞》，"嗟余久抱临邛渴"出自《史记·司马相如列传》中的典故，皆有仕进受阻之意涵，正对应着汪荣宝虽属袁世凯集团却实未得到重用。史家对汪荣宝的定位是立宪派，其政治动力和宪政改革息息相关，而彼时的历史发展已然和其理想偏离。汪荣宝

---

[1] 龚鹏程：《汪荣宝的历史形相与地位》，《历史中的一盏灯》，汉光文化事业股份有限公司出版社1984年版，第169页。
[2] 汪荣宝：《秋兴》，《思玄堂诗·楚雨集》，第215页。
[3] 汪荣宝：《楚宫》，《思玄堂诗·楚雨集》，第223页。
[4] 《徐兆玮日记》，第1271页。

参与清末立宪，尽展学自东瀛的政法方面才能，与之后的处境形成鲜明的对比。《楚宫》诗里，"几人曾预南熏曲，独立寒流吊楚宫"，"南熏"之曲为君主图治之曲，不管代表着戊戌变法还是庚子后的新政，汪荣宝的追忆和凭吊都是发自肺腑的。而这一切的大背景是清廷大厦的轰然崩塌，"一岁林花即日休"可见突然之间的王朝终结对汪荣宝造成的心理冲击，"十二玉楼空更空"则就唯剩王朝终结后的凄凉了。

从共性来看，集句诗带有游戏性质，讲求技巧和新奇。它有游戏的禁约，"题无重篇，篇无复句"[1]。它的艺术要求，如钱仲联先生所说："集句贵天衣无缝，运用自如。"[2] 仍以汪荣宝的集李诗为例，其《畹华三十生朝》历来颇受称道。《畹华三十生朝》四首作于1923年，据张谬子《梅兰芳三十生日闻见录》载："民国十二年十一月（旧历九月二十四日）为梅氏三旬览揆之日，缀玉轩内，贺客如云……京津沪港，以及内地寄赠之诗文书画，美不胜收，其中尤有巧思者，为汪衮甫氏集玉溪诗句四律，以四幅宫绢书之。"[3] 吴宓激赏其"工妙"[4]。王赓录入《今传是楼诗话》：

> 梅郎畹华生日，名流宠以诗者甚多。以言杰构，要推衮甫集义山句四律。诗云："想象咸池日欲光，今朝歌管属檀郎。庄生晓梦迷胡蝶，侍女吹笙弄凤凰。检与神方教驻景，久留金勒为回肠。章台街里芳菲伴，一曲清尘绕画梁。""芝香三代继清风，心有灵犀一点通。总却春山扫眉黛，直教银汉堕怀中。姮娥捣药无时已，子晋吹笙此日同。赊取松醪一斗酒，绿衣称庆桂香浓。""忆向天阶问紫芝，披香新殿斗腰肢。荔枝卢橘沾恩幸，紫凤青鸾共羽仪。汉苑风烟吹客梦，蒿阳松雪有心期。

---

[1] 寄生（汪东）：《铅椠余录》，《华国月刊》1926年第3期第3册，第2页。
[2] 钱仲联撰、张寅彭校点：《梦苕庵诗话》，张寅彭主编：《民国诗话丛编》（六），上海书店出版社2002年版，第171页。
[3] 张谬子：《歌舞春秋》，广益书局1951年版，第82页。
[4] 吴宓著、吴学昭整理：《吴宓诗话》，商务印书馆2005年版，第211页。

前身应是梁江总，自有仙才自不知。""家近红蕖曲水滨，罗窗不识绕街尘。从来此地黄昏散，并觉今朝粉黛新。萼绿华来无定所，毛延寿尽欲通神。浣花笺纸桃花色，一一莲花现佛身。"集句如此浑成，洵不易矣。[1]

"如此浑成，洵不易矣"，正如杨圻带给李猷的诗学经验："集句至难。第一要诗熟，第二要有技巧，先师云史先生曾为余言之，其法以单句分五七言依韵归类，另上句仄韵者，亦归一类，需集句时，取出检阅，互相搭配，又句法组织不同者，亦为归类，如此尝试，必可成功。又取前人成句凑合，主要在能把握神气。"[2] 具体到集李诗，《徐兆玮日记》中既有谈到创作之心得："予尝谓集义山五言易，七言难，盖五言属对易工，七言不易工也。且七言集之者多，难于见长，五言则尚无集者，易讨好耳。"[3] 也不乏创作之心路历程，徐兆玮时有感叹创作之难："欲避前人窠臼，一难也；欲避同辈机杼，二难也。"[4] 所以他对王以敏集义山七律能达百余首之神勇十分钦佩。通过集李诗的创作，西砖诗人获得丰富的集句经验，此后，曹元忠又有集陶（渊明）诗，徐兆玮又有集温（庭筠）诗等。

无疑，西砖诗群的集李诗创作成绩斐然，然而目前学界已经出版的几部中国集句诗史对《楚雨集》的关注并不充分，反而是在民国年间，在汪东粗略构建的集句诗史话语下，《楚雨集》获得了一席之地：

> 集句创自宋人，孔毅父善此体，东坡赠诗所谓"裁缝灭尽针线迹"者是也。顾偶尔为之，篇幅未广。清初王渔洋集梅花诗三百首，黄石牧有《香屑集》，于是始恢廓矣。中晚作者，

---

[1] 王逸塘撰，张寅彭、李剑冰校点：《今传是楼诗话》，张寅彭主编：《民国诗话丛编》（三），上海书店出版社2002年版，第329页。
[2] 李猷：《汪衮父丈之〈思玄堂诗〉》，《近代诗选介》，台湾商务印书馆1995年版，第130页。
[3] 《徐兆玮日记》，第934页。
[4] 《徐兆玮日记》，第943页。

推礼亲王《萃锦吟》、戴毅夫《采百集》,然皆兼取众集,不专一家。光绪中,山阴史竹坪集李义山诗为《麝尘集》,家兄衮父及曹君直等,亦有《楚雨集》之作,编珠织锦,传诵一时。[1]

因之,在讨论内容上波澜壮阔和形式上争奇斗艳的晚近诗歌时,我们应当赋予吴下西砖诗人以充分的关注。在特定的历史条件下,其诗歌创作中所表现的深厚学养,所寄托的精邃思想,所反映的复杂现实,在《楚雨集》中展露无疑。他们集李诗句,其中对李商隐诗歌的接受,不仅仅是形式层面,而更多的是精神层面。这应该是诗歌创作和诗歌评价所追寻的真谛,决不可以"游戏文字"一言蔽之或一笔带过。

---

[1] 寄生(汪东):《铅椠余录》,《华国月刊》1926年第3期第1册,第5—6页。

第四章　戊戌·旁观者：诗史精神与婉曲心态（一）

汪荣宝对戊戌变法的态度是同情并支持的。从亲友关系看，汪荣宝的父亲汪凤瀛是张之洞幕僚，属于洋务派；汪荣宝的好友张鸿、徐兆玮来自常熟，依附翁同龢，属于帝党。洋务派、帝党虽与康梁为首的维新派存在龃龉，但同样要求改革，手段则趋向稳健。汪荣宝的好友曹元忠与戊戌六君子中的谭嗣同、林旭存在联系，谭、林死后，曹元忠为二人分别作有《题莽苍苍斋遗集时余明发出都》《题晚翠轩遗集》。而汪荣宝本人与戊戌六君子的杨锐深有渊源，戊戌政变之后的第二年，汪荣宝作有《绳匠胡同》："夕阳无限凤城阿，绳匠胡同策马过。今日敢挥思旧泪，凄凉邻笛欲如何。"[1] 此处所思的故旧正是杨锐，杨锐的寓所位于绳匠胡同，戊戌政变发生时杨锐也是在绳匠胡同的寓所里被捕的，汪荣宝路过此地难免触景生情。再过大约十年，汪荣宝又作《过杨叔峤故居》凭吊杨锐。由此可见，汪荣宝所处的交游环境对戊戌变法的态度总体说来算是积极的。从自身原因看，汪荣宝二十岁时参与创办的苏学会是苏州地区的维新团体，同年汪荣宝在《实学报》发表《书华盛顿传后》《论新报文体》两篇文章，表明其深得维新思想的浸润。更为重要的是，戊戌变法为当时身为兵部小京官的汪荣宝提供了难得的人生机遇——经济特科，专门选拔洞达中外时务的人才。推荐名单中，汪荣宝

---

[1] 汪荣宝：《绳匠胡同》，《思玄堂诗》，第17页。

的名字赫然在列[1]，保举者是湖北学政王同愈，与汪凤瀛颇有交情。经济特科对于汪荣宝这种资历尚浅的拔贡生而言已经含有破格选拔的意思，一旦成功，其前途自是比打拼宦海的小京官光明许多。但是随着戊戌变法的失败，清政府第一次开设经济特科的计划亦即流产，成为过眼云烟。总之，经济特科一事应更是增强了汪荣宝对戊戌变法的支持。

汪荣宝对戊戌变法的关注似乎也聚焦于人才选拔制度。在维新运动过程中，汪荣宝创作的具体谈论变法政策的诗歌，只有《腐儒》三首，叶景葵的批语是"此咏废八股，改试策论"[2]。汪荣宝对传统科举视域内士子们所追求的"稽古殊荣""词臣玉节"[3]是肯定的，然而当时的情形已不同往日，腐儒们食古不化，仍沉浸在过往的理想之中，这就大错特错了。"环海今为大九州，远人长是庙堂忧。车船已听操全算，襟带还容据上游"[4]，列强掀起瓜分狂潮，清政府的统治岌岌可危，来自军事、政治的压力亟需"神州戮力"，针对厝火积薪的现实献言献策，因此"夷甫诸人不足谋"，像王衍那样不通时变，最终只有空谈误国一途。对腐儒们"讥诃""废八股，改试策论"，汪荣宝断然予以回击，斥之为"狗曲"！到《腐儒》的第三首，汪荣宝突然话锋一转：

> 赫如日月乍经天，尘劫回头五百年。几辈枕中鸿宝在，一朝墙角短檠捐。俗儒干禄难为学，平世求才自有先。未必纵横胜帖括，后生且莫笑前贤。[5]

---

[1] 胡思敬：《戊戌履霜录》卷四，民国二年（1913）本。
[2] 见上海图书馆藏《思玄堂诗》。
[3] 《腐儒三首（其一）》："腐儒狗曲漫讥诃，功令当年重甲科。一代宦途无捷径，百家学海有先河。衡门夜雨然麻读，萧寺秋风倚树哦。稽古殊荣谁不羡，词臣玉节听中和。"汪荣宝：《思玄堂诗》，第4页。
[4] 《腐儒三首（其二）》："环海今为大九州，远人长是庙堂忧。车船已听操全算，襟带还容据上游。此日闻鼙思将帅，平时赐帛等倡优。神州戮力谈何易，夷甫诸人不足谋。"汪荣宝：《思玄堂诗》，第4—5页。
[5] 汪荣宝：《腐儒三首（其三）》，《思玄堂诗》，第5页。

为什么说"后生且莫笑前贤"？因为"几辈枕中鸿宝在"，先贤所留的四书五经，代代相沿的经义是"枕中鸿宝"，是"中学"，绝不能因为"改试策论"而弃掷；"短檠捐"，穷苦人家的读书种子不再读经，把油灯扔掉，这是危险的信号，也是"改试策论"潜在的弊端。"未必纵横胜帖括"，虽然八股已废，但是传统制义的考试形式仍有可取之处。汪荣宝这二首诗实为贯彻光绪皇帝"废八股，改试策论"的圣谕精神，"此次特降谕旨，实因时文积弊太深，不得不改弦更张，以破拘墟之习。至士子为学，自当以四子六经为根柢。策论与制义殊流同源，仍不外通经史以达时务，总期体用兼备，人皆勉为通儒。毋得竞逞博辩，徒蹈空言，致负朝廷破格求才至意"[1]。而其改革理念与张之洞的"稳健"想法是完全一致的，他们并不赞成维新派的激进举措，最终要求仍是"旧学为体，新学为用"，"非废四书五经也"。

百日维新更令汪荣宝震撼之处还是最终那场流血的政变，《纪变》云：

> 九县陵迟日，三灵震动年。欻惊星入斗，真恐海为田。草木纷摇落，乾坤孰转旋。此时天帝醉，未敢诉缠绵。
>
> 不觉鹃啼痛，宁知燕啄伤。高名虚四皓，哀咏动三良。卫国棋无定，周京燎不扬。小臣魂魄散，不信有巫阳。
>
> 直道今何在？奇悲古未曾。侧身思柱石，雪涕望舳舻。蹄迹方交错，川原况沸腾。诸公行老矣，何语谢长陵？[2]

政局的险恶远超预想，革新的美梦骤然惊断，当"九县陵迟，三灵震动"的戊戌政变发生之时，汪荣宝直感万象惊变、乾坤颠倒，"欻惊""真恐""未敢"代表汪荣宝当时最真切的心理状态。现实把理想碾压得粉碎，成为最黑暗的存在，伤怀融为一句质问："直道今何在？奇悲古未

---

[1] 劳祖德整理：《郑孝胥日记》，中华书局1993年版，第664页。
[2] 汪荣宝：《纪变》，《思玄堂诗》，第7页。

曾。"这三首诗仍是结合造境、事典的朦胧隐约的李商隐式作品，情感则极为秾挚，钱仲联先生在讲论清诗时，也是指出"这三首诗写得好"[1]。《不寐》继《纪变》而作，延续着戊戌政变的心理阴影，"耿耿寒灯不曙天，潇潇冻雪欲残年。玉杯经术成何用，锦瑟诗心只自怜"[2]，忧心忡忡以致辗转反侧，难以入眠。

到1899年，汪荣宝心情有所平复，又创作两首五排和十首七律回顾戊戌变法。十首七律题作《重有感》，正如前文所说，《重有感》原题作《有感》，是汪荣宝前期诗歌的代表作，数次载于报刊，也数次被选本选录，不同的传播载体形成多种版本，衍生诸多异文。收进诗集里的《重有感》无疑经过若干打磨，才成为最终的版本，此处讨论的《重有感》即以此为底本。《重有感》组诗在创作后不久即受到大诗人范当世称许："衮甫真后辈之奇才也。戊戌之变，作者多矣，此八首亦比事属词，而有清隽之气，遂觉情韵不匮，声音动人。"[3]《晚清四十家诗钞》选录《有感》也是八首，较诗集本《重有感》缺第二、三首。[4] 由于范当世对《晚清四十家诗钞》的编选影响极大，编选者吴闿生作为桐城诗派的后劲，即师从范当世，故而不难推断范当世所说的"八首"正是吴闿生所选的"八首"。此外，郭则沄在《十朝诗乘》以及徐兆玮、钱仲联、陈声聪、李猷、高阳、龚鹏程等先生在各自的著作中均对《重有感》诗有所关注。《重有感》诗曰：

草堂万木长风烟，高卧南溟几岁年。刘向传经无百两，牟长著录过三千。连鸡战国纵横局，乘马兵书甲乙篇。从此燕齐迂怪士，颇闻扼腕道神仙。（一）

莽莽神州有夕阴，萧萧漆室自悲吟。竹林坠简标师说，桑

---

[1] 魏中林整理：《钱仲联讲论清诗》，苏州大学出版社2004年版，第159页。
[2] 汪荣宝：《不寐》，《思玄堂诗》，第7—8页。
[3] 曾克耑辑：《范伯子近代诸家诗评》，范当世著：《范伯子先生全集》，沈云龙主编：《近代中国史料丛刊续集》（第二十四辑），文海出版社1975年版，第865页。
[4] 陈声聪《兼于阁诗话》迻录汪荣宝《有感》八首，情况也是如此。

落凄辰得霸心。适野已知吾道绌，叩天不识帝阍深。当关莫恨妨清梦，风雨鸣鸡识此音。（二）

边尘夕黯海波逍，鸣毂徒增圣主忧。霸越奇材思范蠡，新周经术得何休。升车慷慨倾三辅，倒屣逢迎遍五侯。闻说孔公能荐士，云霄一鹗好横秋。（三）

风送珂声近玉除，日移花影上华裾。屡闻贾谊叨前席，更许刘安进外书。反袂伤麟良可已，持刀呪虎定何如。孤芳只恐经秋歇，多种江蓠与揭车。（四）

天路新标进善旌，四星高傍帝车明。宝书重叠归天禄，讲幄深严辟逸英。象法喜瞻金布甲，龟符惊失大横庚。汉朝自有家人语，安用春秋致太平。（五）

倦向瑶池听八琅，炉烟扇影不曾忘。金根归驾秋传讯，玉检灵书夜作芒。重起甘龙论要道，急征扁鹊进神方。水衡新奏云斤技，未许寒鸦度范墙。（六）

觚棱回首日西曛，哀痛天书不忍闻。自是桐宫甘罪已，何曾丹穴苦熏君。银珰夜宴开东阁，铁骑朝搜集北军。定策殊勋谁第一，青袍御史气干云。（七）

十五句圜夜动摇，绣衣逐捕隶兵骄。杜周刀笔须深刻，陶侃戎衣竟寂寥。坐见刊章收北寺，虚闻对簿就东朝。弋人岂得忘矰缴，已有冥鸿在九霄。（八）

斩关空复破卢罂，身有灵符辟五兵。即夜珠襦临武帐，平明玉貌去围城。甘泉豹尾萦魂梦，沧海鸥夷变姓名。绁马阊风应反顾，高邱无女涕纵横。（九）

柏台秋气夜凝霜，白首同归事可伤。黄犬旧游迷上蔡，碧鸡霸业黯陈仓。敢寻韩客论孤愤，私托湘累续九章。青史他年有公论，诗成未许下雌黄。（十）[1]

---

[1] 汪荣宝：《重有感》，《思玄堂诗》，第13—16页。按：序号为笔者添加。

从艺术角度来说，《重有感》依然是李商隐式的历史谜题，解读方向不妨从两方面把握：

其一，发掘诗歌隐喻的历史真相。关于这十首诗的现实意指，李猷认为"首二首谓康梁，风送一首似咏谭嗣同，天路则四京卿，觚棱一首之青袍御史，则御史杨崇伊也"[1]，龚鹏程认为"一二首咏康梁，三似咏翁同龢，四指谭嗣同，第七首'青袍御史气干云'则谓杨崇伊也"[2]。《重有感》第一首"草堂万木长风烟，高卧南滇几岁年"以及第三首"新周经术得何休"确切指向康有为，郭则沄说："长素所居为万木草堂，其改制本公羊何休说，故有'新周经术'句。"[3]（按：长素为康有为）第二首"竹林坠简标师说，桑落凄辰得霸心"确是说的梁启超。第三首"边尘夕黯海波遒，鸣毂徒增圣主忧"，光绪皇帝忧于外患，故思延揽人才，所谓"思范蠡""得何休"，一时群公荐贤，气势较盛；"云霄一鹗"，"一鹗"指代出众的正直大臣，也可能在说翁同龢。至于第四首是否咏谭嗣同仍要打上问号，笔者以为这首诗或是咏梁启超，"风送珂声近玉除，日移花影上华裾。屡闻贾谊叨前席，更许刘安进外书"，暗说光绪皇帝召见梁启超，并把梁启超派往译书局翻译外国书籍；"反袂伤麟良可已，持刀呪虎定何如"，消极地哀叹时运不济可以停止了，即便以国家兴衰为刃，对顽固势力义正词严地拷问也是不起作用的，必须放眼于未来；"孤芳只恐经秋歇，多种江蓠与揭车"，维新变法不能只在戊戌一季昙花一现，维新的思想需要传播，维新的人才需要培养。诗歌的留白也许是说梁启超逃亡日本以后继续为新政的理想造势。第五首"天路新标进善旌，四星高傍帝车明"，"四星"的象征意义明确，即四京卿——谭嗣同、杨锐、林旭、刘光第；"宝书重叠归天禄，讲幄深严辟迩英"，正当维新变法蒸蒸日上之际，突然危机爆发；"象法

---

[1] 李猷：《汪衮父丈之〈思玄堂诗〉》，《近代诗选介》，台湾商务印书馆1995年版，第124页。
[2] 龚鹏程：《论晚清诗》，《近代思潮与人物》，中华书局2007年版，第225页。
[3] 郭则沄撰，林建福、沈习康、梁临川校点：《十朝诗乘》，张寅彭主编：《民国诗话丛编》（四），上海书店出版社2002年版，第755页。

喜瞻金布甲，龟符惊失大横庚"，反用汉文帝"兆遇大横"的典故，意指光绪帝位岌岌可危；"汉朝自有家人语，安用春秋致太平"，典指出身卑微的窦太后信奉黄老之学而反对儒术，喻指慈禧太后抵制新法。第六首是说光绪遭到幽禁，"倦向瑶池听八琅"，百日维新期间，亲政的光绪十二次前往"西王母"慈禧居住的颐和园请安，车马劳顿；"金根归驾秋传讯，玉检灵书夜作芒"，戊戌年八月初四傍晚，慈禧突然回宫，两日以后再次训政并正式软禁光绪，即"未许寒鸦度苑墙"；"重起甘龙论要道"，保守的甘龙是商鞅变法的反对派，"重起甘龙"影射慈禧重用维新派的政敌——荣禄，"急征扁鹊进神方"，光绪被囚禁在瀛台，因心情郁闷而致病，慈禧召集名医为光绪诊病，伺机废黜光绪。第七首"银珰夜宴开东阁，铁骑朝搜集北军。定策殊勋谁第一，青袍御史气干云"，意指慈禧即将逮捕"变法分子"，而戊戌政变为慈禧立下首功者，乃"青袍御史"杨崇伊。第九首"即夜珠襦临武帐，平明玉貌去围城。甘泉豹尾紫魂梦，沧海鸥夷变姓名"，一捉一逃，脱离险关的"伍子胥"梁启超到达日本，还得改名以避风头；"继马阆风应反顾，高邱无女涕纵横"，化用《离骚》成句"朝吾将济于白水兮，登阆风而继马。忽反顾以流涕兮，哀高丘之无女"，叹朝廷缺少贤良之臣。第十首"青史他年有公论，诗成未许下雌黄"，透露汪荣宝创作的纪实初衷。《重有感》十首充分展现了诗歌的寄托潜能及其所拥有的丰富的解读空间，是"诗史互证"的绝佳素材。第八首描述逮捕康有为、戊戌六君子之时的状况，兹引高阳的评述，以见《重有感》诗对历史研究的参考价值。

  我要介绍汪公纪先生尊人汪荣宝公使的一首诗。汪公使在戊戌年以拔贡官部曹，目击其事，赋诗甚多，有《重有感》十首七律，其第八首云："十五勾[1]阑夜动摇，绣衣逐捕隶兵骄。杜周刀笔须深刻，陶侃戎衣竟寂寥。坐见刊章收北寺，虚

---

[1]《思玄堂诗》民国二十六年（1937）本作"句"，本段引文下同。

闻对簿就东朝。弋人岂得忘矰缴，尚[1]有冥鸿在九霄。"

这首诗，真是吴梅村一派的诗史，解得其中典故，真相自出。首句"十五勾圜"指上弦的八月初七夜间。第二句"绣衣"非指御史，借喻为锦衣卫，谓自八月初八日起，步军统领崇礼奉旨大捕康党。

第一联"杜周"指刚毅。杜周为汉初酷吏，刚毅起家刑部，身分相合。所谓"刀笔须深刻"者，八月十三日先杀六君子，然后于次日以上谕宣布罪状，有"前日竟有纠约乱党，谋围颐和园，劫制皇太后，（陷害）朕躬之事"（高阳按："陷害"二字为后来编纂上谕时所加，亦是很深刻的刀笔，为废立的张本）。"乱党"指谁？除了袁世凯没有别人。若谓谭嗣同谋围颐和园，劫制太后。试问证据何在？同案中人走的走、死的死，唯一可以对质的只是一个袁世凯，所以朝廷诬控，迫袁世凯以诬证。袁世凯如果不这么附和，刚毅便立即在"纠约乱党"四字上做文章，袁世凯首领亦将不保。这四个字的"深刻"，甚至于袁世凯在宣统元年被逐后，犹恐翻老账。《戊戌日记》之作，在当时是为恐刚毅追究"乱党"，被逮后没有答辩的余地；宣统元年，袁归洹上，而由张一麐经手，刊此作于南通翰墨林书店，用意亦同。因为隆裕及摄政王载沣要为德宗报仇杀袁世凯，只有这条罪状可致之于死。袁世凯在《日记》中一直强调与荣禄同心同德，即因荣禄为载沣的岳父，使之投鼠忌器，不敢轻发。下一句的"陶侃"，即指荣禄。东晋初年，陶侃镇武昌，居长江上游，为朝廷柱石，当时只有荣禄的身分堪以相拟。而"戎衣寂寥"，竟无举动，所以然者，前文已有解释。由这句诗可以进一步证明，荣禄非戊戌政变主谋。政变之突然爆发，另有原因，后面会谈到。

第二联上句，"刊章"即拘票，"北寺"为东汉宦官聚集之

---

[1]《思玄堂诗》民国二十六年（1937）本作"已"，本段引文下同。

地，有北寺狱，此与"绣衣"意同，皆指步军统领衙门。崇礼为内务府包衣，固可以宦官视之。下句"虚闻对簿就东朝"，亦为实录。六君子被逮后，本应崇礼之请，派御前大臣庆亲王奕劻主持会审，庆王并已派定总署章京陈夔龙、铁良承审，且面嘱保全杨锐、刘光第，不意事忽中变，刚毅"口衔天宪"，命绑赴市曹，一律处斩。因为这一案是不能审的，一审，李鸿章、刚毅的阴谋皆将暴露殆无遗。

结尾两句，即指飞鹰轮船长奉命纵放康有为一事。总之，非纵康有为于朝廷王法不到之处，不能杀四京卿；非杀四京卿并迫袁世凯诬证，不能捏造危及太后的逆谋；非捏造此一逆谋，不能促使太后出而训政，并杜外人干预之口。其间因果衔接，脉络分明。至于杨崇伊，在此丑剧中是摇羽毛扇的脚色，亦见汪诗，其第七首结句云："定策殊勋谁第一，青袍御史气如[1]云。"即指杨崇伊，时官掌广西道监察御史。此人与李鸿章长子李伯行为双重的儿女亲家，其子杨圻娶李伯行的长女李国燕。杨圻即杨云史，著有《江山万里楼诗词集》，为他的诗词集题耑的诸公道是谁？康有为！[2]

其二，体会诗境传达的历史实感。《重有感》组诗反映汪荣宝对政局变化的内在感受，可谓情随事迁，虽总体呈现悲伤的格调，然诗歌情势张弛有度，亦能呼应戊戌政局之诡谲。第五首一喜一惊的转折，第七首"不忍闻"和"气干云"的对比，加重惊变和讽刺的情感重量；第二首"桑落凄辰"、第四首"反袂伤麟"始终彰显世涂的艰难。较之于《纪变》，《重有感》的情感终点并不在于绝望。"青史他年有公论，诗成未许下雌黄"，《重有感》的创作时间是1899年，在变法失败到庚子事变这段清王朝跌至历史谷底的时间区间内，当汪荣宝跨过这惨痛的一年，

---

[1] 《思玄堂诗》民国二十六年（1937）本作"干"。
[2] 高阳：《戊戌政变新探》，清华大学历史系编：《戊戌变法文献资料系日》，上海书店出版社1998年版，第1131—1132页。

第四章
戊戌·旁观者：诗史精神与婉曲心态（一）

通过对变法的反思，他已经相信历史会还戊戌变法公正的评价。在《重有感》诗里，汪荣宝隐含着对变法积极影响的能动认知，这从诗句"当关莫恨妨清梦，风雨鸣鸡识此音"及"孤芳只恐经秋歇，多种江蓠与揭车"中可见。变法固然面临层层阻碍，更为重要的是，在纷乱的社会里，有识之士可以听到变法的声音，维新思想可以真正走进人们的心里，为以后的改革形成良好的铺垫。故而直到1910年，汪荣宝在《过杨叔峤故居》里写道："朽骨已随新法尽，匡床尚有谏书存。若凭成败推兴废，甘露当年未足论。"[1] 戊戌变法虽和唐代的甘露之变一样终以失败告终，却毕竟是一次珍贵的历史尝试，六君子为变法献身亦达到激励来者的作用。至1911年，为戊戌冤狱平反的工作启动，汪荣宝参与其中，"报告昭雪案审查情形，登台演说景皇帝手诏杨锐及杨锐覆陈变法次第之历史"，他在日记里满含热情地写道："以今日豫备立宪实发源于此，将来吾人生息于立宪政治之下，皆景皇帝之所赐，当永永不忘，众大欢迎。"[2] 景皇帝就是光绪，《重有感》里光绪是潜在主人公，不管是咏康梁还是四京卿，与之互动的都是他们背后的靠山——皇帝，而这位无实权的皇帝在诗歌里就只有沉痛了。汪荣宝对光绪皇帝非常同情，也是在1899年，汪荣宝作有《秋怨》诗，颈联云"沧海有鲛长递泪，阊风无鹤与通辞"[3]，确如钱仲联先生所说"写光绪帝被囚禁情况"[4]。汪荣宝描写光绪帝最具分量的诗歌是作于1909年的长律《恭送景皇帝梓宫奉移梁格庄述德抒哀》，"备括光绪朝事"，亦述及慈禧"归政"及"再训政"[5] 史事，钱仲联先生以王国维的《隆裕太后挽歌辞》与之相比[6]。

1900年春，汪荣宝离开京城，去往南方，并未亲身经历庚子国变

---

[1] 汪荣宝：《过杨叔峤故居》，《思玄堂诗》，第54页。
[2] 韩策、崔学森整理，王晓秋审订：《汪荣宝日记》，中华书局2013年版，第230页。
[3] 汪荣宝：《秋怨》，《思玄堂诗》，第17页。
[4] 魏中林整理：《钱仲联讲论清诗》，苏州大学出版社2004年版，第159页。
[5] 郭则沄撰，林建福、沈习康、梁临川校点：《十朝诗乘》，张寅彭主编：《民国诗话丛编》（四），上海书店出版社2002年版，第824页。
[6] 魏中林整理：《钱仲联讲论清诗》，苏州大学出版社2004年版，第161页。

的战争风云。对北方局势,汪荣宝依旧以旁观者的身份保持关注。《出都兼旬得北书不能成寐》诗里有句"燕树回看夕照横,北书传语足心惊。一时卿相能明鬼,几辈师儒竞议兵"[1],心惊者为何?朝廷里的主战派要求对外用兵,最终酿成联军侵华、北京沦陷的奇耻大辱;主和的袁昶、许景澄等正直大臣竟尔忠谏被戮,而出都之前,汪荣宝和许景澄还见过面,《许侍郎哀词》的小注提道:"今年三月,余乞假出都,别公旅邸。"[2]所以从戊戌失败到庚子之难,汪荣宝虽未曾涉进乱局,但内心却是连遭打击。大战歇后,面对满目疮痍的国家,汪荣宝于1901年春作有《早春即事》:

  乡国惊心万象春,中原北望雪摧轮。岂闻墨翟能存宋,会见辛垣欲帝秦。宣室未忘前席对,沧江空望属车尘。国家成败谁能料,已有天书誓卧薪。[3]

尾联可见诗人又燃起新的怀想。1901年年初,清政府颁布上谕,宣布实行新政,即尾联所云"已有天书誓卧薪"。而《早春即事》的下一首诗是《渡海》,也便是在1901年年底汪荣宝东渡日本,开始了全新的留学生涯。

经由徐兆玮的介绍,常熟文人孙雄阅读了汪荣宝戊戌、庚子年间的作品,他在给汪荣宝的信件中赞美道:

  前数载与倚虹词人时通简牍,屡读阁下集义山诗及《戊戌庚子感事咏史》诸作,唾壶击碎,直逼玉溪,已为心醉。[4]

---

[1] 汪荣宝:《出都兼旬得北书不能成寐》,《思玄堂诗》,第21页。
[2] 汪荣宝:《许侍郎哀词》,《思玄堂诗》,第23页。
[3] 汪荣宝:《早春即事》,《思玄堂诗》,第24页。
[4] 方继孝:《旧墨记——世纪学人的墨迹与往事》,北京图书馆出版社2005年版,第70页。
  按:倚虹词人即徐兆玮。

因此，孙雄编辑清诗选本，也向汪荣宝征稿：

> 欲仿兰泉湖海之例，选取道、咸、同、光四朝名作，已辑有一百十四家，都凡十二卷，尚须删繁就简以付梓人。阳春白雪之作，乞速多录数十首。[1]

最终，孙雄的《道咸同光四朝诗史》收录了前文重点分析的《重有感》[2]，而在汪荣宝崛起诗坛的过程中，《重有感》同样发挥着重要作用。

---

[1] 方继孝：《旧墨记——世纪学人的墨迹与往事》，北京图书馆出版社 2005 年版，第 70 页。
[2] 《道咸同光四朝诗史》中题作《有感·戊戌八月》（十首录七）。孙雄：《道咸同光四朝诗史·甲集》卷六，清宣统二年（1910）本。

第五章　鼎革·亲历者：诗史精神与婉曲心态（二）

在《初夏》诗中，汪荣宝写道："生亦有涯诗作史，归犹无路梦为车。"[1] 其诗确可称作诗史，既有浓厚的现实关怀，记录众多历史事件；又有充分的情感抒发，呼应中国诗歌的抒情传统。陈声聪论汪荣宝诗："玉溪丽体亦严妆，《八六》湘弦暗怆伤。曲突危言谁省得？亲从东海看红桑。"[2] 所谓"曲突危言"，既包括历史的警戒和教训，更含有洞察历史的会心之论。在中国近代史上，戊戌变法、清朝覆亡、袁氏称帝等风云变幻的历史事件，都在汪荣宝诗歌的主题内容中占有一席之地，而汪荣宝诗学李商隐最具代表性的诗歌作品也都与这些历史事件有关。

第一节　"中原真见海横流"——鼎革之际的汪荣宝及其诗歌响应

在晚清政坛，京城立宪派是一股不容忽视的政治势力，对此，王晓秋认为：

> 他们大多是归国的留日学生，而且多数学过政治、法律；

---

[1] 汪荣宝：《初夏》，《思玄堂诗》，第85页。
[2] 陈声聪：《艺林五咏》，《兼于阁杂著》，上海古籍出版社2002年版，第126页。

他们大多是清政府中央各机关的中层官员，而且多数在与宪政改革有关的机构中任职；他们共同主张君主立宪，努力推进宪政改革，而且之间有着密切的交往、联系和政治活动；他们不仅是君主立宪的大力鼓吹者，而且又是宪政改革的实际操作者；在辛亥革命前夕，他们基本上都投靠了袁世凯，民国初年成了北洋政府的高官。

这一类京城立宪派的核心骨干和代表人物主要有汪荣宝、曹汝霖、章宗祥、陆宗舆等人。[1]

汪荣宝作为京城立宪派的成员，在诗歌里是如何表达对于清朝覆亡以及民国成立的态度的呢？汪荣宝诗歌的诗史特征，在于其纪实性，因为汪荣宝诗歌忠实记录了他在清廷政治中心的所见所闻，而这些见闻正是清朝统治风雨飘摇、日薄西山的标志。与汪荣宝密切相关的事件，如摄政王载沣被刺案，行刺者是"引刀成一快，不负少年头"的汪兆铭。汪荣宝积极保汪，最终让汪兆铭免于死罪。在1910年4月5日的日记中，汪荣宝留下一首阙题诗，把汪兆铭比作荆轲："白虹昨夜应荆轲，十日长安斥堠多。玉宇霜寒凄叠鼓，金门风细静鸣珂。严更近暑屯龙虎，神策新军列鹳鹅。闻道属车辍游豫，山灵望幸定如何。"[2] 京城风声鹤唳，清政府的统治已然岌岌可危。更寓鼎革意义的是《闻歌》一诗，汪荣宝所闻之歌乃大清帝国国歌——严复所作《巩金瓯》，在1911年10月4日由清廷谕旨颁行，而六天后即发生武昌起义，国歌竟成了清朝的挽歌。且看汪荣宝的描述："萧条汉曲亡朱鹭，宛转吴歌采白鸠。岂有杜夔知雅乐，漫劳王豹进清讴。江南愁唱家山破，代北凄闻玉树秋。可惜管弦犹未被，中原真见海横流。"[3] 经武昌起义引燃导火线，清政权就分崩离析了。

---

[1] 王晓秋：《清末京城立宪派与辛亥革命》，朱诚如、王天有主编：《明清论丛》（第十一辑），故宫出版社2011年版，第28—37页。
[2] 韩策、崔学森整理，王晓秋审订：《汪荣宝日记》，中华书局2013年版，第132页。
[3] 汪荣宝：《闻歌》，《思玄堂诗》，第58页。

在武昌起义之前，汪荣宝本人实则沉浸在民政部、宪政编查馆、法律修订馆的烦冗工作之中，对清朝覆亡并没有深远的预见。虽然国势危殆是不争的事实，但汪荣宝仍幻想以宪政挽回清政府的败局。直到1911年9月，汪荣宝远赴泰山篆拟宪法，踌躇满志之心寓于诗中。面对"白云如海，茫无涯际，仰视霄汉，明星烂然"的泰山夜景，汪荣宝赋诗云："上清虚籁夜萧骚，俯见奔云卷怒涛。列岫森罗如岛屿，万松浮动作鱼鳌。人间风雨元无定，天上星辰只自高。曾向海中观日出，置身云海意尤豪。"[1] 诗境豁然一开，陶醉于泰山胜景，心气也随之高涨。然而大厦倾倒，一切来得迅疾。在武昌起义之后数月，到辛亥年结束，汪荣宝基本停止诗歌创作，一代王朝的落幕究竟留给汪荣宝怎样的烙印，可以从1913年汪荣宝创作的一系列纪游诗《新华门》《集灵囿》《神武门》《武英殿》《金鳌玉蝀》《天坛》《观象台》《颐和园》《崇陵永远奉安》《重经泰陵》等读出时移世易、人事代谢的感慨和唏嘘，而鼎革当下的汪荣宝却更对民主共和的新政权寄托憧憬，宪政的愿景似乎随着"雄才大略"的袁世凯当权逐渐清晰……

简单梳理从清帝退位到袁世凯就任中华民国临时大总统的历史进程，这对解读汪荣宝壬子年（1912）的三首诗《壬子元日》《南使》《漫成》甚有助益：

> 1912年2月12日，宣统皇帝下诏退位，清朝"寿终正寝"。
>
> 2月13日，孙中山向南京方面的参议院请辞临时大总统职务并推荐袁世凯，条件则包括建都南京，袁世凯须赴南京就任临时大总统。
>
> 2月15日，参议院临时会议选举袁世凯为临时大总统。

---

[1] 韩策、崔学森整理，王晓秋审订：《汪荣宝日记》，中华书局2013年版，第296页。该诗在《思玄堂诗》题作《宿玉皇顶夜半起观日出白云如海茫无涯际仰视霄汉明星烂然》，存在部分改动："上清虚籁夜萧骚，起看晴峦见怒涛。群岫浮空成岛屿，万松跋浪作鱼鳌。神州风雨方如晦，帝阙星辰只自高。曾向海天观日出，荡胸云海意逾豪。"

2月18日，参议院派迎袁专使蔡元培、宋教仁、汪兆铭等，迎接袁世凯南下就职。

2月28日，袁世凯接见迎袁专使。

2月29日，北京发生兵变，袁世凯以此为借口，拒绝南下。参议院最终同意袁世凯在北京就职。

3月10日，袁世凯在北京就任中华民国第二任临时大总统。

3月11日，南京临时政府公布实施《中华民国临时约法》。

4月1日，孙中山正式辞去临时大总统职务。

4月5日，参议院投票决定定都北京。

有此背景，就不难理解汪荣宝《南使》一诗所云："晓过中天阙，喧迎南使车。铜衢严棨戟，珠馆溢簪裾。陋洛谈何易，倾燕兴有余。迂儒知量狭，不敢赋论都。"[1]前两联即指迎袁专使抵京事，关键在后两联，涉及敏感的建都问题。究竟是选择北京还是南京？即使在南京临时政府内部，争议也较大。汪荣宝讥讽"迂儒知量狭，不敢赋论都"，他对建都之事早有定见。2月14日已有汪荣宝明确反对袁世凯前往南京的记录："早起。南京来电，坚请袁公赴宁，不审何意。十一时顷到公署，发电致参议院议员杨翼之，又发电至上海致汪季新，托仲和转达，均言明袁公不能离京之故，属其设法调停。另由闰生拟致季直电一通，词意略同。若令南中坚执不受，必致彼此龃龉，又生波折，良用隐忧。"[2]而定都哪里，汪荣宝诗里说得明白。"陋洛"用《两都赋》语典，以现下的首都洛阳为陋，却向往西都长安，指代都城从北京迁往南京，"倾燕"也是此意。汪荣宝给出的态度是"谈何易""兴有余"，建都南京谈何容易，不过是空有兴头，兴致有余而已。汪荣宝的《漫成》则说孙中山下野事，"舜禹傥同今日事，定哀真见太平年"[3]，把袁世凯接班孙中山比作舜禹禅让。

---

[1] 汪荣宝：《南使》，《思玄堂诗》，第59页。
[2] 韩策、崔学森整理，王晓秋审订：《汪荣宝日记》，中华书局2013年版，第344页。
[3] 汪荣宝：《漫成》，《思玄堂诗》，第59页。

对于这场由清及民国的政权交接，尤其是袁世凯"强迫"清室交权的那场不流血政变，汪荣宝由衷感慨："匕鬯不惊，井邑无改，自古鼎革之局，岂有如今日之文明者哉！"[1] 在壬子旧历新年，汪荣宝作《壬子元日》歌颂民国："赤县讴歌改，金源历数移。"[2] 而逊清遗民曹元忠同一日所作《壬子元旦》却说出了另一番眷念故国的心声："到此寒如已死灰，东皇无力教春回。今朝南岳祠前路，可有孤臣望北哀？"[3] 政治立场的不同凌驾在笃深的交情、相近的诗论之上，让汪荣宝与曹元忠同题诗歌的面貌大相迥异。而对于汪荣宝转向袁世凯集团，遗民群体不乏抨击的声音。"邹崖逋者"何藻翔——忠心不二的清遗老，作《效元次山赠党茂宗篇戏赠》，以开玩笑的口吻说冒广生"虽愧苏厚庵，尚胜汪荣宝"[4]。冒广生也是清遗民，身份上已经"胜过"汪荣宝，而且"尚胜汪荣宝"句后有注："民政部左丞汪荣宝，十二月十六日以逊位诏书迟迟不下，忿辞职，知清室将覆，讨好革党也。"[5] 然则何藻翔的说法并不符合事实，据汪氏日记，汪荣宝于辛亥十一月二十八日（1912年1月16日）已"比日对于时局颇极愤懑，本日决意辞职，草呈文一通，寄尚之参事，请为代办"[6]，彼时清帝退位之事尚未公开启动，更谈不上讨好革命党。到同年十二月十六日（1912年2月3日）辞职申请被批准之时，清朝确已到达最后关头，汪荣宝也就被"邹崖逋者"联系现实地"罗织罪名"了。苏厚庵苏舆，"逊国日，弃官移书让尚书十部京官，即日去职，厚庵与鄙人而已"[7]——逊国日辞官，只有何藻翔本人可与之比肩，遑论汪荣宝，冒广生亦无法做到。再如胡思敬，因为反对新政，辛亥年后期所作《国闻备乘》已把立宪派和袁世

---

[1] 韩策、崔学森整理，王晓秋审订：《汪荣宝日记》，中华书局2013年版，第343页。
[2] 汪荣宝：《壬子元日》，《思玄堂诗》，第59页。
[3] 曹元忠：《壬子元旦》，《笺经室遗集》卷十九，民国三十年（1941）本。
[4] 何藻翔：《效元次山赠党茂宗篇戏赠》，《邹崖先生诗集》卷二，1985年本。
[5] 何藻翔：《效元次山赠党茂宗篇戏赠》，《邹崖先生诗集》卷二，1985年本。
[6] 韩策、崔学森整理，王晓秋审订：《汪荣宝日记》，中华书局2013年版，第333页。
[7] 何藻翔：《效元次山赠党茂宗篇戏赠》，《邹崖先生诗集》卷二，1985年本。

凯绑在一起，丑诋汪荣宝为"奸"[1]！1911年开春，胡思敬就曾上疏，"攻击宪馆不遗余力"，"中间牵涉项城及张文达"，把汪荣宝视作"丙午余孽"。[2]汪荣宝则不以为意，视胡思敬的言论为"诞妄乖谬之语"[3]。汪荣宝所遭攻讦不独来自清遗民，即如24岁的李大钊，也说："若祖国之安危，民族之休戚，虽挂诸口吻，然名实表里，多不相副……观曹汝霖、金邦平、汪荣宝一辈之在北京，官爵利禄以外，无复何物。其附王大臣，附大总统，附强有力者，持'浮萍今日对岸开'之态度，而不自知其丑者皆是也。"[4]这些针对汪荣宝的批判与他们对袁世凯的看法大有关联，极力反袁的朱德裳狠批道："荣宝依附名流，在吴人中，视之若矫矫然。及入民国，趋附项城，无所不用其极。此如通天神狐，醉则露尾。"[5]

辛亥革命的完成并非绝对是战争造成的历史裂变，而是历史积累、人心思变、武力尝试、政治运作等各种要素共同作用的结果。辛亥革命捅破那层属于旧制度的窗户纸，开启对未来政治走向的新的设想，置身其中、参与其中且抱持政治理想的汪荣宝未必存在浓厚的朝代灭亡的感伤。在思想混乱的辛亥年，汪荣宝隶属一方势力的京城立宪派，其心态所反映出的主要还是对动荡时局的忧虑和对袁世凯主持新局的期许。

第二节 "空将清泪注漳流"——汪荣宝诗涉袁世凯的历史语境

汪荣宝最为出色的诗歌作品是哪一首？吴宓有过答案。汪荣宝去世

---

[1] 胡思敬：《国闻备乘》，中华书局2007年版，第136页。
[2] 汪荣宝著，赵阳阳、马梅玉整理：《汪荣宝日记》，凤凰出版社2014年版，第194页。
[3] 韩策、崔学森整理，王晓秋审订：《汪荣宝日记》，中华书局2013年版，第245页。
[4] 李大钊：《〈支那分割之运命〉驳议》，《李大钊全集》（第一卷），河北教育出版社1999年版，第332页。按："支那"为近代日本侵略者对中国的蔑称。题名如此，未做改动。
[5] 朱德裳：《三十年闻见录》，岳麓书社1985年版，第70页。

后不久，吴宓在《大公报·文学副刊》撰文评介汪荣宝诗歌，拈出七律《魏武和旭初》，以为"工切深稳，立言得体，最为佳构"[1]。此后吴宓撰写《空轩诗话》谈到汪荣宝，再次提到《魏武和旭初》，强调这首诗的"立言得体"[2]。诗云：

> 邺台遗恨付衣裘，铜雀风高妓吹休。贤子极宜知舜禹，君王微惜过伊周。至今龙战当涂骇，终古乌飞绕树愁。异日多情吴客至，空将清泪注漳流。[3]

黄濬赞成吴宓的说法，他说："《魏武和旭初》……此是吊项城之作，典切沉至，集中最上乘，吾亦云然。"[4]旭初是汪东的字，汪东（1890—1963），汪荣宝之弟，民国著名文人、学者，尤精通词学。《魏武和旭初》是汪东《读魏武本纪》[5]的和作。相较于汪东原诗侧重论史的态度，汪荣宝和诗更为注重对今典的落实，即以古喻今，诗中魏武帝的身份不再单纯是曹操，而增添了现实的化身，也就是袁世凯。所谓"吊项城之作"，这首作于1916年的《魏武和旭初》实为汪荣宝所写的袁世凯挽诗。

把袁世凯和曹操类比，在历史家的笔下屡见不鲜，唐德刚论袁世凯，即以"治世之能臣，乱世之奸雄"称之。曹操是毁誉参半的历史人物，诗歌对曹操的设论角度直接影响到对袁世凯的评价。而汪荣宝当时所处的历史背景是袁世凯称帝失败，死在舆论的谴责声中。作为见证者，汪荣宝若跟随历史大潮，在诗中抨击袁世凯，自是无可厚非，因为

---

[1] 《大公报·文学副刊》1933年7月31日第291期。
[2] 吴宓著、吴学昭整理：《吴宓诗话》，商务印书馆2005年版，第211页。
[3] 汪荣宝：《魏武和旭初》，《思玄堂诗》，第76—77页。
[4] 黄濬著、李吉奎整理：《花随人圣庵摭忆》，中华书局2013年版，第622页。
[5] 《读魏武本纪》："横槊雄才未可攀，当涂遗谶属阿瞒。虎符信有行车巧，狼顾终怜得士艰。漫把金椎埋地下，空留缇帐在人间。漳南日暮笙歌歇，付与台郎一咏叹。"沈云龙编：《汪旭初（东）先生遗集》，《近代中国史料丛刊续集》（第四辑），文海出版社1974年版，第10页。

帝制大开历史倒车,违逆人心。然而从汪荣宝的角度,还有个体的考量:汪荣宝是袁世凯政治集团中的人物,汪与袁有着若干年的交情,若要因为这若干年的交情褒奖袁世凯,则势必遭到历史公义的指控,所以言语的立场、态度以及情感的把握是这首诗的核心问题。探讨汪荣宝如何做到"立言得体",需要从汪荣宝与袁世凯的交游谈起。

早在1906年,清政府为求变法自救,预备仿行宪政,史称"丙午立宪"。袁世凯身为朝中权臣,积极推动官制改革。由于清廷立宪取法日本,汪荣宝、曹汝霖、金邦平等留日学生崭露头角,崛起于政坛,他们担任编纂官制的起草课委员,成为官制改革"骨干中的骨干"[1]。修改官制馆设立于北京西郊朗润园,据曹汝霖回忆:

> ……余与衮父、仲和、闰生均与焉。余对此举,期望很深,以为有行宪希望。编修均宿于园中,以期克期蒇事,分司法、行政两部,各拟说帖,附以条例,由提调汇呈项城阅定,可见其对于此举之重视。[2]

汪荣宝后来在1912年与张一麐追论旧事,亦表达"水天闲话不胜烦,第一难忘朗润园"[3]。最终,官制改革由于核心权力斗争而遭遇挫折。不管袁世凯的目的落在何处,但就事论事,袁世凯对官制改革的全力支持给予汪荣宝施展才华的空间,为汪荣宝之后继续参与立宪起到良好的铺垫作用。宣统皇帝继位,袁世凯被罢官,汪荣宝既震惊又遗憾。袁世凯离京后,汪荣宝作有《十二月十二日送客不及怅然有作》一诗,这里的"客"即为袁世凯。半年后的宣统元年(1909)五月,汪荣宝集李商隐句成《朱门》诗四首,影射袁世凯被逐事,仍旧耿耿于怀,"在馆与晳子(杨度)谈良久,并示以所集义山《朱门》诗四首,相对凄

---

[1] 高伯雨:《听雨楼随笔》(三),牛津大学出版社2012年版,第143页。
[2] 曹汝霖:《一生之回忆》,春秋杂志社1966年版,第56页。
[3] 汪荣宝:《与仲仁追论旧事》,《思玄堂诗》,第60页。

然"[1]。当辛亥革命爆发，袁世凯东山再起，反对暴力革命的汪荣宝见识到此后袁世凯在鼎革之际展现出的政治手腕——实现辛亥停战议和、南北统一，以为"公真天下英雄也"[2]，自然而然地加入袁世凯阵营，成为其智囊团的成员。袁世凯当选临时大总统以后，汪荣宝充国会议员，参与到新政权的建设之中。

随着权力欲的膨胀，袁世凯不愿再为共和制张目，称帝野心浮出台面。汪荣宝拥护共和，坚决反对帝制，和袁世凯分歧较大。袁世凯曾经询问汪荣宝舆论对帝制应如何反应，汪对袁说："咸愿公为华盛顿，不愿公为拿破仑也。"[3] 汪荣宝的诗歌《落花效二宋》或与此事有关，二宋指宋庠、宋祁兄弟。这首诗借落花托喻之意鲜明，然具体意涵难解，钱仲联先生即有不同解释，一说指清亡[4]，一说指袁世凯暗杀宋教仁事[5]。由系年推断《落花效二宋》大致作于 1915 年至 1916 年之间，其背景不似是钱先生所述二事，而诗句所说"莫向玄都重问讯，当年千树总斜阳"[6]，好像是在劝诫袁世凯莫要复辟帝制，然汪荣宝的进言根本动摇不了袁世凯的称帝野心。袁世凯称帝后，汪荣宝父亲汪凤瀛所撰《致筹安会与杨度论国体书》，与梁启超所撰《异哉所谓国体问题者》成为"反对改变国体二大至文之一"[7]，也有传说《致筹安会与杨度论国体书》为汪荣宝代笔。从诗歌角度看，汪荣宝作有《读〈王莽传〉》："诸儒齐贺三雍起，列辟新观四海成。符命自然归大麓，勤劳不觉过阿衡。杜门周党虚高节，投阁杨雄有颂声。玉玺未封威斗坼，关东铜马更纵横。"[8] 以王莽篡汉比附袁世凯称帝，然语气存带保留，其讽刺力度

---

[1] 韩策、崔学森整理，王晓秋审订：《汪荣宝日记》，中华书局 2013 年版，第 47 页。
[2] 韩策、崔学森整理，王晓秋审订：《汪荣宝日记》，中华书局 2013 年版，第 338 页。
[3] 沈云龙编：《汪旭初（东）先生遗集》，《近代中国史料丛刊续集》（第四辑），文海出版社 1974 年版，第 415 页。
[4] 魏中林整理：《钱仲联讲论清诗》，苏州大学出版社 2004 年版，第 162 页。
[5] 钱仲联主编：《中国近代文学大系 1840—1919 第四集 第十五卷 诗词集二》，上海书店 1991 年版，第 283 页。
[6] 汪荣宝：《落花效二宋》，《思玄堂诗》，第 75—76 页。
[7] 刘成禺、张伯驹：《洪宪纪事诗三种》，上海古籍出版社 1983 年版，第 137 页。
[8] 汪荣宝：《读〈王莽传〉》，《思玄堂诗》，第 76 页。

远不及同一年份民国学者吴梅所作《读〈汉书·王莽传〉》："巨君创新室，得诸寡妇手。国贼即懿亲，太后作文母。师徒溃昆阳，至死依威斗。魏文托禅让，山阳掩面走。吾知舜禹事，文过颜益厚。历代劝进文，言之不知丑。狐媚取天下，笑破石勒口。天地何不仁，我生丁阳九。举世陈符瑞，山川亦蒙垢。苟非大命倾，陆沉恐已久。紫色与哇声，史论足不朽。"[1]所谓天地不仁，山川蒙垢，吴梅对洪宪帝制予以无情地鞭挞。再看袁世凯方面，汪凤瀛不畏引火烧身，其反对帝制的文章极具舆论影响，但袁世凯并未对汪氏一家采取任何报复手段。所以汪荣宝和袁世凯之间的关系终究没有演变至极端。这里必须强调，反对帝制和反袁并不能完全画等号，在同一政治阵营内部，帝制问题的争议终究是意见的分歧，而不是立场的鸿沟。在袁派内部，苏州张一麐、天津严范孙长久为袁世凯信任，反对帝制却最激烈。可供玩味的是，袁世凯退位后，与张一麐过从甚密，张一麐在《袁幕杂谈》中称："项城取消帝制时期，与予最亲。"[2]汪荣宝与张一麐长期共事，交情甚笃，其与袁世凯的关系或可类比观之。

对于袁世凯称帝的反响，从诗歌领域看，有三股势力不容忽视。一则南社，以高旭、柳亚子为代表，对袁世凯怒目批判，他们的反袁诗歌极具革命性和战斗性；一则清遗民，以郑孝胥、王国维为代表，同样极力反袁，但纠葛于对帝制的幻想，如林志宏所定性的"反袁的两歧性"[3]；一则袁世凯拥护者，他们一来崇拜袁世凯，视其为英雄，二来惋惜袁世凯一步踏差，身败名裂，三来又对袁世凯死后的军阀乱局深感忧虑，认为其原因在于失了袁世凯式的领袖。筹安会六君子之一的严复作《哭项城归榇》，其一云："近代求才杰，如公亦大难。六州悲铸错，末路困筹安。四海犹群盗，弥天戢一棺。人间存信史，好为辨贤奸。"其二云："霸气中原歇，吾生百六丁。党人争约法，舆论惜精灵。雨洒

---

[1] 吴梅：《吴梅全集》（作品卷），河北教育出版社2002年版，第26页。
[2] 转引自刘成禺、张伯驹：《洪宪纪事诗三种》，上海古籍出版社1983年版，第90页。
[3] 林志宏：《民国乃敌国也：政治文化转型下的清遗民》，中华书局2013年版，第102页。

蛟龙匣,风微燕雀厅。苍苍嵩室暮,极眼望云骍。"[1] 常熟名家孙雄的感逝诗曰:"六州铸错计全非,九土攸同愿竟违。一棺附身万事已,中原失鹿涕沾衣。"[2] 汪荣宝的诗友靳志在《九年七月次韵汪衮甫闻内地有乱感赋》诗里也评论袁世凯的事迹:"昔者有清亡,龙战黄海隈。项城奋天戈,四方诸侯来。雄才资驾驭,奔走无嫌猜。中道片念差,西南雠衅开。可怜盖才略,一旦霜露催。至今过洹上,感叹每低徊……"[3] 汪荣宝的挽袁世凯诗和严复、孙雄、靳志的这些诗歌立意接近,若从艺术魅力观照则技高一筹。

回看《魏武和旭初》这首诗,不妨将其划为两个层次:前两联作为第一层,后两联作为第二层。前两联谈论袁世凯,后两联转到汪荣宝自己。首联"邺台遗恨付衣裳,铜雀风高妓吹休",用"魏武帝遗令"典故(严可均《全上古三代秦汉三国六朝文》),描述曹操的英雄迟暮,关联袁世凯的晚景。不管曹操、袁世凯如何在历史中翻云卷浪,操弄世局,最终还是逃不出人生的既定宿命。"遗恨"直指袁世凯的心境,而"铜雀风高妓吹休"道尽英雄末路的凄凉。颔联"贤子极宜知舜禹,君王微惜过伊周","贤"字讽刺袁世凯的长子袁克定,袁克定心怀皇帝梦,是袁世凯称帝的重要推手。袁世凯的次子袁克文作《洹上私乘》,即把帝制之责推给袁克定。汪荣宝把袁克定比作曹丕,也是有意淡化袁世凯本人的历史之责。《华国月刊》1925年第2卷第4册刊登的《魏武和旭初》,在这句旁边有小注:"一作'贤子自宜知舜禹,群雄何意有孙刘'。""群雄何意有孙刘",是指岂料还有孙权、刘备,还有蔡锷、唐继尧、李烈钧,暗指护国运动,侧面说明称帝的失策。"君王微惜过伊周"更正面、直接,整首诗歌焦点正是落在"微惜"一词,对袁世凯践踏共和表示惋惜,辅以伊尹和周公作参照,语气同样极其保留,正是"得体"之所在。颈联"至今龙战当涂骇,终古乌飞绕树愁"角度一变,交

---

[1] 王栻主编:《严复集 第二册 诗文 下》,中华书局1986年版,第394页。
[2] 孙雄:《郑斋感逝诗乙集》卷一,民国七年(1918)本。
[3] 靳志:《居易斋诗存》卷三,民国十一年(1922)本。

代袁世凯死后国家的情况：龙战当涂，军阀割据，时局动荡。诗人的主观情感也在对现实的忧虑中烘托到高点："终古乌飞绕树愁。"曹操的《短歌行》"绕树三匝，何枝可依"，写出人才在乱世中的犹疑。汪荣宝以"终古"强化时间力度，把语气由疑问改为陈述，于是诗歌所有的情感力量蓄积在"愁"字上。"愁"既来源于过去对袁氏称帝的无奈和痛心，也表现出对未来国家走势的迷茫，而现下身处欧洲，亲历第一次世界大战恐怕更是终古之"愁"的催化剂：智囊型的人才，如汪荣宝自身，终究要随世浪而沉浮。尾联"异日多情吴客至，空将清泪注漳流"，以"吴客"自喻，由"清泪"发泄"愁"的郁积。漳水成为衔接古典与今典的地理标志，袁世凯的家乡在漳水附近，而漳水又是曹操当年的战场，铜雀台即在漳水之侧。"空"字是诗人情感的最终走向，随着袁世凯一死，在袁世凯身上寄托的政治理想也转眼成空，跟随漳水之流而去。全诗典故澜翻，句句扣准曹魏，又句句落准今事，主客观因素得以充分调动，其辞温婉，其旨敦厚，即使涉及有争议的历史人物，也能调动秾挚的情感巧妙淡化其争议性，把自身对袁氏之亡的看法和盘托出。《魏武和旭初》确是一篇难得的上乘之作！

第六章　驻外·远游者：汪荣宝诗歌之新变（一）

《魏武和旭初》是汪荣宝诗学李商隐具有代表性的作品，也是情感能量蓄积的产物。汤用彬在《补正〈新谈往〉（六续）》里论及汪荣宝："清政变迭起，不能行其志。"[1] 民国以后随着洪宪帝制的发生，这种"不能行其志"的结局所产生的状态仍然在延续着，对于出使比利时，汪荣宝实为"意所不可，斷斷如也"[2]。所谓"在心为志，发言为诗"，创作高峰的惯性并没有因为一首巅峰之作而戛然而止，汪荣宝其后不久所作《故国》同样是其代表作，然风格较《魏武和旭初》有所不同。甫任驻比利时公使的汪荣宝所面对的是过往一曲遗憾、充满感慨的乱世哀歌，是将来一幅新奇、充满安宁的欧西图景，是当下一出纷争、充满纠葛的人间惨剧。从知人论世的角度看，1916年是汪荣宝其人其诗的分水岭。在这之前，汪荣宝活跃于国内政坛，以诗学李商隐为主；在这之后，汪荣宝的外交生涯渐入佳境，诗歌也产生了新的变化。两首代表作——《魏武和旭初》收束于前，《故国》开启于后。

人生经历和所处环境的变化是汪荣宝诗歌产生新变的主因。汪荣宝适时卸下此前书写戊戌变法、书写袁世凯等重大事件、重要人物的种种顾忌，于政治环境相对宽松的异国他乡，诗风一变"隐约"为"清超"。当然，次要原因也不可忽视，那就是汪荣宝的交游。20世纪10年代

---

[1]　汤叵厂：《补正〈新谈往〉（六续）》，《新河北》1942年6月号，第52页。
[2]　黄濬著、李吉奎整理：《花随人圣庵摭忆》，中华书局2013年版，第624页。

末，汪荣宝怀念曹元忠、张鸿的诗作出现在《思玄堂诗》，于诗集中最后涉及他的西砖诗友，象征着西砖派对汪荣宝的直接影响已接近尾声，这之后零星的集李义山诗、效昆体诗在汪荣宝的诗歌里已不成气候，因为后期汪荣宝对诗学李商隐"亦颇自厌"。取而代之的是，汪荣宝与同光体诗家（老辈如郑孝胥、陈宝琛，同辈如黄濬、曹经沅、李宣倜等）往来频繁，自然又受到同光体诗风的影响。如黄濬所记与汪荣宝的对话：

> 甲子夏……（予）曰："公诗诚学义山，既升堂入室，今且历览以出矣。"先生意以为然。予又曰："义山学杜，世所知宋诗有导源义山者，公当悉知之。玄钥在是，公意谓何？"先生则深颔之。别去又四五年，先生数从日本寄诗，益深苍雄秀。[1]

这段对话也揭示出汪荣宝"复取荆公、山谷、广陵、后山诸人集读之，乃深折其清超遒上"[2]的原因之一。王赓《今传是楼诗话》即说："衮甫诗境，近年固已锐变，隐约清超，殆兼有之。"[3]

汪荣宝的域外创作可分两个阶段：一是1901年至1904年留学日本时期；二是1914年至1931年先后担任驻比利时、瑞士、日本公使时期。担任驻外使节期间，汪荣宝数度回国，但归期不长。1915年，汪荣宝应袁世凯之邀回国担任宪法起草委员，由于与袁世凯政见不合，不久即被遣回驻外公使任上；1922年，汪荣宝从瑞士调任日本，由于不肯赴任，再三请辞但未被北洋政府批准，终在1923年12月到任；1925年，汪凤瀛去世，汪荣宝回国料理父亲后事；1927年、1929年，

---

[1] 黄濬：《思玄堂诗序》，汪荣宝：《思玄堂诗》，民国二十六年（1937）本。

[2] 王逸塘撰，张寅彭、李剑冰校点：《今传是楼诗话》，张寅彭主编：《民国诗话丛编》（三），上海书店出版社2002年版，第368页。

[3] 王逸塘撰，张寅彭、李剑冰校点：《今传是楼诗话》，张寅彭主编：《民国诗话丛编》（三），上海书店出版社2002年版，第368页。

汪荣宝各曾请假回国……宽泛地说，江荣宝一生超过三分之一时间所作的诗歌是域外诗。

当然，严格地讲，域外诗不等于身在域外创作的诗。讨论汪荣宝的域外诗，更应强调的是其"域外"的特征，"域外"的地理位置作为容易判断的要素带有普遍性。而反映域外特征的汪荣宝诗歌，实则已经得到"诗界革命"所谓"以旧风格含新意境"的关窍，其显著的表现是对异域人、事、物、景的刻画。

汪荣宝创作的刻画异域人、事、物的诗包括《埃及残碑》《瓦得路吊拿破仑》《欧洲战事杂感八首》《法兰西革除日》《尼哥剌第二哀词三首》《网球》等。《埃及残碑》作于1898年，汪荣宝此时并没有出国，见到埃及残碑是在北京的江苏会馆[1]。据孙殿起《海王村游记》载："江苏会馆，又有埃及石碑两座，张樵野侍郎自埃及运来者，盖摹本也。碑载文字，如弓矢几杖之属，皆各肖其真物之形式，此字生于画之元胎也。"[2]故而汪荣宝诗曰："象形同诘诎，画革有胚胎。"[3]罗振玉《埃及碑释·序》中对埃及残碑的来源记载得更为详尽："光绪初叶，湘乡郭筠仙侍郎奉使泰西，吴县潘文勤公门生有随使归者，为文勤言，埃及文化最古，其金石刻辞，有在三千年以前者。文勤闻而欣然，函驻英使馆，为之购求，顾以西律禁止古物输出，仅得以石膏抚拟埃及古碑一，致之京师，文勤欲求西儒为之考释，不可得也，乃取以贮之江苏会馆。"[4]除去叙述对象的新意，单就《埃及残碑》诗歌而言，汪荣宝只是在揭示埃及衰落以后，赞叹"犹余一片石，天上炳华星"[5]，未免平淡。倒是在史学视角之下，汪荣宝从埃及注意到地理与文明的关系，"彼埃及人所以能夙明几何术者，以尼罗河每岁变其国土之形，非藉精

---

[1] "埃及古碑旧藏美博物院，□年张樵野侍郎（时为太仆）得之，以贻潘文勤，今置江苏会馆。"王世儒编：《蔡元培日记》（上），北京大学出版社2010年版，第79页。
[2] 孙殿起：《海王村游记》，《琉璃厂小志》，上海书店出版社2010年版，第381页。
[3] 汪荣宝：《埃及残碑》，《思玄堂诗》，第5页。
[4] 罗振玉：《贞松老人外集》卷一，民国三十二年（1943）本。
[5] 汪荣宝：《埃及残碑》，《思玄堂诗》，第6页。

确之测量,则土地所有之争讼不能定也。"[1] 可予以注意。《瓦得路吊拿破仑》作于1914年,"瓦得路"即"滑铁卢",位于比利时境内。汪荣宝以项羽乌江之败类比拿破仑滑铁卢之败——"乌江流涕天亡日,青史千秋恨事同"[2]。《欧洲战事杂感八首》作于1918年,诗歌主题为第一次世界大战,风格与歌咏戊戌变法的《重有感》相似,全篇充斥着烘托语、借代语,各有实指却恍若谜题,若要准确对应史实必得熟知一战过程。即以《欧洲战事杂感八首》的第一首为例,"犀兕穷兵卫,龙蛇伏杀机。白虹一夕起,赤羽万方飞。动地惊雷迅,凝阴集霰微。可怜五步血,霑洒遍戎衣"[3],极写欧洲黑云笼罩,大战一触即发;末句用"可怜五步血"借指刺杀行为,也就是一战的导火索——萨拉热窝事件。而这"五步血"引发的世界大战造成数以千万人的丧生,确是"霑洒遍戎衣"!《法兰西革除日》同样是作于1918年,诗云:

> 火树银花向夕惊,途歌同庆自由生。百年信此基民福,群盗于今假汝名。北徼烟尘增黯淡,中原戎马日纵横。羁人欲贺更相吊,独对寒灯耿耿明。[4]

法兰西第一共和国成立于1792年9月22日,9月22日即是"法兰西革除日"。众所周知,法国大革命的自由、平等、博爱原则具有广泛的影响,所以"火树银花向夕惊,途歌同庆自由生"。然而接下来,汪荣宝要谈的不是法国,而是中国——这首诗的作用是"借题发挥",所谓"百年信此基民福,群盗于今假汝名。北徼烟尘增黯淡,中原戎马日纵横"。钱仲联先生指出"群盗"句"用西洋典故指中国事"[5]。法国大革命时期,吉伦特派罗兰夫人被送上断头台,高喊:"自由,多少罪

---

[1] 汪荣宝:《史学概论》,《译书汇编》1902年12月10日第2年第9期,第114页。
[2] 汪荣宝:《瓦得路吊拿破仑》,《思玄堂诗》,第70页。
[3] 汪荣宝:《欧洲战事杂感八首(其一)》,《思玄堂诗》,第86页。
[4] 汪荣宝:《法兰西革除日》,《思玄堂诗》,第92页。
[5] 魏中林整理:《钱仲联讲论清诗》,苏州大学出版社2004年版,第163页。

恶假汝之名以行!"那么"群盗"是如何做的呢?"北徼烟尘增黯淡",谢米诺夫打着蒙古民族自治的旗号,勾结日本,妄想建立"大蒙古国",造成中国北疆的动荡。1918年,北洋政府决定出兵收复外蒙古。而中原地区也是"戎马日纵横",段祺瑞镇压张勋复辟,自诩"再造共和",却是操纵中央实权,拒绝恢复《中华民国临时约法》;孙中山则联合西南军阀,发起护法运动,即护卫《中华民国临时约法》——1918年战争再起,南北军阀混战。从"革除日"想到"自由",再联系到国内乱局,汪荣宝唯有叹息"羁人欲贺更相吊,独对寒灯耿耿明"。钱仲联先生对《法兰西革除日》评价极高。《尼哥剌第二哀词三首》记述俄国末代沙皇尼古拉二世史事,《网球》传神地描写打网球的过程,"甚似宋人《象棋》之诗,可详近代角艺之时尚"[1],黄濬对这两首诗非常欣赏,收进《花随人圣庵摭忆》,以为"为学人楷式,以饶于趣味也"[2]。而钱仲联先生则从严肃的角度论《网球》诗,以为"诗只是具体写其事,对新事物的一种描写性记录,而不是将事物作为一种基本对象,引申发挥。描摹是写新事物诗的特征之一,这就单纯,缺少诗思的升华。如果只是以诗描绘,描绘之外无他,这样的新事物究竟有何意义"[3]。

汪荣宝描绘海外风光的纪游诗数量亦较可观,如《浩浩太平洋》《登埃腓塔》《威尼斯泛舟》等。且看汪荣宝留学日本期间所作的《浩浩太平洋》:

> 浩浩太平洋,波涛接莽苍。几家权力论,来日战争场。海市春云曙,楼船晓日凉。齐烟渺天末,西望一回肠。[4]

梁文宁《近代诗歌意象与近代文人心态》指出,"在19世纪末20

---

[1] 黄濬著、李吉奎整理:《花随人圣庵摭忆》,中华书局2013年版,第623页。金毓黻说:"汪衮父咏网球诗,最妙于形容。"金毓黻著、《金毓黻文集》编辑整理组校点:《静晤室日记》(第二册)卷二十二,辽沈书社1993年版,第910页。
[2] 黄濬著、李吉奎整理:《花随人圣庵摭忆》,中华书局2013年版,第623页。
[3] 魏中林整理:《钱仲联讲论清诗》,苏州大学出版社2004年版,第163页。
[4] 汪荣宝:《浩浩太平洋》,《思玄堂诗》,第26—27页。

世纪初，近代文人的笔下出现了'太平洋'意象"[1]，其所举的数首诗除汪荣宝这首以外，其他来自康有为、梁启超、蒋智由等"诗界革命"诸家。蒋智由的《浩浩太平洋》二首即步韵汪荣宝，前有小序云："箧中藏元和汪君衮甫荣宝《浩浩太平洋》一律乃近诗之秀者，因步其韵。"[2] 汪荣宝的《浩浩太平洋》，以"浩浩"之恢宏开篇，却以"回肠"之忧虑收结，归因于汪荣宝对"太平洋"的思考。诗里，汪荣宝客串一回预言家，"几家权力论，来日战争场"，太平洋乃战略重地，未来兵家必争，而三十年后果然爆发了太平洋战争。

以主观情思观照，汪荣宝诗歌域外特征的另外一层表现是行旅国外的留滞之感，如《留滞》《故国》《除夕寄黄黎雍哈尔滨即次其韵》等作。《留滞》《故国》作于汪荣宝任驻比利时公使期间，当时欧洲战事激烈，汪荣宝思念祖国之情愈发强烈。《留滞》一诗，第二联颇可玩味：

对月略能推汉历，看花苦为译秦名。[3]

"推汉历""译秦名"巧妙地从中西语言文化的差异中唤起海外游子国家认同感，道出他们的普遍心声，一"略"一"苦"是心声的加成。吴宓对这句诗极为推崇，他在《欧游杂诗·叙》里说："吾国人旅游欧洲作诗纪所闻见者……至零星短篇，如汪荣宝君之'对月略能推汉历，看花苦为译秦名'。予久叹为佳句。"[4] 又在《大公报·文学副刊》里说："《留滞》一首，'对月'一联极佳，非久居西土者不能设想及此。吕碧城女士《信芳集》中《忆江南》（寓瑞士日内瓦湖上作）词云：'蟾影盈亏知汉历，桃源清浅误秦人。'与此异辞同工。"[5] 季羡林更在《海

---

[1] 梁文宁：《近代诗歌意象与近代文人心态》，《学术论坛》2002年第3期，第79页。
[2] 蒋智由：《浩浩太平洋》，《甲寅杂志》1914年第1卷第5号。
[3] 汪荣宝：《留滞》，《思玄堂诗》，第79页。
[4] 吴宓：《欧游杂诗》，吴宓著、吴学昭整理：《吴宓诗集》（卷十二），商务印书馆2004年版，第213页。
[5] 《大公报·文学副刊》1933年7月31日第291期。

棠花》《五色梅》《下瀛洲》《台游随笔》《佛山心影》等散文作品中频繁引用汪荣宝此句，足见其对这句诗的青睐，而季羡林并不清楚此句为汪荣宝所作。《故国》的创作时间与《留滞》相隔不久，因被陈衍选进《近代诗钞》，所以较有名气。《故国》反映了汪荣宝有着留滞之感的原因：

> 故国烟尘首重回，风廊愁对夜帘开。天临大野星辰远，秋入空山草木衰。一夕商歌催鬓改，万方羽檄阻书来。龙拏蚁斗知何限？同付残僧话劫灰。[1]

国外大战正酣，国内也是战火纷飞，汪荣宝的苦闷无处发泄。他在这一时期创作的诗歌在萧然的氛围中，把主观忧虑与客观战乱无奈地联结在一起，苍阔而沉郁的语言尤增哀伤的氛围。《除夕寄黄黎雍哈尔宾即次其韵》作于汪荣宝任驻日公使期间，诗曰：

> 客里流光尽可怜，偶逢残腊重凄然。风飘泉冽知何世，天动星回复此年。半亩荒园容小住，一庭积雪照无眠。朝来欲和阳春咏，心逐飞鸿到朔边。[2]

"居东日久，殆又不无留滞之感也"[3]，除夕的时间节点自是留滞情感产生的直接原因，而间接原因仍是汪荣宝这驻日公使当得并不爽快。《除夕寄黄黎雍哈尔宾即次其韵》创作于丙寅年除夕，已到阳历1927年年初。翻查《申报》即可发现，汪荣宝从1922年接任驻日公使，到1923年年底赴任，再到1924年到任之初，三年内请辞乃频繁发生之事，最终都未获准。若论请辞原因，当时汪凤瀛年事已高，汪荣宝作为长子想要留家照顾；但恐也如赵林凤分析，驻日公使一职是块烫手

---

[1] 汪荣宝：《故国》，《思玄堂诗》，第80页。
[2] 汪荣宝：《除夕寄黄黎雍哈尔宾即次其韵》，《思玄堂诗》，第137页。
[3] 王逸塘撰，张寅彭、李剑冰校点：《今传是楼诗话》，张寅彭主编：《民国诗话丛编》（三），上海书店出版社2002年版，第329页。

山芋。前两任驻日公使与汪荣宝仕途轨迹相似,且与汪荣宝交游的陆宗舆、章宗祥已在五四运动中声名扫地,汪荣宝担心重蹈覆辙[1]。而汪凤瀛去世后,到1926年,汪荣宝仍偶尔提请辞职。直到1929年,国民政府取代北洋政府成为当时的中央政府,汪荣宝又向国民政府提请辞职。这一系列举动说明,担任驻日公使终非汪荣宝所愿。繁杂的中日邦交、恶劣的办公环境以及留日学生的经理[2]是汪荣宝必须面临的问题,也给汪荣宝带来压力,诗歌中所谓的"可怜""凄然"正是汪荣宝对心境的写照。

汪荣宝诗歌的域外特征是由其自身的域外经历决定的,即使语言风

---

[1] 赵林凤:《汪荣宝评传》,南京大学出版社2012年版,第307页。
[2] 类似情形在陈遵妫的《畴界老牛回忆录(一)》中有记载:"我们每月官费53元,伙食费不到30元,算起来,应该绰绰有余,其实不然。官费是从日本的庚子赔款来的。此款分到各省后,由各省的留学生经理处办理此事。他们分别汇往日本几个有中国留学生的城市,此款汇到日本后,由中国公使馆发放,每月一次。这么多道手续,无论哪个环节都可能耽误几天:有时是省里没按时汇出,有时是被公使馆挪用。我们的生活就要受到影响。像我这样,全靠官费念书的穷学生,没钱时,就靠典当东西维持生计。在学校附近就有一家当铺。尽管中国留学生只是当些书籍,今天当了,隔几天又去赎回来,老板也不嫌麻烦,对我们仍很客气。我就是当铺的常客。官费拖久了,留学生们就组织起来去催。中国留学生原本就有学生会,一、二年级时我不参加他们的活动,后来我担任了福建省官费生综合会主席,逐渐参加中国留学生会的工作,我们的主要任务就是争取按时发放官费款。我们经常到中国驻东京公使馆去催款。我主张每次要多去几个人,都由我带队。有一次,我们从下午等到半夜,代办施某才回来。他竟躲在厕所不肯出来,我就带头打进去,把他拉出来谈判,他答应三天内解决,我们放了他。夜深了,我们跑到公使馆的厨房,自己杀鸡宰鱼煮饭,饱食一顿。还有一次,我们七八个人,在公使馆的接待室里,从上午一直等到下午。大约3点左右,公使汪荣宝才乘车回来。刚下汽车,听说福建官费生代表等了好久,马上转身就走。我看到他要跑,气极了,顺手抓起茶杯从敞开的窗户扔过去,喊道:"好大的架子!"他头部被打中,血淋淋地钻进车里。我们冲出去,汽车早开远了。看到公使的狼狈相,大家都哈哈大笑,全然没有闯祸的感觉。三天后,校长找我谈话,他说:"公使是代表贵国的官员,你打他是不对的。他第二天就派人来找我,要求学校开除你。我说你并没有违犯校规,而且功课比日本学生还好,不能开除。你以后更要好好学习,对长者要尊重。"校长是位慈祥的老者,多么严厉的批评出自他口,都能让人心服口服。我过去只是在大会上听他讲话,感到他口才很好,很爱听。这次个别谈话后,我更敬佩他了。不久,汪公使又向国内报告此事,要求停发我的官费。但是,教育部说,只要他有学籍,就不能停发。听了以后,我真有点后怕。不过,我是同学们选出的主席,不能按时发钱时,我还得去催,只是再也不敢大闹了。说来也怪,此后,官费的事似乎顺利多了。"北京市政协文史资料委员会编:《北京文史资料》(第七十一辑),北京出版社2006年版,第27—28页。

格仍旧深苍雄秀，或者于手法仍旧采用李商隐式的写作策略，但域外经历赋予汪荣宝诗歌的新名词、新语句、新意境——题材的更新以及相应的情感调整有其独特性和多样性，即便放置于诗史也与众不同。首先，汪荣宝与晚清外交官员面对的世界以及观想世界的形式、心态不同；其次，汪荣宝所处的时代虽涌现出一批优秀的外交家，但他们在诗歌领域的成就却无力抗手汪荣宝；再次，汪荣宝所处的时代虽有众多旅外文人、留学生创作的大量域外诗，然具体而言：一来旅外文人、留学生和汪荣宝身份的差异注定观想世界的心态不同，二来他们的"旧诗"创作成就尚待进一步评估，所以汪荣宝的域外诗拥有其独特的价值。此外，汪荣宝的域外创作还有一批域外特征未必鲜明，却在汪荣宝诗集中也属"新变"的诗歌——闲适诗。

1918年，欧战烽火渐熄，汪荣宝担任驻比利时公使的生涯也走进尾声。1919年，汪荣宝被任命为驻瑞士公使，"瑞士馆务稀简，有山水之胜，君徜徉自适"[1]。除了短暂地参加1919年巴黎和会及参与前期准备，汪荣宝于担任驻比利时公使后期及担任驻瑞士公使期间事务较少，所谓的"闲适诗"也即侧重汪荣宝的外在状态。汪荣宝的内心世界绝不可能完全闲适，故国之思和战争之忧两大主题仍不时出现在汪荣宝诗歌里，尤其在对"秋"的吟咏中更为强烈。不过汪荣宝已经可以较好地控制心绪，并用寻求出世的姿态来抵消这份来自家国的压力，把压力释放在异域场景之中。1918年至1921年前后，汪荣宝所作诗歌如《山居即事》《养疾》《观耕》《病起》《即目》《不寐》《风》《晚步》《初夏》《偶成》《晓起散步》《山楼夏日》《雨》《晚晴》《雷》《夜雨》《夕楼》《夏夜》《林间》《新秋》《八月四日》《秋阴》《遗经》《夕霁》《万树》《客至》《夜望》《遣闷》《书怀》《愁霖》《虚窗》……标题已然反映这些诗歌对日常生活场景的描绘。亲近异域的宁静，在别样的风光和季节、气候、昼夜的交替中反馈内心的感怀，让汪荣宝域外所作的闲适诗清新

---

[1] 汪东：《汪荣宝先生哀启》，沈云龙编：《汪旭初（东）先生遗集》，《近代中国史料丛刊续集》（第四辑），文海出版社1974年版，第415页。

自然、灵动别致,过去诸诗集中用典的现象不复出现。兹举数首如下:

> 凤石斋前梅数枝,小年占毕共群儿。每依庭树量身长,默数窗棂志晷移。节日偶寻山寺塔,夕阳时抚庙堂碑。飘流卅载成华发,重展遗经费泪垂。[1]
>
> 山前万树不知名,一径能容曳杖行。落叶百重金布地,交柯十里碧为城。寒空戢戢龙蛇影,永昼萧萧风雨声。过尽幽深忽开朗,云天依旧午曦晴。[2]
>
> 佛劫仙尘那可量,天倡梵乐剩回肠。思玄讵得无忧国,养拙难为不死乡。蜃海但怜清景疾,虫天翻觉小年长。须弥百亿闲经遍,回梦琉璃一怅望。[3]
>
> 暑雨澄夕氛,奔云漏初月。微凉动帘幕,虚籁沈林樾。泠泠阶泉响,烂烂园花发。稍闻鸣虫起,坐看飞鸟没。平生岩壑志,偶兹山水窟。多惭专对能,庶补诵诗阙。怀旧物屡迁,望远情不竭。回首沧波深,心忧芳草歇。道穷宁舍鲁,身健犹吟越。徘徊漏始移,颢露沾人发。[4]

1918年至1919年是汪荣宝诗歌创作的高产期,数量达五十首左右,其中大部分可归入闲适诗。然汪荣宝却自嘲"莫怪新诗渐平淡,欲为獭祭更无鱼"[5],这话说在1918年春,正值其闲适诗创作高峰的开端。语里自嘲的"平淡"抑或是汪荣宝在风格上主动寻求的变化,这就耐人寻味了。汪东说汪荣宝"晚乃以荆公、东坡为不可及,自作亦转趋平淡"[6],大抵来源于此。

---

[1] 汪荣宝:《遗经》,《思玄堂诗》,第96—97页。
[2] 汪荣宝:《万树》,《思玄堂诗》,第97—98页。
[3] 汪荣宝:《偶书》,《思玄堂诗》,第110页。
[4] 汪荣宝:《夏夜园中》,《思玄堂诗》,第112页。
[5] 汪荣宝:《罗散久客闻冯生启镠携有汉籍数种因从借观》,《思玄堂诗》,第82—83页。
[6] 汪东:《金薤琳琅斋集后序》,汪荣宝:《思玄堂诗》,第236页。

第七章　民国·参与者：汪荣宝诗歌之新变（二）

叶景葵题识《思玄堂诗》，指出汪荣宝诗歌之缺憾："入后应酬之作嫌太多！"[1]赠答唱和、相互应酬本是文人墨客之间常见的交流形式，而应酬诗容易流于敷衍而内容空洞。当然，历来应酬诗总有杰出的作品，汪荣宝也不乏优秀的应酬诗，但比重的过量仍然影响到汪荣宝后期诗歌的整体观感，《思玄堂诗·第二集》的篇幅几为应酬诗占据，其中寿诗、挽诗等乏善可陈，这给汪荣宝诗歌带来了负面影响。"入后多应酬之作"有其形成的客观原因。就大环境来说，中华民国成立后的二十年间，虽有新诗于现代性的刺激之下羽翼渐丰，然而旧体诗词仍旧生命力顽强，政治失意的陈宝琛、陈三立、郑孝胥、陈衍、朱祖谋等同光耆宿周边聚集大批社会名流和旧式文客，他们桴鼓相应，或结社酬唱，或往来题赠，并以"昌明国粹"的报刊如《学衡》《甲寅》《青鹤》等为宣传阵地，一时蔚然成风。一部诗文集、书画集，或单篇诗文、书画等，因主持者之人脉网络，往往就能吸纳大量的题赠诗文，多者可达数百篇，汪荣宝也在这股风气的笼罩之内。从小范围来讲，1920年以后，汪荣宝因担任驻日公使以及发表古音学论文《歌戈鱼虞模古读考》引起的大辩论，他在外交界、学界的影响力提升，交游范围进一步扩大，应酬作诗也在所难免。研究汪荣宝的应酬诗，应当把目光聚焦于两方面：一是应酬诗内部见真性情的作品，二是应酬诗外部所附带的历史价值，

---

[1] 见上海图书馆藏《思玄堂诗》。

尤其当以后者为重。先说汪荣宝的题画诗。

汪荣宝并不以画闻名，其所作题画诗即以题赠为主，如《题袁抱存〈寒庐茗话图〉》《再题〈寒庐茗话图〉》《题杨味云重修锡山〈贯华阁图〉》《题曹靖陶〈看云楼觅句图〉二首》《题黄黎雍〈千华觅句图〉》等。

《寒庐茗话图》为袁克文（字豹岑，一字抱存，号寒云）请画师汪洛年（字社耆，号鸥客）所作，郑逸梅《人物品藻录初编》记载此事缘起：

> 癸丑之冬，袁子寒云读书于南海子流水音，一时名士纷集，如易哭庵顺鼎、罗瘿公掞东、何鬯威震彝、闵黄山尔昌、步林屋章五、梁众异鸿志、黄秋岳濬，结为吟社，日夕谈诗雅谑其间，几不知人世有扰攘事。当时好事者，称之为寒庐七子。何鬯威更有《寒庐七子歌》以张之。汪鸥客素负画名，山水宗戴文节，中年后力学四王。鄂督张文襄聘任两湖师范府师范等校图画教员，画名益噪。癸丑有事北上，邂逅寒云，一见如故。寒云倩之作《寒庐茗话图》长卷，水石清疏，七子咸古衣冠，坐立俯仰，各尽其态。寒云获之大喜，曾摄影制版，刊诸某报。不料距今十余年，寒云、哭庵、瘿公、林屋、鬯威，先后归道山，鸥客亦早卒。此《寒庐茗话图》，正不知落于阿谁之手为念。顷晤罗云溪君，为谈于两月前，曾于首都发见是图于某骨董商手，索值九十金，后以七十金被某大学教授所得，亦云廉已。[1]

汪荣宝虽未名列"寒庐七子"，但也是"名士纷集"中的一员，《思玄堂诗》中即有一首《暮春集流水音》。《题袁抱存〈寒庐茗话图〉》作于1914年，"野服来过流水音，春旗重见旧华林。庭前竹柏如相语，门

---

[1] 郑逸梅：《人物品藻录初编》，日新出版社1946年版，第99—100页。

外烟波共此心。尽有寒云容豹隐,似闻落日起龙吟。一瓯蟹眼看无迹,回望西山晚翠深"[1],小摹写此间闲娱隐逸之风。《再题〈寒庐茗话图〉》作于1921年,此时汪荣宝已身在瑞士,袁克文亦不似往昔,往年的逍遥早已被时光冲刷,画笔之间的轻松成为反衬式的存在,更加凸显今昔对比,时易世变。所以诗云"浮世独怜诗史富,春衣微惜酒痕深"[2],《魏武和旭初》后再度出现的"微惜"一词仍旧耐人寻味,观画者跳脱的心境随一"深"字垂落,沉重地烙下历史剧变的痕迹。

《贯华阁图》为杨寿楠(字味云)请江南画师吴观岱所作。贯华阁位于无锡惠山,据传为纳兰性德和顾贞观去梯玩月之所,清嘉庆末年阁毁。民国年间,杨寿楠于旧址之上重修贯华阁,当时名流纷纷为之题咏,如郑孝胥、王揖唐、汪荣宝等。对此,王揖唐《今传是楼诗话》、陈声聪《兼于阁诗话》、朱铭《贯华阁诗话》等均有记载,尤以朱铭《贯华阁诗话》记述最为详细。此事尚有后话,到20世纪60年代,杨寿楠之子杨通谊第二次为《贯华阁图》征诗,其中包括把汪荣宝遗诗《题杨味云重修锡山〈贯华阁图〉》录予汪东,请求题诗。此时汪东天年将尽,仍在病中勉力题写三首绝句,第二首"松风万壑浑无恙,丁令何年化鹤归"即直接化用其兄汪荣宝诗歌里的成句[3]。《题杨味云重修锡山〈贯华阁图〉》作于1927年,是汪荣宝诗歌里面极为罕见的七言歌行体。正如其文体的普遍特征一样,汪荣宝这首歌行同样宛转流动、纵横多姿,兹录于下:

> 霜天扫出青芙蓉,云涛翻动千虬龙。林虚涧幽不知处,中有楼阁刚三重。幅巾二客笑相视,鬌丝禅榻皆机锋。推琴掩卷万籁寂,但闻流水声淙淙。海壖七月苦蒸溽,对此何异抱冰玉。只疑此境非尘寰,不知元在故山曲。九峰杳蔼澄江南,高秋日日腾烟岚。苍崖深处人不到,负岩临谷标孤庵。落叶满山

---

[1] 汪荣宝:《题袁抱存〈寒庐茗话图〉》,《思玄堂诗》,第69页。
[2] 汪荣宝:《再题〈寒庐茗话图〉》,《思玄堂诗》,第106页。
[3] 朱铭:《贯华阁诗话》,《博览群书》2002年第11期,第48—49页。

听似雨，旧是梁汾栖隐所。北客南来共月明，水天一夕清如许。侧帽乘风去不回，空桑此地同飞灰。山僧指点旧游处，百年履迹荒苍苔。异代何人领鸳社，味云词笔今健者。卅年京国走缁尘，梦回依旧书岩下。香界来煮松苓泉，门前积翠还中天。寄沤缩手写不得，独辟幽径寻寒烟。风廊露槛侵云起，落日川原见百里。扶藜试上最高层，持比画图得谁似。仙踪缥缈不可希，清风仿佛生岩扉。寒泉秋菊足嘉荐，合有笙鹤时来归。微雨潇潇响林薄，云卧此中真不恶。只愁四海要为霖，未许垂天专一壑。闻道江乡兵小休，我亦倦作凌沧游。何当从子丹梯上，同听松风万壑秋。[1]

觅句图，连同诗思图、填词图、裁曲图等，是现实中以创作为主题的画作。觅句，顾名思义，寻觅妙句。宋代已有觅句图，而民国文人同样热衷于觅句图创作。觅句图和题咏相结合，对于提升"觅句者"的影响力极有帮助。与之相辅相成的是近代报刊业逐渐发达，以征集和刊登为基础，对题咏的宣传又是一大便利。民国报刊中的觅句图题咏，即以《看云楼觅句图》最具规模，《千华觅句图》次之。汪荣宝《题曹靖陶〈看云楼觅句图〉二首》作于1928年至1929年之间。曹靖陶，祖籍安徽歙县，名熙宇，字靖陶，号看云楼主，著有《看云楼诗》。曾广钧《〈看云楼觅句图〉叙》里说："靖陶曹子，楼建看云，求导师于象外，图成觅句，妙意匠于环中，可谓极风月之批评，得性灵之陶写者矣。"[2]黄宾虹、黄公渚作过《看云楼觅句图》，林散之《为曹靖陶补写〈看云楼觅句图〉》序云："靖陶先生，旧有黄宾老为图《看云楼觅句图》，海内名公，各有题咏，惜毁于中日战役。"[3]袁思亮《〈看云楼觅句图〉序》云："曹子靖陶，乞吾友黄公渚为作《看云楼觅句图》，既成，海内之能

---

[1] 汪荣宝：《题杨味云重修锡山〈贯华阁图〉》，《思玄堂诗》，第141—142页。
[2] 曾广钧：《〈看云楼觅句图〉叙》，《青鹤》1933年第1卷第12期，第5页。
[3] 林散之著、陈世雄校：《江上诗存》，南京教师进修学院1979年版，第381页。

诗者，多为诗张之。"[1]作画者或不止这两位，但《看云楼图》据郑逸梅所记"奈于抗战中付诸劫灰"[2]。《看云楼觅句图》征题范围极广，靳志发表在《国学论衡》1934年第3期的题诗题作《曹靖陶属题黄公渚所画〈看云楼觅句图〉为我言名流题咏达二百家逊谢不可漫与之》，而1934年之后仍有部分题咏诗作见于报刊。二百家之数是否真实姑且不论，今天若要辑出几十首却非难事，单《国闻周报·采风录》已刊登近二十首《看云楼觅句图》题诗。曹靖陶征题时往往附赠双红豆，《黄侃日记》载："为曹熙宇题《看云楼觅句图》诗，彼报以红豆二枚。"[3]所以汪荣宝诗里说："遗我双红豆，将之尺素书。"[4]有关《千华觅句图》的情况，孙雄的《黄黎雍〈千华觅句图〉记》[5]有着清楚的说明。类似于《看云楼觅句图》，《千华觅句图》也是吸收了不少社会名流的题咏，只是数量有所不及。而对于主持者最终的结果都是起到提升名气的作用。对于诗歌来说，如汪荣宝的《题黄黎雍〈千华觅句图〉》，"旧京才子推秋岳，南国词人数季刚。虎步辽东惟有汝，三分天下是三黄"[6]，这

---

[1] 转引自吕贞白：《道听录》，《永安月刊》1945年1月1日第68期新年号，第41页。
[2] 郑逸梅：《艺林散叶》，中华书局1982年版，第151页。
[3] 黄侃：《黄侃日记》，中华书局2007年版，第558页。
[4] 汪荣宝：《题曹靖陶〈看云楼觅句图〉二首》，《思玄堂诗》，第159—160页。
[5] 孙雄：《黄黎雍〈千华觅句图〉记》，《旧京文存》卷一，民国二十年（1930）本。
[6] 汪荣宝：《题黄黎雍〈千华觅句图〉》，《思玄堂诗》，第176页。金毓黻在日记中数次提到此诗。"汪衮父题黎雍《千华觅句图》云……黄秋岳名濬，久宦北平，诗名藉甚。季刚师与衮父之弟东宝同学于太炎之门，故衮父称之。黎雍之才之学，固不敢比季刚师，然与秋岳实相伯仲，是可称也。海内士夫足称为诗人者，固不多觏，若黎雍之抗手先民，追踪北宋，华夏已难其选，况在辽东。衮父称之曰虎步，盖由称量而出，非过情之誉也。此诗著录于王逸塘之《采风录》，录中诸诗颇骛声气，樊山、湘（按：缃）绮连篇累牍，不必尽佳，而外此所录绝少，余颇不然之。若衮父此作，盖其较然特著者耳。"金毓黻：《静晤室日记》（第四册）卷五十九，辽沈书社1993年版，第2555—2556页。"黄黎雍诗沈雄有力，不惟冠冕辽东，实为近时诗家之杰。汪衮父赠君诗，谓与季刚、秋岳三分天下，语不虚也。顷因录其诗，有感书此。"《静晤室日记》（第四册）卷六十一，第2630页。"《送松客之西丰》：月旦吾思汪衮甫，诗人海内称三黄。蕲春万里悲长逝，松客一麾守远方。"《静晤室日记》（第五册）卷八十七，第3717页。"往者汪襄（按：衮）甫谓有三黄平分天下，闽江一黄，变节陨身，可以勿论。若取吾季刚师与松客并称，则为极大荣誉，甚及门之幸也。松客之诗，甚多可传，倘竟汶汶以没，其名不彰于后，诚为憾事……松客姓黄氏，名式叙，字黎雍，一字松客，为奉天天文学专修科高材生，后毕业于沈阳高等师范学校国文专修科。能诗，亦工骈文，有《松客集》行世。"《静晤室日记》（第十册）卷一六八，第7639页。

类空洞的"点赞"诗歌又有什么生趣？讽刺的是，汲汲营营与所谓社会名流打交道，努力跻身其中的曹靖陶、黄黎雍之流，却抵挡不住历史洪流的考验，短短几年后即先后出任卖国政权的官职，最终在历史中留下微暗且算不上正面的光影。

单论汪荣宝的题图诗，如果放置于民国背景，也无甚特别之处。郑逸梅笔记载梁鸿志善于题图："寒云居南海子流水音，招之[1]游宴为乐，属题《寒庐茗集图》，工丽无伦。于是海内同文，纷纷出图请题。所题者，有陈寥士之《单云阁诗思图》，李释堪之《握兰簃裁曲图》，李拔可之《双辛夷楼填词图》，张默君之《写经图》，陆自在之《红树室图》，林思进之《苇湾禊集图》，卢冀野之《饮虹簃填词图》，沈剑知之《秋池粲隐图》，李木公之《肥遁庐图》，陈甘簃之《睎向斋授经图》，黄公渚之《墨谑顾画隐图》，曹靖陶之《昆明艳泛图》，叶遐庵之《遐庵梦忆图》，黄荫亭之《瀛槎重泛图》，吴静庵之《寒匏簃读碑图》。人以题图专家名之，梁掀髯一笑，盖已默认之矣。"[2]又说金天羽"喜为人填图"[3]，也是举出若干例证。从数量着眼，梁鸿志、金天羽的填图诗远超汪荣宝。而落实于民国背景，汪荣宝的这几首题图诗是带有规模的"集体活动"的产物。民国时期旧体诗词的生存空间已在新诗的进击之下逐渐缩小，由报刊业推动，"组团"创作的盛行是为旧体诗词社会影响的一丝惊鸿。

以题画诗为原点，对汪荣宝应酬诗分析进行二重面向的延伸。

其一，继续找寻汪荣宝具有"规模化""集体性"特征的应酬诗歌，这类应酬诗反映汪荣宝对民国诗坛活动的参与，而其间最为重要的宣传阵地是《国闻周报·采风录》。《采风录》是《国闻周报》开设的诗歌专栏，始于1927年，终于1937年，专门刊载旧体诗词，主编是曹经沅。

---

[1] 梁鼎芬。
[2] 郑逸梅：《逸梅杂札》，齐鲁书社1985年版，第141—142页。
[3] 郑逸梅：《近代名人丛话》，中华书局2005年版，第171页。

此外，国风社三次发行《采风录》合订本。曹经沅（1892—1946）[1]，字纕蘅，四川绵竹人，诗集遗稿由王仲镛整理，题作《借槐庐诗集》。20世纪二三十年代的民国旧诗界，曹经沅是享有盛名且绕不开的人物。这并非因为曹经沅的诗歌成就罕有其匹，而是因为曹经沅自身广泛的交游以及其主编《采风录》所产生的巨大影响。卢前《悼曹纕蘅先生》指出："他在《国闻周报》主编《采风录》，当时拥有广大的读者……海内诗人，他不认得的很少。所有修禊一类的风雅事，没有曹先生便感觉寂寞。的确，他是近代诗坛的唯一的维系者。"[2] 对于《采风录》，陆丹林的介绍较为全面：

> 卢沟桥事变前，天津《国闻周报》按期有国风社编《采风录》两页。内容以诗词为主，词只一阕[3]。连载十年左右，全国各地诗词家之作多在此发表。作者约有三百人，包括文学家、诗词家、官僚、军人、名士以至逊清遗老，网罗甚广。如探讨此一时期民族形式诗词，在四册汇刊中可以窥见作者思想生活与彼此唱和情况。
>
> 《采风录》发表作品，虽然以纯文艺为主，但编者则掌握内定而不公开之原则，是作者要与编者有直接或间接往来者为主，否则作品如何到家？自行投稿，编者绝不考虑发布，诚恐有抄寄别人作品，一时失察，造成笑柄。又作品如有涉及复辟帝制及讪谤政府，或亵词绮语，一概不予登录。如郑孝胥、陈曾寿因投伪满，既停止发表其作品。
>
> 作者大多署名用号而不用姓名，只于合订本中卷首排有作者题录，列有作者姓名、别号、籍贯。

---

[1] 据黄稚荃：《曹经沅小传》，曹经沅遗稿、王仲镛编校：《借槐庐诗集》，巴蜀书社1997年版，第269页。
[2] 卢前：《悼曹纕蘅先生》，曹经沅遗稿、王仲镛编校：《借槐庐诗集》，巴蜀书社1997年版，第271页。
[3] "词只一阕"有误。

《采风录》选录诗词虽无门户之见，而事实上局限于一个小圈子范围。若干作家，编者未与联系征集，因之历年所发表者，熟人应酬之作为多。如编者曹纕蘅移居诗，先后发表和诗总在百首以上。曹纕蘅主编《采风录》有十年之久，始终其事，当时朋友有戏呼其为诗词经纪者，彼亦不以为忤也。

（丛碧按：《采风录》虽为曹纕蘅主编，而背后实为《大公报》社长吴鼎昌所主持，吴已有其政治金钱势力，复事风雅为诗，《采风录》中作者皆谀其诗有逸才。吴曾买得逊清庆亲王奕劻挂甲屯园墅一区，轩榭精丽，院有海棠二株，不减溥心畬之萃锦园。花时置酒宴客，第一日皆银行界人，第二日皆《采风录》中人。）[1]

历来对《采风录》的评价存在正反两方面，吴宓《空轩诗话》：

然旷观我中华泱泱大国，其著录旧诗，刊布旧诗之园地及机关，今乃仅有曹纕蘅君主编之《采风录》，附载于《国闻周报》中者。是故切实言之，曹纕蘅君实今日中国诗界之惟一功臣。（亦即他日诗史、诗学之惟一功臣。）《采风录》亦即中国旧体诗之最后逋逃薮。曹君勉乎哉！（虽尚有评讥《采风录》甄选未广，及所登诗不免有应酬敷衍之作者。然为此评者，盖未知实际人事之困难及编选之不能尽合众意，且即使评者之言确，读者岂不可自为淘汰披拣乎？岂不胜于无此园地机关乎？责人苛者，其意必不诚矣。）[2]

---

[1] 自在：《采风录》，张伯驹主编、张伯驹编著：《春游社琐谈·素月楼联语》，北京出版社1998年版，第206页。

[2] 吴宓：《空轩诗话》，吴宓著、吴学昭整理：《吴宓诗话》，商务印书馆2005年版，第254页。

李渔叔《鱼千里斋随笔》：

  旧时天津《国闻周报》编有《采风录》，辑录海内名家诗，纕蘅主之，搜采甚富，而选录甚严，皆一流作也，纕蘅好宏奖人才，每见佳篇，辄称扬不去口。在首都时，凡袖诗请谒者，率具壶觞为一日欢，单寒孤立之士，或以此致声誉，高情雅抱，倾动儒流。[1]

邵祖平《培风楼诗·自序》：

  近十年来，有某报附刊某录，以"采风"为名号，称荟萃天下吟篇，而从未登载民生疾苦、匍匐告哀之咏。修禊登高，视为常课；揖让周旋，惟在冠带。予心窃异之。[2]

吴宓《吴宓日记》：

  读《采风录》，多是与编者曹纕蘅（经沅）应酬倡和之诗。若求其立意之正大，（忧国，愤世）感情之真挚，则只有张孟劬（尔田）柳翼谋（诒征）两先生而已。[3]

钱仲联《十五年来之诗学》：

  此十五年来，则宋诗运动衰落之时期也，《采风录》可为代表。是录为蜀人曹纕蘅（经沅）所主纂，自民国十六年六月

---

[1] 李渔叔：《鱼千里斋随笔》，沈云龙主编：《近代中国史料丛刊续编》（第八十三辑），文海出版社1981年版，第75页。
[2] 邵祖平：《培风楼诗·自序》，《培风楼诗》，商务印书馆1943年版，第4页。
[3] 吴宓著、吴学昭整理注释：《吴宓日记续编 第六册 1963—1964》，生活·读书·新知三联书店2006年版，第90页。

起，分期登载于《国闻周刊》，萃军人、党人、政客、名流、遗老、名媛于一编，而所录则以闽、赣二派为主，大抵步趋海藏，皮传散原，结习太深，千篇一律，一颦一笑，故为矜持，欲于此中求一真气洋溢、跌宕昭旷之作，颇不易得。"采风"之目，殊觉名实不副，盖散原、海藏，已不免老笔颓唐，一则破碎弥甚，一则枯窘无味，余子效颦，自不足观矣。然后起英髦，宁无特绝之士，尚论宋派，仍标赣、闽二宗。[1]

吴宓《空轩诗话》所记是对《采风录》最具分量的述评，而此后《采风录》逐渐淡出人们的视野，也是吴宓给予《采风录》最为积极的关注[2]。吴宓对曹经沅"诗界功臣"的称颂绝非溢美之词，《采风录》不啻为中国古典诗歌"回光返照"式的存在，其所凝聚的创作力量和所衍生的社会效应是之后传统诗界无法企及的高度。《国闻周报》作为民国时期的著名大报，发行量的保证是《采风录》广为流传的保障。再从汪荣宝的角度来谈《采风录》。与曹经沅、李宣倜、王揖唐等论交让汪荣宝走进民国旧诗界的中心，他在《采风录》发表诗歌的跨度从1928年至1933年，正是人生最后六年，从未间断，其中发表频率较高的1928年和1932年各有二十期左右的《国闻周报》刊登汪荣宝诗，这对于周报而言比例不可谓不大。尤其1928年汪荣宝在任驻日公使，却在《国闻周报》大量发表作品，说明汪荣宝与曹经沅、王揖唐等交游关系非常密切。《采风录》为日薄西山的古典诗歌搭建了难得的平台，让汪荣宝从中获得诗名，而汪荣宝后期的应酬诗则与《采风录》易遭诟病的应酬诗形成内在联系。那么汪荣宝与《采风录》同人诗圈的集体唱和具体怎样？

从对象和内容来看，元日、上巳、中秋、展重阳等岁时节令是汪荣

---

[1] 钱萼孙：《十五年来之诗学》，无锡国学专修学校编：《无锡国学专修学校十五周年纪念册》，民生印书馆1936年版，第20页。

[2] 据吴学昭言，吴宓尚有"考证评注"《采风录》的资料留存人间，可惜今日无从得见。吴学昭：《整理后记》，吴宓著、吴学昭整理：《吴宓诗话》，商务印书馆2005年版。

宝参加《采风录》同人诗圈最为常见的唱和题材，时间概念的介入是触发诗兴的源泉，而《采风录》诗家对民国局势的忧虑让诗歌和现实无法割离，从而较好地呈现出旧体诗家的群像。围绕元日和中秋，《采风录》同人诗圈各出现两次较大规模的唱和，分别是集体次韵李宣倜的《戊辰元日》（1928）和曹经沅的《癸酉元日》（1933），以及集体次韵李宣倜的《戊辰中秋》（1928）和曹经沅的《中秋对月有忆》（1932），汪荣宝均为参加前次活动，即创作了《次韵李释戡元日》和《次韵释戡中秋》。其他年份也有零散唱和，如汪荣宝的《次韵兑之庚午元日发笔寄释戡纕蘅》（1930）、《次韵尔和辛未中秋》（1931）、《次韵释堪元日》（1932）。李宣倜（1888—1961），又名汰书，字释戡、散释，福建闽县人，[1] 著有《苏堂诗拾》《苏堂诗续》等。1927年1月，李宣倜被北洋政府授予"将军府文威将军"称号，晋陆军中将，半年后将军府即被撤销。而国内的形势是北伐战争势如破竹，北洋政府的统治摇摇欲坠。有此背景，李宣倜于1928年农历新年创作《戊辰元日》，诗云：

> 当关无客报清晨，元日依然晏起身。不隐不官宁有道，自哀自乐岂关人。盆梅影瘦疑春远，爆竹声疏觉岁贫。犹是酸儒寒骨相，题诗惟祝洗兵尘。[2]

新春佳节却是荒凉气象，进退失据，百无聊赖，满目萧然。李宣倜道出了依附北洋势力或者身为清遗老的这群《采风录》诗家之普遍心声，他们的文化地盘已在新旧之争后大幅缩减，而依赖的政治靠山也倒塌在即，对未来的焦虑也就化成当下内心的荒芜。"题诗惟祝洗兵尘"，诗歌的书写已成为对现实的一种奢求，二次北伐的启动近在眼前，当蒋介石于四月发出总攻令之后，北洋政府也彻底走向了穷途末路。李宣倜诗成后即向各家索和，一时多有和者，李宣倜又作了《元日漫吟和者甚

---

[1] 高伯雨：《听雨楼随笔》（三），牛津大学出版社2012年版，第402页。
[2] 释戡（李宣倜）：《戊辰元日》，《国闻周报》1928年第5卷第8期。

众叠均赋谢兼寄拔可兄海上》,而唱和中更有曹经沅作到三叠韵,王揖唐作到五叠韵。唱和诗中既有承接李宣倜情绪者,也有劝慰者,总体呈现出消极的态度。当然还有老辣、跳脱如郑孝胥,摆出与现实继续周旋的姿态,"窗下谈鸡老不晨,梦中无患亦无身。来游世外逃虚世,真作人间失路人。秦令肯怜李斯客,新朝难逐子云贫。绕梁一曲凭谁和,应待歌声与暗尘"[1]。汪荣宝的和作虽也基于李宣倜原诗而现消极状态,但文字间实不似李诗苦闷,"修夜漫漫不肯晨,梦回犹是旧年身。高邱终古哀无女,空谷于今喜似人。扣舌尚怜危语富,取怀惟恨好篇贫。朝来莫讶颜非故,历尽沧溟百劫尘"[2]。原因在于汪荣宝的政治理念有所不同。对于北伐,如王揖唐极力反抗,事败后遭到北伐军通缉——京津一群在今天理解属于旧式的文人墨客由于北伐而切身感受到了政治的交困和生存的威胁,著名的例子如王国维1927年投湖自尽,部分论者指出其死因与北伐有关。而汪荣宝与国民政府已有联系,并且支持北伐,《漫书》云:"山东河朔万家空,青史无双北伐功。老死龟堂应不恨,此身曾见九州同。"[3] 所以汪荣宝虽与有着遗老、政客等身份的民国诗家交游,但思考的政治生态却是大相径庭。

宴聚唱和也是汪荣宝诗歌常见的唱和形式,然则由于汪荣宝居东日久,与日本汉诗诸家的宴聚唱和反而较多,与国内诗家的宴聚唱和主要是在1931年汪荣宝卸任公使回国以后。典型的宴聚唱和如上巳禊饮,采用分韵创作的形式。汪荣宝直接参加一次,为1932年上巳什刹海禊集,以白居易《三月三日》诗分韵,《采风录》刊出陈宝琛、邵瑞彭、吴用威、杨圻、汪荣宝等诗家作品,曹经沅也有参加;间接参加一次,为1930年上巳宣南水榭禊集,汪荣宝身在日本,其诗题交代了创作缘起——《庚午上巳旧都诸名士集水榭禊饮分韵赋诗释堪纕蘅先后书来要余同作率然应之得泛字》。看到这里关于庚午上巳水榭禊集,《采风录》刊出江瀚、王揖唐、张弧等诗家作品,曹经沅、李宣倜、邵瑞彭、曾学

---

[1] 苏戡(郑孝胥):《和释戡元日诗韵》,《国闻周报》1928年第5卷第12期。
[2] 汪荣宝:《次韵李释戡元日》,《思玄堂诗》,第152页。
[3] 汪荣宝:《漫书》,《思玄堂诗》,第154页。

孔也有参加。1932年,汪荣宝与陈宝琛、黄侃等过从甚密。正月十九日,汪荣宝、曹经沅在广和饭庄邀请陈宝琛等宴聚,高伯雨《广和居诗话》有所记载。席上,汪荣宝作有一首七言古诗《正月十九日广和饭庄宴集》,曹经沅、陈宝琛、黄濬、夏仁虎等也有相关诗作。而唱和形式引申说来,除了次韵、分韵,汪荣宝另有依韵、限韵之作,如《红叶馆席上山本二峰农相有见赠之作依韵奉答》《蛰园牡丹限江韵二首》。

除此以外,汪荣宝还有对于"热门"作品的唱和,如唱和郑孝胥《闻笛》、李宣倜《雨窗》、杨寿枬《秋草》等,以及一类特殊的唱和——移居唱和,体现为《次韵纕蘅移居》《次韵曾小鲁(学孔)移居》两首。对曹经沅《移居》诗的唱和是民国诗坛的一件盛事,王仲镛整理《借槐庐诗集》介绍了移居唱和的情况:

> 先生在北京日,僦居宣武城南之南横街,其间壁为翁同龢故居,而隔巷之米市胡同,则为潘祖荫滂喜斋所在,皆京师名宅也。己巳秋(一九二九),先生移居城东隆福寺侧,有《留别南园》及《移居城东》两律(俱见《集》中)。以"东""翁"为韵。海内外诗人酬和者数百家,复得著名画家张大千、溥心畬、黄孝纾等,绘成《移居图》卷五、六帧,题咏殆遍。[1]

唱和曹经沅移居可谓民国旧体诗坛一次空前规模的"大阅兵",老中青三代作家悉数登场,《采风录》刊登的相关诗作数量近一百五十首,这也只是移居唱和的一部分。由于老辈诗家如陈宝琛、樊增祥的较早参加,移居唱和所承载的含义如马国华解读:"囿于遗民身份,他们的播迁感慨多半回溯往日的贞元朝士,指向业已覆亡的大清朝。而如果刊落其中的政治寓意而仅仅关注思想文化,由移居而引发的播迁之感同样能够引发广大士绅的强烈共鸣。"[2]如果说移居唱和的文化意义存在于形

---

[1] 曹经沅遗稿,王仲镛编校:《借槐庐诗集》,巴蜀书社1997年版,第253页。
[2] 马国华:《同光诗学视野下的民国诗坛——以〈国闻周报·采风录〉为中心》,暨南大学博士学位论文,2013年,第56页。

而上的思想认知层面，那么其政治意义往往实实在在地被诗歌记录，如汪荣宝的《次韵纕蘅移居》：

> 旧居亦在凤城东，故国遥看落日中。闻说林栖今近接，相期岁暮一来同。论都尚觉才难尽，录梦应怜迹已空。丛菊又开归未得，江湖吟望两衰翁。[1]

汪荣宝并非清遗民，其笔下出现"故国"自然不是为清朝"招魂"，历史范畴的"故国"当然包括北洋政府统治的中国，而"落日中"的故国恐怕也是文化观照中的中国。站在"五四"视角，旧文化衰落乃大势所趋，而汪荣宝——当年全力推动立孔教为国教，正是旧文化的代表！1928年至1929年，政治和文化形成有力的共鸣，历史界限的划定尘埃落定。1928年12月29日，张学良东北易帜，北洋政府时代落下帷幕，取而代之的是南京国民政府的统治。今天看来，国民党大体还是支持新文化运动的。随之而来的还有政治中心的转移，当年反对迁都南京的汪荣宝如今也只能"论都尚觉才难尽"——已过天命之年的汪荣宝失了年轻时的锐气，一如《次韵纕蘅移居》诗中的自嘲——"衰翁"。

其二，汪荣宝除了为画作题诗，还为诗集、文集、书画集、杂志、报纸题诗，如《题广雅堂诗集五首》《希马出示先德文慎公诗集因题三首》《题章一山文集》《题同仁杂志呈内田康哉会长》《题陆丹林红树室时贤书画集》等。《题广雅堂诗集五首》和《希马出示先德文慎公诗集因题三首》具有诗史特征，关于前者，黄濬以为"记南皮（张之洞）逸事，其'百岁恩仇'一首，似指翁、张之隙"[2]；后者的前两首被陈衍收入《近代诗钞》，希马即瞿宣治，在瑞士公使馆任职时是汪荣宝的下属，文慎公是瞿宣治的父亲瞿鸿禨。《近代诗钞》所选《希马出示先德文慎公诗集因题三首（其一）》"十载长安看弈棋，津桥两听去鹃悲"

---

[1] 汪荣宝：《次韵纕蘅移居》，《思玄堂诗》，第165页。
[2] 黄濬著、李吉奎整理：《花随人圣庵摭忆》，中华书局2013年版，第623页。

句后夹有小注："戊戌四月，常熟罢相，及丁未五月公去位，并余游京师时所见事。"[1] 这在《思玄堂诗》中并未出现。正是说1898年至1907年间晚清历史的诡变，汪荣宝、瞿鸿禨是见证者。汪荣宝不少诗歌纯粹以赠为题，如《赠江叔海二首》《赠郭春榆宗伯二首》等。江叔海即江瀚，他有心地将近代名人写给他的诗札结集，题为《片玉碎金》，其中就包括汪荣宝的《赠江叔海二首》。此外，汪荣宝尚有一定数量的赠别诗及两首稍为特别的"捧角诗"——《海上女弟子队有玉华者声容妙似程郎因号新艳秋曹靖陶为乞赠诗戏作二首》。

与汪荣宝唱和的众诗友中，靳志、汪东不可忽视。靳志（1877—1969），字仲云，河南开封人，著有《居易斋诗存》《居易斋诗余》等，范烟桥《诗坛点将录》及钱仲联《近百年诗坛点将录》均对靳志的诗坛地位给予高度评价。靳志前半生的履历详见《居易斋诗存·自序》以及《靳志自传》[2]，他与汪荣宝同为光绪丁酉（1897）拔贡，戊戌（1898）再中进士，年长汪荣宝一岁。清末，靳志留学西欧；民国成立即回国，"徐公荐贤于项城，任为府秘书"[3]（按：徐公即徐世昌），次年（1913）担任驻荷兰使馆一等秘书，然而1914年春因牵涉"二次革命"被解职回国；1919年，靳志担任驻比利时使馆秘书，因与上司——驻比利时公使魏宸组不合且"慈母抱病"，于1921年自请回国。1919年至1921年间，靳志与时任驻瑞士公使的汪荣宝通信往来密切，身在异国他乡，这种诗歌的对话实为难得，而对话的开端又涉及已故驻比利时二等秘书王慕陶。王慕陶，字侃叔，因创办远东通讯社，留名中国新闻史。汪荣宝担任驻比利时公使期间，王慕陶是为下属。1917年，王慕陶去世[4]，汪荣宝作有《哀王侃叔》："一桴从我共浮沉，湖海三年病转深。幸尽龙蛇当厄岁，那堪乌鹊失栖心。遗文颇杂旁行字，断句

---

[1] 陈衍：《近代诗钞》，商务印书馆1923年版，第1421页
[2] 靳志：《靳志自传》，中国人民政治协商会议河南省委员会文史资料委员会编：《河南文史资料》（第三十四辑），1990年，第1—9页。
[3] 靳志：《居易斋诗存·自序》，《居易斋诗存》，民国十一年（1922）本。
[4] 据宜昌市地方志编纂委员会编：《宜昌市志》，黄山书社1999年版，第1258页。

都成变徵音。视汝佳儿见头角，父书伫看凿楹寻。"[1] 后又作《过王侃叔墓》，再示怀念。靳志与王慕陶也是极有渊源，他对王慕陶的"底细"非常清楚。靳志与汪荣宝的第一首唱和诗作于1919年，题为《读汪衮甫哀王慕陶诗有感用原韵》，前有长序痛诋王慕陶其人，如对王慕陶经营远东通讯社和《黄报》杂志，靳志嘲笑道："王法语甚浅陋，报社主笔一仗洋员，当时臣工不知底蕴，惊为绝世才。"[2] 而1914年，靳志的荷兰使馆秘书一职遭解之事，也是王慕陶暗中作祟：

> 王为人忌刻阴险，每中伤人而人不知也。民国二次革命，王暗唆学生滋事，捏造驻和比两使馆电报。阴谋既行，匆遽返国，而西伯利亚途中又适遇云台大公子，潜进诽语，一举而两公使三秘书去职，盖王意在自得比使。及部令出，不过驻比二等秘书，甚怏怏也。[3]

驻比利时公使一职空缺后，接任者正是汪荣宝。如今回看这段过往，这其中的人事纠葛与巧合赋予汪荣宝与靳志交游较为丰富的掌故内涵。汪荣宝充任驻瑞士公使，靳志作诗《八年春，汪衮甫赴瑞士创设，驻使此邦。山水既佳，交涉复简，衮甫以如彼诗才，大可放浪湖山，恣情吟咏。前去书询其近作，九月朔得报，写四十字酬之》，该诗题又可作为汪荣宝《次韵答靳仲云》的笺释："闲庭生事简，喜得故人书。羁绪知相似，仙才谢不如。园林新雨后，天地薄寒初。欲唱无佳思，非君孰起予？"[4] 1920年，汪荣宝以"微"韵作七律寄与靳志，此后与靳志的数首交游诗均叠前韵，共计达到六叠，这些诗歌涉及靳志与上司不

---

[1] 汪荣宝：《哀王侃叔》，《思玄堂诗》，第81—82页。
[2] 靳志：《读汪衮甫哀王慕陶诗有感用原韵》，《居易斋诗存》卷二，民国十一年（1922）本。
[3] 靳志：《读汪衮甫哀王慕陶诗有感用原韵》，《居易斋诗存》卷二，民国十一年（1922）本。
[4] 汪荣宝：《次韵答靳仲云》，《思玄堂诗》，第103页。

合、赠别即将回国的靳志及为靳志母亲祝寿等事,靳志也作六叠韵唱和。概括说来,江荣宝与靳志的这些唱和诗是在其担任驻瑞士公使——相对轻松的状态下完成的,虽不乏闲趣、思乡等情愫,但余味仍嫌不足,因为汪荣宝诗歌所擅胜场终究不在于此。

汪荣宝与汪东的唱和数量较少,然诗史意味浓厚,如其在1925年所作的《次韵旭初岁暮伤乱》即置于特定的时代背景,汪荣宝和汪东的同父异母弟汪季琦(楚宝)在《和旭初八兄岁暮伤乱》有"自注":

> 这是我生平做的第一首诗,时年十六岁。1925年冬,父亲去世。衮甫(荣宝)、旭初(东宝)回老家奔丧。是年旧历八月,齐燮元、卢永祥混战一场,苏锡一带,一夕数惊。到旧历除夕(1925年2月),孙传芳又和卢永祥打了起来,苏州又是城门紧闭,草木皆兵。旭初八兄写了一首五律:《岁暮伤乱》,衮甫及我们的一位侄女曼坛(比我大九岁)都有和章。那天我刚好走过来,衮甫要我也试和一首,于是我这从未敢尝试作诗的人,也大胆地和了一首,略经衮甫润色。[1]

这段话反映出汪荣宝对元和汪氏家族诗歌创作的直接影响。

当然,以上谈到的应酬诗回避了汪荣宝与日本汉诗诸家的唱和,这是笔者接下来准备解决的问题。

---

[1] 汪晨曦等编著:《汪季琦年谱》,现代出版社2009年版,第18页。

第八章 中日关系与汪荣宝后期诗歌

从留学到出使,日本是汪荣宝域外之路最为重要的国度。1914年,日本不顾与北洋政府已达成的协议,出兵山东,侵占青岛和胶济铁路,接管德国在华权益。汪荣宝作诗感叹:"客议公然改载书,龟从筮逆欲何如。空卷冒死应无幸,猛志争神尚有余。事败终矜风义在,力殊始叹誓盟虚。胶西秋讯堪肠断,袖手看云计傥疏。"[1] "力殊始叹誓盟虚"是弱国外交无奈面对的被动局面。1923年,汪荣宝赴任驻日公使后,折冲樽俎,和日本政界人士来往周旋,和日本文坛保持密切的交流,而最终,汪荣宝的外交生涯在中日关系破局时画上句号。

第一节 近代以来驻日公使主导下的中日诗歌交流述略——以汪荣宝为中心的考察[2]

以中国古典诗歌为纽带的中日文化交流历史悠长。近代以来(1840年以后),伴随着清日建交,新兴的中国驻日本外交官群体开始对中日诗歌交流史产生影响。晚清的外交官主要是由传统的官僚士大夫阶层构成的,不俗的诗歌技艺体现着他们的"传统"素质,由他们主导的中日诗歌交流的繁荣,从1877年首位抵达日本的驻日公使何如璋算起,到

---

[1] 汪荣宝:《书感》,《思玄堂诗》,第70页。
[2] 本节发表于《日语学习与研究》2016年第3期,略做修改收入本书。

1894年甲午启战汪凤藻下旗归国，持续十八年之久。民国以后，职业外交官群体形成，他们精通西学，外交素质自非晚清的官僚士大夫们可比，然而诗歌技艺却是难以达到晚清外交官的高度，其中更有胡适这样另起炉灶、以新诗对抗旧诗者。本文讨论民国时期以中国外交官为核心的中日诗歌交流，相关研究围绕驻日公使汪荣宝展开。民国的职业外交官之中，汪荣宝是在中国近代诗歌史上产生一定影响的例外，他沿着前辈的轨迹，为中日诗歌交流做出努力与贡献，可惜时过境迁，汪荣宝最终没能再次书写中日诗歌交流的一页辉煌。

日本汉诗是中国诗歌文化具有世界影响的重要表现，历史源远流长。1945年，中国取得抗日战争的全面胜利，日本汉诗全面衰落，而在此之前关于日本汉诗的发展，唐千友认为：

> 明治以后（1968—1945）：从时间上说，这是我国的晚清至民国时期，是中国古诗走向式微，日本汉诗失去了源头活水的时期……大正（1912—1926）、昭和前期（1926—1945），基本上是由国分青崖、岩溪裳川、饭家西湖等诗坛老将极力撑持，虽然也有田边碧堂等诗坛新秀的出现，但随着西学的进一步隆兴，汉学则更是一步步走向衰落。汉诗淡出日本社会生活已然定势。[1]

目前日本汉诗研究领域，对明治以后这段时间相对较为忽视，唐千友的论说也是归结于此。以大正、昭和前期的诗坛来说，日本汉诗的创作热情、重视程度与江户时代及明治前期不可同日而语，但是整体规模实未呈现迅速走衰之势，如土屋竹雨即编有《大正五百家绝句》《昭和七百家绝句》这样涉及众多诗人的汉诗总集。成立于1904年的随鸥吟社原为挽回明治中期的诗坛颓势，然而随鸥吟社及同人刊物《随鸥集》竟支持三十来年，说明日本依然存在让汉文学前行的创作动源。随鸥吟

---

[1] 唐千友：《汉诗的东渐与流变——日本汉诗》，《学术界》2011年第7期，第172页。

社的组织传承及其带来的延续性,即便是中国的诗社、词社也难以望其项背,中国的文艺杂志达到二十年者已属凤毛麟角。关于近代以来中国与日本诗坛的交流,研究者多把目光投向19世纪下半叶的黄遵宪,以及俞樾编选的《东瀛诗选》,实则到了20世纪,中日诗坛交流的规模才空前扩大。留学生是必然考量的因素,中国留学生如郁达夫、李叔同等与日本诗坛有着频繁的互动,日本留学生如吉川幸次郎则在中国遇到杨钟羲、王树楠、江瀚、傅增湘、汪荣宝、徐乃昌、金天羽等名家[1]。此外,中国近代诸家如郑孝胥、陈宝琛、冒广生、梁鸿志、王揖唐等与日本大正、昭和诸家留下大量的唱和诗;日本主持后期随鸥吟社的久保天随则请况周颐、徐珂、陈衍为其《秋碧吟庐诗钞》《闽中游草》《澎湖游草》等诗集作序;田边碧堂游历中国,留下《凌沧集》;等等。当然,这些只是20世纪中日诗坛交流的冰山一角。清代中后期,中国诗坛仍"诗分唐宋"之时,日本汉诗迎来新鲜血液——明清诗歌,神田喜一郎说:"江户时代末年到明治、大正时代,日本汉诗人很喜欢读清诗,因为他们自己作诗,所以把它做模范。"[2] 水原渭江说:"在当时东京诗界,森春涛所鼓吹的清诗的华丽,轻妙的文学风靡一时。"[3](按:森春涛为森槐南之父)田中庆太郎说:"当时正好是诗人森槐南非常走红的时期,他的门人们争相购买乾隆、嘉庆、道光年代的诗集。"[4] 昭和诗坛耆宿国分青厓则以李梦阳为范,对明诗情有独钟。所以,近代日本汉诗在对中国诗接受的框架之内,拥有自出机杼的选择,日本汉诗作家也能由此达到较高的水准。以下,不妨以中国驻日公使为中心,考察明治、大正、昭和年间的日本汉诗及其与中国清民诗坛的各种交集。

---

[1] [日]吉川幸次郎著,章培恒、骆玉明等译:《中国诗史》,复旦大学出版社2012年版,第317页。
[2] [日]神田喜一郎:《清诗流行在日本》,《神田喜一郎全集》卷八,同朋舍1987年版,第166页。
[3] [日]水原渭江著,燕鸣、李林、鲍荣振等译:《水原渭江学术精华》,科学出版社1996年版,第328页。
[4] [日]内藤湖南、长泽规矩也等著,钱婉约、宋炎辑译:《日本学人中国访书记》,中华书局2006年版,第87页。

从江户时代延至明治初年是日本汉诗发展的黄金时期，甲午战争之前的中国驻日本外交官正是赶上这一黄金时期的尾声，而在清朝政府派遣的驻日使团中也包括黄遵宪、郑孝胥这样的光宣诗坛精英，故而中日诗歌交流史的演进迎来了绝佳的历史契机。这是国家之间诗歌交流的一段辉煌时期，清政府第一位抵达日本的公使何如璋，怀揣对异域的新奇和神往，开启真正意义上的"开眼看日本"的旅程。同行的黄遵宪通过这段旅程撰写《日本国志》，记录明治维新给日本带来的新气象，他所引领的"以旧风格含新意境"的"诗界革命"也发端于此。"新意境"的前提是"新意象"，"新意象"不独存在于黄遵宪的诗笔之下，首任驻日副史张斯桂就曾在与石川鸿斋唱和之时作有《观轻气球诗》，惊叹"泰西气球新样巧"。[1] 以中国驻日公使为核心的中日诗歌交流，其主要内容包括宴集唱和、编辑诗集、笔谈、题批等，如果说何如璋时代体现了这种交流形式的灵活多样，那么到了黎庶昌时代，交流的特征则更加侧重于规模。黎庶昌打出"文化外交"的招牌，在其驻日期间，中日汉诗交流空前发展，他的使团与日本吟坛密切联系——包括当时执牛耳于日本诗界的森春涛、森槐南父子。中日汉诗交流空前发展的直观体现是诗会频繁，并且刊行大量酬唱诗集，比如《癸未重九宴集编》《戊子重九宴集编》《己丑宴集续编》《庚寅宴集三编》《樱云台宴集诗文》《嘤嘤馆春风叠唱集》《嘤嘤馆叠唱余声集》《嘤嘤馆百叠集》等，王晓秋在其《近代中日文化交流史》中对黎庶昌任公使期间的中日诗会及诗集进行了详细梳理[2]，王宝平主编的《晚清东游日记汇编·中日诗文交流集》也收录了以上全部诗集，对此无须赘论。

黎庶昌之后，甲午战争之前的最后一任驻日公使汪凤藻同样对中日汉诗交流做出贡献。王宝平注意到"汪凤藻在红叶馆于1893年和1894年举行了两次修禊会，1893年举行了一次重阳诗宴"[3]。汪凤藻

---

[1] 王宝平主编：《中日诗文交流集》，上海古籍出版社2004年版，第71页。
[2] 王晓秋：《近代中日文化交流史》，中华书局2000年版，第266页。
[3] 王宝平：《试论清末中日诗文往来》，《中日诗文交流集》，上海古籍出版社2004年版，第18页。

也曾留下一部酬唱诗集，名曰《海东酬唱集》，以抄本形式存世，现藏于北京大学古文献室[1]。近代诗坛中，汪凤藻籍籍无名，孙雄说他"有《仪疏斋诗稿》十余卷藏于家，非至好未尝轻以示人也"[2]；《郑孝胥日记》中也记录了汪凤藻与郑孝胥有过诗歌唱和。然而汪凤藻的《仪疏斋诗稿》终究未能流传于世，《海东酬唱集》保存了汪凤藻的若干诗歌，其文献价值可见一斑。更需指出的是，汪凤藻是汪荣宝的伯父，又是一位"失败"的公使，甲午战争爆发在其任上，虽然事后有论者为其辩护说汪凤藻洞察日本野心，秘密传达给清政府却没被理会，但也有舆论指责汪凤藻对金玉均事件处理不当，酿成战争危机，黎庶昌之子黎汝谦直接骂其"底事宵人忝使材，天教误国作胚胎"[3]。孰是孰非，姑且不论，可以推测的是，日后汪荣宝驻日期间行事谨慎小心，尤其慎谈政治，大约是吸取了伯父的教训。

甲午战争爆发，由何如璋、黎庶昌、汪凤藻主导的中日诗歌交流的历史线索就此中断。降至民国，前几任驻日公使未曾致力于诗歌领域，因而以中国外交官为核心的中日诗歌交流无从谈起，直至汪荣宝接任，情况有了变化。1923年年底，汪氏赴任驻日公使之后，沿袭着前辈公使包括其伯父汪凤藻的轨迹，"与日本朝野文学之士，彼此唱和，颇受欢迎"[4]，甚至芝山红叶馆——记录中日诗歌交流辉煌的场地象征，三十年后同样没变，把酒吟诗的情景依然如旧，汪荣宝与日本诗人在红叶馆唱和的诗歌在《思玄堂诗》中屡见不鲜。

汪荣宝时代，没有留下酬唱诗集。故而在诗集文献方面和前辈相比

---

[1] 韩国梨花女子大学刘婧作有《清人汪凤藻所辑中、韩、日三国文学交流诗文集〈海东酬唱集〉初探》《〈海东酬唱集〉所收中、韩、日三国文人考》等文章，专门研究《海东酬唱集》。

[2] 孙雄：《郑斋感逝诗甲集》卷三，民国七年（1918）本。

[3] 黎汝谦：《光绪廿年甲午五月日本师入朝鲜我军一败于牙山再败于平壤大溃至凤凰城连失牛庄旅顺威海诸隘失地丧师 朝廷震骇乃遣使割台湾赔兵费二百兆万两以和其始祸皆起一二宵人谬充专对以至此朝廷优容不治厥罪似于始祸之原尚未洞悉者其事始末已记于别篇更赋二律以讽使世之君子秉国之钧于简命使臣知所戒云》，《夷牢溪庐诗钞》卷五，清光绪二十五年（1899）本。

[4] 曹汝霖：《一生之回忆》，春秋杂志社1966年版，第148页。

自是捉襟见肘，但是以汪荣宝为中心的中日诗歌交流有了新的形式和新的变化。

一是"点将"。1931年2月27日、28日，日本报纸《读卖新闻》文艺栏刊登了汪荣宝撰写的关于日本汉诗的文章——《日本现代名家の汉诗に就て》，作为连载专题——《外国使节の日本艺术观》的第七和第八部分，文章全篇由日文写就，对于研究近代日本汉诗极具文献价值。身为驻日公使的汪荣宝，选取日本汉诗谈论缘于"同文"，同时恭维日本近代艺术"云蒸霞蔚、骇目惊心"。对当时的日本汉诗，汪荣宝以为作家林立，评骘之业非一夕一朝之功，因而汪荣宝选择有过交往、读过其诗的日本汉诗作家予以短评。[1] 这些日本汉诗作家也是大正、昭和诗坛的精英，共计十九位：国分青厓、山本二峰、内藤湖南、岩溪裳川、上梦香、冈崎春石、阪本苹园、长尾雨山、田边碧堂、胜岛仙坡、小田切银台、久保天随、仁贺保香城、井土灵山[2]、土屋竹雨、玉木椿园、上村卖剑、前川研堂、木下周南。汪荣宝的评价着眼于其长处：或强调体裁，如长尾雨山的五律"清迥幽澹"，田边碧堂是七绝专家，仁贺保香城、玉木椿园擅作五律、五古；或强调技法，如岩溪裳川对联、用字尤巧妙，胜岛仙坡是谓写实派，小田切银台好驱使古事，井土灵山以韵语为议论；或强调语言风格，如山本二峰措辞雅健，阪本苹园造语造句巧妙艳丽、音调流畅，内藤湖南的诗歌典雅庄重，冈崎春石的诗歌蕴藉平正，仁贺保香城的诗歌清莹修洁；或类比前人，如国分青厓是杜甫以后一大诗史，以藤井竹外、饭家西湖类比田边碧堂，以洪亮吉语"剑气七分，珠光三分"迻评上村卖剑，前川研堂则如白居易再来。当时日本汉诗拥有众多群体，如明诗派、宫廷作家、东都诗坛、京都学派等，未免非议，作为中国外交官员的汪荣宝不宜有所偏见，所以评论只能摆出完全褒扬的立场了。

与汪荣宝来往的日本诗家中，最为重要的是国分青厓，他是日本汉

---

[1] 汪荣宝：《日本现代名家の汉诗に就て》，《读卖新闻》昭和六年（1931）二月二十七日。
[2] 汪荣宝原文误作"井上灵山"。

诗最后一位公认的诗坛领袖。国分青厓（1857—1944），名高胤，字子美，号青厓，日本宫城县人，作品集题作《青厓诗存》。神田喜一郎说："明治后半期评说汉诗者，大抵与槐南相匹配有国分青厓、本田种竹二人。"[1]明治后期，森槐南是诗坛旗帜，国分青厓与之角逐，随着森槐南和本田种竹的逝去，到了大正时期，国分青厓在日本诗坛的地位已然"君临天下"，相当于中国同光体领袖陈三立、郑孝胥，汪荣宝寄呈国分青厓的诗云："岁晚寄诗励风节，人间犹有海藏楼。"[2]海藏楼乃郑孝胥室名。国分青厓诗风"畅达奇峭"，"古诗、律绝皆佳"，特别擅长七律，本领在于"诗史"，尤其擅长"一题累篇叠作"，与人应酬"叠韵又叠韵"，少则十叠，多则百叠，直至"敌手"沉默，汪荣宝形象地比拟为"机关枪的连射"，"弹如雨下"[3]。《思玄堂诗》集中，汪荣宝与国分青厓的交游诗共有八首，每次往来以两首为单位，且全部是七律，八首诗的题目中已经包含"呈"与"再呈"、"赠"与"再赠"，侧面展现出国分青厓"机关枪的连射"的创作特点。至于交游诗内容，以汪荣宝的诗句概括："避俗文章应更淡，忘机怀抱本长春。"[4]整体较为寡淡。汪荣宝除了表达对日本诗坛巨擘的尊敬、欣赏，再就是寻求从世事消长、国事烦忧、人事扰攘中解脱，难免落进俗套。

二是中日三种诗刊遥相呼应。三种诗刊是《国闻周报·采风录》《辽东诗坛》《东华》，时间基本平行，《国闻周报·采风录》始于1927年，止于1937年；《辽东诗坛》于1924年创刊，1936年停刊；《东华》于1928年创刊，1944年停刊。他们各有重要影响，又相互联系，充分体现汪荣宝时代中日诗歌往来的密切。《采风录》是《国闻周报》开设的诗歌专栏，曹经沅主编，在《采风录》中，古典诗歌于中国文学史上最后一次展现全国性的创作力量。1937年以后，同光体的老

---

[1] [日]神田喜一郎著，程郁缀、高野雪译：《日本填词史话》，北京大学出版社2000年版，第275页。
[2] 汪荣宝：《再呈青厓翁二首（其二）》，《思玄堂诗》，第162页。
[3] 汪荣宝：《日本现代名家の汉诗に就て》，《读卖新闻》昭和六年（1931）二月二十七日。
[4] 汪荣宝：《偶读晔晔集见去年青厓翁红叶馆席上再见赠之作茌苒未报遂已经岁雨窗无事次韵奉怀二首（其二）》，《思玄堂诗》，第170页。

辈诗人彻底凋零，古典诗歌的创作环境每况愈下，再也无法形成大范围的合力。月刊《辽东诗坛》由大连同人社（后改名同文社）发行，创办者是田冈正树（淮海），发行者是野村直彦，《摘藻扬芬》为其诗歌专栏。当时大连地方诗社兴起，主力是嘤鸣社和浩然社——汇集侨居大连的日籍文士以及当地文士，之后两社合并，田冈正树成为盟主。《辽东诗坛》主要是结集两社的创作力量，却不限于此，田冈正树另向中日诗坛广泛征稿。据孙海鹏统计，《辽东诗坛》的作者人数达1082人，包括大量在世及已故的中日诗坛名家，所以《辽东诗坛》虽只是地方性诗刊，影响却遍及中日两国诗界。[1] 月刊《东华》由日本艺文社发行，土屋竹雨担任主编。1928年，土屋竹雨"得到大仓财阀第二代总裁大仓喜七郎的支援，在东京的麹町创立'艺文社'。竹雨担任该社理事的同时，也成为社志《东华》汉诗文月刊的主编"[2]。汪荣宝与大仓财阀颇有渊源，早先所作《大仓喜八郎男米寿兼金婚赋此寄赠》即为赠与大仓喜七郎的父亲大仓喜八郎——大仓财阀第一代总裁。大仓喜七郎本身是画家、诗人，对日本文化界较有贡献。《东华》创刊时，汪荣宝列名中国方面的"名誉员"。稻畑耕一郎对《东华》做出高度评价："从今日的时点回顾，杂志中所收录的汉诗文之质与量，在日本汉诗文史上都是值得特别瞩目的。尤其是当想到这部杂志是日中两地学者文人通过诗文进行大规模交流的最后一次机会，其重大意义恐怕绝不能等闲视之。"[3]

供稿者常见的交集体现了三种诗刊的联系。中国方面，《国闻周报·采风录》的主要作者，如郑孝胥、冒鹤亭、曹经沅、李宣倜、王揖

---

[1] 孙海鹏：《〈辽东诗坛〉研究》，中国历史文献研究会、大连图书馆编：《典籍文化研究》，万卷出版公司2007年版，第25—165页。

[2] [日]稻畑耕一郎：《文字缘同骨肉深——关于〈东华〉所载〈燕京唱和集〉》，《文明的和谐与共同繁荣——新格局·新挑战·新思维·新机遇》，北京论坛（2012）会议论文，第138页。

[3] [日]稻畑耕一郎：《文字缘同骨肉深——关于〈东华〉所载〈燕京唱和集〉》，《文明的和谐与共同繁荣——新格局·新挑战·新思维·新机遇》，北京论坛（2012）会议论文，第140页。

唐、黄濬、汪荣宝等，都在《辽东诗坛》《东华》大量发表诗歌。尤其是王揖唐，他于三种诗刊发表诗歌的数量以及时间的跨度之长皆为可观；1927年至1930年，他又同时于《国闻周报》和《辽东诗坛》连载中文版和日文版《今传是楼诗话》。王揖唐是民国时期中日诗歌交流的活跃人物之一，也是汪荣宝的好友。日本方面，前面汪荣宝所论汉诗十九家，除极少例外，也都同时在《辽东诗坛》和《东华》发表了诗歌。据土屋竹雨回忆，《东华》中来自中国作家的投稿诗作大部分取自《采风录》。因之，三种诗刊的遥相呼应，将日本汉诗和中国古典诗歌的命运联系到了一起，代表了二者最后的"霞光"，也同时因为战争走向了衰落。

"汪荣宝时代"（1923—1931）中日诗坛的交游绝非单纯孤立的现象，三方面的牵扯必须纳进考量。其一，交游背景的复杂性。中日关系是民国外交的重中之重，"九一八"事变以前，中日之间大冲突没有，小摩擦不断，而在日本政界之内，军国主义势力逐渐占据上风，侵华步伐加快。红叶馆的歌舞升平掩盖不了中日关系的剑拔弩张，外交公使汪荣宝的确面临考验。其二，交游动机的复杂性。美其名曰"亲善国交"带有深层的目的，如《辽东诗坛》是为日本对东北施行文化侵略的手段，为此，田冈正树撰写的《〈辽东诗坛〉发刊词》强调佛缘、地缘、人缘以及"诗坛大同人，同人小诗坛"的不分彼此[1]，无非是民族同化政策的隐性传递。而中国诗人如郑孝胥，积极与日本文坛往来，走访汪荣宝，则是怀揣复辟清室的"美梦"。其三，交游对象的复杂性。日本汉诗作家的来历、立场各需分辨。

汪荣宝与日本诗坛往来的过程中，是如何应对这些汹涌暗流的呢？我们以为是回避政治。汪荣宝与日本汉诗作家的交游诗，其主要集中于个体——及时之乐、思乡之愁、交往之谊、伤逝之悲、闲隐之志，而对涉及中日关系的时事绝口不提。1928年，臭名昭著的日本前首相田中义一发兵山东，妄图阻挠中国的北伐战争，造成数以千计的济南民众伤

---

[1] [日]田冈正树：《〈辽东诗坛〉发刊词》，《辽东诗坛》大正十三年（1924）第1号，第1页。

亡，史称"五三惨案"。国分青厓作有《闻济南之变寄呈驻日汪公使》，诗云：

> 翰墨开筵忆昨游，西来羽檄又回头。祸生不测谁能御，事到相疑便可忧。大国古今崇礼乐，中原南北岂仇敌。敦邻有谊诗言志，白璧何曾暗夜投？[1]

"祸生不测""事到相疑"，青厓翁对日军的暴行没有半分反省。而紧接着，诗歌的焦点转移到中国，矛头直指北伐战争，所谓"中原南北岂仇敌"，这都是站在日本角度的错误认识，不管国分青厓是被国内舆论蛊惑，还是对侵略本就麻木，他的诗歌已经侵犯了属于中国历史的正义与公道，当然《思玄堂诗》中并没见汪荣宝作诗应答。

日本诗坛还有集体性的"恶劣表演"：1932年伪满洲国成立，日本汉诗作家纷纷创作贺诗，从《辽东诗坛》和《东华》里不难觅得。这些日本诗家的立场无疑与汪荣宝对伪满洲国的漠视背道而驰。即便如此，汪荣宝仍坚持给《东华》杂志投稿，直到1933年去世以前，说明汪荣宝希望文学交游避免受到政治干扰，自己也以身作则。当时的情况是中日诗坛普遍走衰，而土屋竹雨努力撑持《东华》，确是因为虔诚地喜爱汉诗，故而汪荣宝支援着《东华》的刊行。就在汪荣宝卸任驻日公使，跌进人生低谷的1931年，土屋竹雨作有《寄怀太玄先生》赠与汪荣宝，汪荣宝作有《次韵答土屋竹雨见怀》回应。此事为《今传是楼诗话》所记：

> 太玄居东，与竹雨稔。返国后适值沈变，隐居旧京。竹雨寄诗奉怀云："仙槎遥向故山岑，履迹苍茫不可寻。万里音书秋雁少，无边感慨暮潮深。浮云欲夺寥天色，明月能知隔海

---

[1]〔日〕国分青厓：《闻济南之变寄呈驻日汪公使》，《辽东诗坛》昭和三年（1928）第38号，第3页。

心。何日重为文字饮,尊前剪烛共披襟。"太玄答之云:"殊方妙契密苔岑,山馆诗盟不厌寻。秋雨忽催归计疾,海云遂共别愁深。酒消失喜怀人句,膏炧增凄念远心。氛祲冥冥寒未了,清游回梦只沾襟。"君房语言妙天下,吾于太玄亦云。[1]

二人诗歌往来正当"九一八"事变之际。从土屋竹雨的"浮云欲夺寥天色,明月能知隔海心",到汪荣宝的"秋雨忽催归计疾,海云遂共别愁深",妙将云、月、雨人情化,土屋竹雨笔下浮云蔽天的压迫感展现时局带来的压力,并托明月表达对汪荣宝的理解,表达对过往诗酒之乐的怀想。汪荣宝的心情更加糟糕,以秋雨催归透露迫于压力回国的无奈;以海云共怀别愁,强调不舍之意。但是,梦想着、回味着往日在日本的诗酒之乐只会更增悲伤,因为"氛祲冥冥寒未了",中日关系的凛冬已至!汪荣宝在"九一八"事变即将爆发之际被免去公使一职,体验了与汪凤藻类似的经历,也证明了近代以来中日诗歌交流在中日关系方面,始终只是虚假的繁荣与"点缀"。之后不久,中日两国政府同时宣布将两国使馆由公使级升格为大使级,驻日公使主导下的中日诗歌交流也再无从谈起了。

从研究角度来看,近代以来中日诗歌交流史和日本汉诗史是相互捆绑的。如之前已经提到,明治以后的日本汉诗研究较为薄弱,这种薄弱并非简单一句"日本汉诗走向衰微"所能掩盖或者忽视的。按照历史研究和文学史研究的一般规律,"近代"部分文献之丰富远非"古代"可比,然而已有日本汉诗研究对"近代"文献掌握的广度与深度未能树立起"近代"应有的优势,目前可见的日本汉诗史著,也都没有在昭和以后的时代区间内花费足够笔墨。由于日本诗人与中国诗人相互唱和,文献所涉及的范围不仅限于日人诗集、诗刊等,中国的清代诗集、民国诗集、诗歌刊物乃至中国文人的杂著、笔记、日记等也需详尽爬梳,此其

---

[1] 王逸塘撰,张寅彭、李剑冰校点:《今传是楼诗话》,张寅彭主编:《民国诗话丛编》(三),上海书店出版社2002年版,第520页。

一。其二，近代以来中日诗歌交流史的研究成果较为零散，更多的是集中于个案研究，能否为诗歌史的构建贡献力量尚需时间检验。笔者不揣浅陋，梳理驻日公使主导下的中日诗歌交流这一尚能形成历史线索的话题，着重关注昭和年间这一中日诗歌交流史的相对盲点时段，以期抛砖引玉。

第二节　汪荣宝、郑孝胥交游考论

郑孝胥（1860—1938），字苏戡（堪、戬）、太夷，号海藏，福建闽县（今福州）人，著有《海藏楼诗集》，是近代诗坛同光体代表诗人之一。郑孝胥之于汪荣宝是"父执"的身份，汪荣宝称郑孝胥为"四丈"。汪荣宝的伯父汪凤藻任清政府出使日本国大臣期间，郑孝胥任神户兼大阪领事，甲午战起，郑孝胥随汪凤藻下旗归国；后来汪荣宝的父亲汪凤瀛和郑孝胥同在张之洞幕府——《郑孝胥日记》清楚地记载着郑孝胥与汪凤藻、汪凤瀛兄弟的往来，其中尚且包括零星的诗歌赠答。从笔者目前所掌握的资料来看，郑孝胥与元和汪氏家族的接触即始于日本。而日本，在汪荣宝与郑孝胥的交游中也是绕不开的话题，这关系着汪荣宝后期的政治走向。

1901年年末，汪荣宝留学日本前夕，前往拜访郑孝胥，据11月2日《郑孝胥日记》载："陈善余、汪衮甫、陈士可同来，李一琴、王君九亦至，夜留饭，汪登江永赴日本游学。"[1]此后，汪荣宝和郑孝胥再度会面是辛亥年（1911），地点为北京，据3月21日《汪荣宝日记》载："傍晚，以李舍鲁舍人招饮往赴，客有郑苏盦年丈，阔别十余年，气概犹昔，惟略苍老耳。"[2]之后，辛亥年又有屈指可数的几次会面，从各自日记中所反映的情况看，汪荣宝与郑孝胥实无深交，更没有诗歌

---

[1] 劳祖德整理：《郑孝胥日记》，中华书局1993年版，第812页。
[2] 韩策、崔学森整理，王晓秋审订：《汪荣宝日记》，中华书局2013年版，第252页。

领域的对话。民国成立后,"清遗民"郑孝胥避居上海,汪荣宝则留在北京,不久以后开启出使生涯,长期与郑孝胥不存交集。当历史进入20世纪20年代,情况已然发生改变。郑孝胥从未放弃复辟帝制的念想,与日本军界、政界、学界人士积极联系,希望借助日本的力量帮助清室东山再起。1923年,郑孝胥得到"末代皇帝"溥仪的召见,次年被任命为总理内务府大臣,也加快了行动的步伐。而就在此时,汪荣宝开始担任驻日本国公使,二者的关系随着政治的走向逐渐密切,也因为立场的鸿沟现出微妙。

王揖唐记录了1928年汪荣宝与郑孝胥的诗歌对话:

> 衮甫诗余既录入诗话,频年写示,近作尤伙。海藏亦叹其诗境孟晋,余驰书告之。衮甫覆札,有"欣幸之怀,如登上第"之语,固是词流佳话,亦见气类之感触深。比示海藏,相与抚掌。[1]

> (海藏)今春《伤逝诗》十二首,海内外读者,尤盛称之。衮甫自东贻书,谓其以宋贤之意境而有汉晋之格调,深远悲凉,惊心动魄,何止近世所无,直当独有千载。海藏自云:"古人作此等诗,皆无求工之意,庶几近之。"[2]

> 衮甫近作,年来写示不少。海藏每谓其色香兼至,敻越寻常。就中尤极称其《次韵闻笳诗》之"刻意为欢终不似,如期得老恰无差"等句。[3]

翻阅《郑孝胥日记》可知,1928年王揖唐和郑孝胥往来频繁,而汪荣宝与郑孝胥的联系即是经由王揖唐,所以王揖唐对相关情况如数家珍。

---

[1] 王逸塘撰,张寅彭、李剑冰校点:《今传是楼诗话》,张寅彭主编:《民国诗话丛编》(三),上海书店出版社2002年版,第368页。
[2] 王逸塘撰,张寅彭、李剑冰校点:《今传是楼诗话》,张寅彭主编:《民国诗话丛编》(三),上海书店出版社2002年版,第385页。
[3] 王逸塘撰,张寅彭、李剑冰校点:《今传是楼诗话》,张寅彭主编:《民国诗话丛编》(三),上海书店出版社2002年版,第385页。

（1928年6月19日）揖唐示汪荣宝复揖唐书及和余《闻笳》诗。[1]

（1928年7月23日）揖唐交来汪荣宝自日本东京与余书。[2]

同年，郑孝胥访日，于10月8日到达东京，《郑孝胥日记》记录了其与汪荣宝的数次见面及相关情况。

（1928年10月10日）汪荣宝来。

（1928年10月12日）汪荣宝来，约初五夜晚饭。

（1928年10月17日）汪衮甫、张子因、小田切来，同至翠松园晚饭。

（1928年10月18日）阅汪衮父诗……山本鹈二郎约午饭，坐有……汪荣宝……[3]

从"汪荣宝"到"汪衮甫"的改口，隐约反映二者交情加深。郑孝胥访日，筹谋复辟清室，汪荣宝当是心知肚明。然而《郑孝胥日记》向来简略，汪荣宝与郑孝胥碰面交谈的内容外界无法直接获知，可以推测的是，早就身为民国外交公使的汪荣宝自然反对清廷复起，而且已有反对袁世凯称帝的事件作为先例。当然，时隔多年，汪荣宝与郑孝胥再次见面以叙旧书感为先，如《江户赠郑四丈》：

沟浍追随不及辰，沧洲邂逅有沾巾。卅年旧梦迷烟海，一代余晖见凤麟。垂地斗枢寒未落，极天霞意郁终伸。人生不朽端须尔，岂但诗篇照眼新。[4]

---

[1] 劳祖德整理：《郑孝胥日记》，中华书局1993年版，第2187页。

[2] 劳祖德整理：《郑孝胥日记》，中华书局1993年版，第2191页。

[3] 劳祖德整理：《郑孝胥日记》，中华书局1993年版，第2202—2205页。

[4] 汪荣宝：《江户赠郑四丈》，《思玄堂诗》，第157页。

"卅年旧梦",时间倒推三十年,正是戊戌变法时期,君主立宪之梦的开启没有挽回清王朝灭亡的命运,而清王朝灭亡宣告了君主立宪之梦的破碎。郑孝胥由此成为遗民,隐居上海。第三联是全诗的关键,"垂地斗枢寒未落,极天霞意郁终伸","海藏尤称其工"[1]。"寒未落",似意为视民国为敌国的郑孝胥对旧朝的坚持;"郁终伸",是郑孝胥结束隐居到达溥仪身边,政治才干终得用武。笔者相信这些诗句的创作灵感来自老骥伏枥的典故,为溥仪奔走的郑孝胥向汪荣宝展现了其人生志向,或者人生野心。所谓"不朽",诉诸政治而非文学——精彩夺目的诗篇堆叠不出踌躇满志的郑孝胥想要达到的生命高度。相较而言,汪荣宝续作的《再呈郑四丈》给予知晓后事的读者更为丰富的阅读空间:

> 小阁斜阳汉水滨,当年惜别意酸辛。宗周再顾成秋草,沧海相逢是逸民。一往江河知不返,微明风概可无人?嗟余晚有扬雄悔,岩石空能慕郑真。[2]

诗歌的政治留白既投郑孝胥所好,也摆明自身态度。诗中"周"意指清,"宗周再顾成秋草",是谓黍离之悲,亡国之痛;"沧海相逢是逸民",是谓日本再会,大家都是逸民——汪荣宝此时的身份俨然是清遗民。"逸民"较"遗民"而言,道德层面的烘托更为强烈。归庄云:"凡怀道抱德不用于世者,皆谓之逸民;而遗民则惟在废兴之际,以为此前朝之所遗也。"[3]当郑孝胥的遗老政治被贴上道德标签,诗歌自然达到"投其所好"的效果。前朝虽为旧朝,如"一往江河"一去不复返,然殉志旧朝的风骨气概没有失去传承,"可无人"的"可","犹岂也,那也"[4]。仔细体会"一往江河知不返,微明风概可无人"这句诗,可以

---

[1] 王逸塘撰,张寅彭、李剑冰校点:《今传是楼诗话》,张寅彭主编:《民国诗话丛编》(三),上海书店出版社 2002 年版,第 413 页。
[2] 汪荣宝:《再呈郑四丈》,《思玄堂诗》,第 157—158 页。
[3] 归庄:《历代遗民录序》,《归庄集》,中华书局 1962 年版,第 170 页。
[4] 张相:《诗词曲语辞汇释》,中华书局 1979 年版,第 58 页。

发觉汪荣宝话说得含蓄，既提醒郑孝胥已成过去的清朝召唤不回，又肯定郑孝胥身为遗民的坚守。结合时局，1924年逊清小朝廷被冯玉祥逐出紫禁城，郑孝胥追随溥仪左右，极力周全，其间的努力正是郑孝胥的"风概"所化成的行动，所以王揖唐称："腹联神理绵邈，耐人味绎。"[1] 汪荣宝自己呢？在郑孝胥面前他要客气地坦陈"大节"有亏，因为类似扬雄的过失——出仕"新"朝，"微明风概"已经谈不上，对郑子真那样名动京城的隐士也徒有羡慕罢了，郑子真应是指代郑孝胥。引申说来，假设郑孝胥为积聚复辟清室的政治力量拉拢汪荣宝，那么汪荣宝《再呈郑四丈》正可视为留下转圜空间的委婉拒绝。拒绝的理由来自两方面：客观而言，清朝已成历史，复辟无望；主观而言，汪氏出任民国官员，无意参与。转圜空间是全诗围绕郑孝胥的"风概"做文章。1928年言郑孝胥沦为汉奸为时尚早，然而从日后的势态发展看，这些给郑孝胥戴的高帽何尝不是讽刺呢？

1928年郑孝胥访日期间，是否拉拢汪荣宝帮助溥仪，虽然极有可能，但笔者还没找到足够有力的史料证明其真实发生，只能从文本内容推敲玩味。且看郑孝胥回应汪荣宝的诗《寄汪衮甫》：

> 昔游江户三十馀，芝荃二公深器余。甲午一战曲在我，卷旗跋浪归身俱。年将七十忽重至，堂堂九原不可呼。郎君持节正壮岁，重我视昔情尤殊。翠松红叶照白发，残年残世同欷歔。斗枢霞意语何巧，文采焜燿惊东隅。高才名门贵风节，以义相厉吾岂诬。[2]

诗歌平铺直叙，较汪荣宝的两首诗未免逊色，其主要内容归结于"回顾"——回顾与汪凤藻、汪凤瀛的交情，回顾访日期间汪荣宝的殷

---

[1] 王逸塘撰，张寅彭、李剑冰校点：《今传是楼诗话》，张寅彭主编：《民国诗话丛编》（三），上海书店出版社2002年版，第413页。
[2] 郑孝胥著，黄坤、杨晓波点校：《海藏楼诗集》（增订本），上海古籍出版社2013年版，第368页。

勤招待。"高才名门贵风节,以义相厉吾岂诬",郑孝胥心知汪荣宝诗歌的用意,然诗中既有"甲午一战曲在我"之类的论调,郑孝胥的亲日之路终是越走越远。

至1932年,郑孝胥参与卷起的政治漩涡还是袭向了汪荣宝。据梅本舍三《关东军秘史》所载,伪满洲国原计划由谢介石或汪荣宝担任"外交部总长"[1]。汪荣宝也与任职伪满洲国的陈曾寿存在联系,如溥仪《我的前半生》回忆"就任执政"一个月后,陈曾寿从天津寄来"封奏"提道:"京津旧臣,闻皇上'就任执政',疑尊号自此取消,同深悲愤。即曾任民国官吏如曹汝霖、汪荣宝等,亦以名义关系甚重为言。"[2] 就在伪满洲国成立的前夕,陈曾寿叮嘱其弟陈曾矩邀请汪荣宝赴辽,结果是"衮函辞谢,对于非驴非马之局,致慨甚深"[3]。汪荣宝当然没有蹚进伪满洲国的浑水,差不多与此同时,汪荣宝作有《咏史有寄》一诗,抒发对这"非驴非马之局"的感慨:

> 中原亡鹿不堪求,阻海犹能主一州。失水正须升斗活,随阳岂有稻粱谋。蓬莱未必多仙药,松杏依然是故邱。白发回天粗已了,江湖迟子入扁舟。[4]

由云龙评曰:"前年海藏赴辽,俨然佐命,衮甫心非之。曾寄以《咏史》七言一律云……涸辙一联,虽系为瀛国曲谅,但当局处置不善,致迫而出此,亦未必非事实。末联则为友谊进忠告,语意肫肫。此等诗真可谓不虚作者。"[5] 拒绝伪满洲国的邀约之后,汪荣宝的人生与政局

---

[1] [日]梅本舍三著,高书全、彭韶莹译:《关东军秘史》,上海译文出版社1992年版,第160页。
[2] 爱新觉罗·溥仪:《我的前半生》,中华书局1977年版,第334页。
[3] 陈曾寿、陈曾植:《局外局中人记》,中国人民政治协商会议全国委员会文史资料研究委员会编:《文史资料选辑》(第十九辑),中华书局1961年版,第207页。
[4] 汪荣宝:《咏史有寄》,《思玄堂诗》,第188页。
[5] 由云龙撰,沈蘅仲、王淑均校点:《定庵诗话》,张寅彭主编:《民国诗话丛编》(三),上海书店出版社2002年版,第559页。

再无瓜葛。

从汪荣宝与郑孝胥的交游来看，在险恶的政治环境之下，汪荣宝保持了政治家应当具有的清醒和操守，这在当时难能可贵。令人唏嘘的是，郑孝胥以及其他与汪荣宝交情深厚的诗人如王揖唐、黄濬、梁鸿志、李宣倜、汤尔和等却在日后留下不可谅解的丑陋标签。

第三节　"九一八"事变前后汪荣宝的诗歌创作

随着1929年世界范围内经济危机的爆发，日本加快了侵略中国的步伐，中日关系危机四伏。处于漩涡中心的汪荣宝，个人命运和国家命运紧紧联系在了一起。"九一八"事变爆发之前不久，汪荣宝做了两件重要的事情。第一，洞察日本对中国东北的图谋，并报告给外交部长王正廷，结果王正廷对此无动于衷，汪荣宝愤而请求辞职。[1] 第二，1931年7月，汪荣宝被派往朝鲜调查"排华惨案"（万宝山事件引发的连锁反应），石建国在论文《汪荣宝与国民政府"攘外必先安内"国策

---

[1] 关于此事，记载甚多。曹汝霖《一生之回忆》："当事变未起之前，汪衮父驻使日本，闻币原外相曾有若日军强取东三省，无异吞了一炸弹之言。衮父与币原相处很好，遂与币原探询日本政府对东三省真意。币原说，少壮派军人的行动，我不赞成，惟闻东三省悬案积至三百余件，张学良一味拖延，迄未解决，现托病躲在北京，总不见面。若贵国政府能将东省悬案从速商议，逐次解决，我亦可对少壮派军人交代，使他们无法藉口等语。衮父得此言，即请假回国，见外交部长，自告奋勇，愿当其冲。时外交部长为王儒堂（正廷），听了衮父之言，反有轻视之意，说日本只是恫吓，未必能对东三省出于冒险行动。设若有此行动，我国尚有国联为后盾。衮父又说国联不可靠，日本军人亦决不听从国联。现在谈判，或可避免战祸，失此机会，后悔无及。两人言语冲突，衮父是性情中人，即说，你如此搅法，我敬谢不敏，将来你们总有后悔之日，即当面辞职，儒堂亦未挽留。回到天津，见我即说王儒堂误国，他不听我言，将来必有后悔。言时犹忿怒，我只劝慰。后政府派蒋雨若（作宾日本士官出身）继任，币原仍以告衮父之言告蒋公使，雨若即回国报告政府，他想走衮父路线。可惜时机已失，已赶不及，九一八事变即已掀起矣，失此机会，可为叹息。"（曹汝霖：《一生之回忆》，春秋杂志社1966年版，第279页。）蒋廷黻《蒋廷黻回忆录》："一九三一年冬，有一位朋友告诉我，币原在那年夏天就曾要求当时中国驻日公使汪荣宝，回南京向政府报告。'报告你们政府'，币原说，'一个大事变就要发生了。除非中日双方政府谨慎处理，双方均将被毁。（转下页）

的出笼——以 1931 年"朝鲜排华运动"为中心》[1] 中对此论述详细。这两件事最终促使汪荣宝于 8 月 7 日卸任驻日公使一职,而接任的蒋作宾至"九一八"事变爆发时还未抵达日本。在这"银瓶乍破水浆迸,铁骑突出刀枪鸣"的当口,汪荣宝没能扭转早已预见的乱局,内心的失落可想而知。巨变的发生,固然是出于日本方面的狼子野心,而国民政府的处置不力同样是造成东北沦陷的主要因素,饱受舆论声讨的汪荣宝也是无可奈何。

虽然在中日关系的问题上奔走操劳,但是汪荣宝的诗歌从不直接谈论这一敏感的政治话题。"九一八"事变以后,汪荣宝逐渐远离政坛,选择低调的著书生活,两年后与世长辞。1932 年,王芸生采访汪荣宝,并在汪荣宝逝世后回忆道:"犹忆去年春间作者访先生于北平私邸的时候,长谈约一小时,所谈皆是中日问题。在这度谈话中,我的神经充满了感慨的成分,汪先生似乎在发挥他的郁愤。我于是知道了标语外交是

(接上页)尽速和我来解决。但,我一定要占一些便宜。如果你的政府不肯让步,我的政府必然会垮台,而后任会较我更甚,会要求无厌。'事实上,整个七、八两个月,币原一直都急于寻求谈判的机会,而南京和东北方面都尽量设法避免。明了对方我使用的策略后,我不禁感到我们的政府措置失当。"(蒋廷黻:《蒋廷黻回忆录》,岳麓书社 2003 年版,第 143 页。)王芸生《忆汪衮甫先生》:"汪先生身在日本,当然感觉最敏,观察最清,早就看出危险兆头,报告给政府注意。但是政府的做法仍是一味颟顸,汪先生知道自己的话未曾唤起政府的注意,所以特地请汤尔和先生到日本走了一趟,把观察的情形报告给政府,但政府当局仍是无动于中。"(王芸生:《忆汪衮甫先生》,《国闻周报》1933 年第 10 卷第 30 期)金毓黻《静晤室日记》:"王耕木(耒)挽汪衮父公使联云:'曲突枉纤筹,国策是非千载后;论文频买醉,清时风味廿年前。'上联指衮父使日时曾归陈日人将发难,政府不之省,终酿巨变,语极沈痛。"(金毓黻:《静晤室日记》(第八册)卷一四二,辽沈书社 1993 年版,第 6397 页)陈灨一《谈所欲谈斋随笔·睇向斋零话》:"汪衮甫久使扶桑,谂日人隐谋,悉举告枢要,众不以为意,复请属汤某赴东京,将俟其考查而后返报,证其言非虚。当斯时,政府罢其官,而沈阳之变作矣。既归国,绝口不谈时事。"(陈灨一:《谈所欲谈斋随笔》,《青鹤》1933 年第 1 卷第 22 期,第 4 页)汪辟疆《光宣以来诗坛旁记·吴眉孙》:"又眉孙有挽汪衮甫联云:'奉使记回槎,不用吾谋,密字枉传青鸟信;著书惊绝笔,无端妖梦,归期竟验白鸡年。'盖衮甫在日使任时,屡以倭人隐谋密告中枢,又言日本必亡,拟为论文证之。而中枢及闻者皆不之察。"(汪国垣撰、程千帆原校:《光宣以来诗坛旁记》,张寅彭主编:《民国诗话丛编》(五),上海书店出版社 2002 年版,第 454 页)

[1] 石建国:《汪荣宝与国民政府"攘外必先安内"国策的出笼——以 1931 年"朝鲜排华运动"为中心》,《当代韩国》2012 年第 1 期,第 56—66 页。

如何的误国！然而，汪先生虽有满腹积愤，却绝不以私害公，当临别送我至门外时，尚说：'适才所言，有关国家立场，万勿发表！'我很佩服汪先生这种精神，虽到如今，我仍愿守约。"[1] 为了照顾大局，汪荣宝非常谨慎，这层收敛让读者无法读到汪荣宝径直描述"九一八"事变的诗歌，未尝不是遗憾。对于1932年日本侵略上海的"一·二八"事变，汪荣宝则有一首《书感》记之：

佳丽东南数此乡，崇朝血雨变玄黄。忧天岂谓言皆验，涂地犹怜死不僵。事迫故难辞一掷，创深傥可愈群狂。徒薪无及成焦烂，故国平居独惨伤。[2]

缪钺在1937年淞沪会战爆发时也有类似的词句："闻道佳丽东南，玄黄龙血，一掷成孤注。"[3] 上海作为中国东部最大的城市，遭遇"血雨玄黄"的战争，必须"孤注一掷"地保卫。"徒薪无及成焦烂，故国平居独惨伤"，惨伤的原因不止系于家国，也在个人。由于事变中商务印书馆被炸，正待排印的《法言义疏》书稿尽遭焚毁，以致汪荣宝用余下一年半的生命时光重著《法言义疏》。

"九一八"事变前后汪荣宝的诗歌仍以应酬诗为主要题材，同时充满哀怆沧桑的气息。汪荣宝在写给黄濬的诗里说："吾道已知为世裂。"[4] 已过天命之年的汪荣宝深知自己的理想已经偏离了时代的走势，而身处之北京城正是提供了与其心态相匹配的政治地理因素。国民政府迁都南京之后，北京改称为"北平"，而在汪荣宝笔下仍然坚持将其叫作"旧都""旧京""帝京"，包含着政治心理的作用。丧失了政治中心地位的"北平"，其衰落也给汪荣宝带来情感上的消极影响——

---

[1] 芸生：《忆汪衮甫先生》，《国闻周报》1933年第10卷第30期。
[2] 汪荣宝：《书感》，《思玄堂诗》，第187页。
[3] 缪钺：《念奴娇·一九三七年》，《江河集》编委会编：《江河集》，甘肃人民出版社1984年版，第101页。
[4] 汪荣宝：《再赠秋岳》，《思玄堂诗》，第175页。

"梦华历历旧长安,去欲沾巾住亦难"[1],他在次韵李宣倜的诗里说:"帝京景物剩斜阳,归客凭高意惨伤。夕殿云埋金爵黯,秋池风动石鲸凉。"[2]确是惨伤黯凉的意境!《壬申元日》中有言:"人代未移都邑改,兵氛依旧岁华新。"[3]政权更迭,都城迁移,战祸却未曾消弭。消极因素的连锁反应往往左右诗歌的情感走势。1932年上元节,汪荣宝陪同陈宝琛"游火神庙诸肆",眼见"钜海烽烟照夕明,旧京庙市尚春声",也要指出这是"略从丧乱见承平"[4]。然而,汪荣宝又说"旧京残梦犹堪寻"[5],自然是因为北京还有汪荣宝的许多诗友。在北京,汪荣宝遇见了青年时代即已认识的陆增炜、杨圻,纵然是"携樽闲话同光事"[6],想想这数十年翻天覆地的变化,恐也只是徒增感慨罢了。

这一时期的汪荣宝诗歌,反映为从行动上"回国"到产生"回忆"的心理机制,而且伴随着失落、失意,包括对中日关系的失语。中日关系攸关汪荣宝的成败荣辱,诗歌对此避而不谈,但必然冲击诗人的情感世界。汪荣宝的《中秋次韵尔和》写道:

> 残阳欲逐万鸦沈,偶作闲云返故岑。蜃海楼台馀梦想,燕泥门巷费追寻。劳生但觉秋风易,宴坐全忘夜色深。有客冲寒撒长笛,起看璧月在天心。[7]

这首诗应作于1931年中秋节后不久,很有可能是汪荣宝在"九一八"事变发生后所作的第一首诗。整首诗歌从物象环衬到情感释放,充满了彷徨失据的气氛。其于1932年所作的《次韵释堪元日》更表现了乱世之下的人生感伤:

---

[1] 汪荣宝:《次韵曾小鲁(学孔)移居》,《思玄堂诗》,第192页。
[2] 汪荣宝:《释堪见示重阳独游琼岛之作次韵代柬》,《思玄堂诗》,第180页。
[3] 汪荣宝:《壬申元日》,《思玄堂诗》,第185页。
[4] 汪荣宝:《上元陪羖庵太傅游火神庙诸肆赋呈》,《思玄堂诗》,第185页。
[5] 汪荣宝:《三月三日会贤堂禊集分韵得心字》,《思玄堂诗》,第189页。
[6] 汪荣宝:《旧京闲居次韵肜士》,《思玄堂诗》,第180页。
[7] 汪荣宝:《中秋次韵尔和》,《思玄堂诗》,第179页。

> 杂然书感强名诗，刻意追欢转得悲。残夜已疑随劫尽，馀生聊诧是天遗。成亏一指难为喻，歌哭千场只费辞。瓶供数枝清更媚，外边寒透不曾知。[1]

《次韵释堪元日》作于《书感》之后，《法言义疏》书稿焚毁对汪荣宝造成的打击余震仍在，而且"残夜已疑随劫尽"，心中的深苦造成幻想，似乎残夜已经过去，其实不过是"外边寒透不曾知"的自我安慰——李宣倜原诗"凄凉掩抑写深悲"[2]的基调与汪荣宝产生了共鸣。

总的来看，政治生涯的终结给汪荣宝带来沉重的打击，低落的情绪也在诗歌之中漫染开来。"馀生聊诧是天遗"，这样的感叹一语成谶，汪荣宝在《法言义疏》完成重著工作后没几天，生命也走到了终点。[3]

---

[1] 汪荣宝：《次韵释堪元日》，《思玄堂诗》，第187页。
[2] 释戡：《壬申元日病中》，《国闻周报》1933年第9卷第7期。
[3] 《校衮甫〈法言义疏〉毕附二十八字》："忍死成书古未闻，平生志业托斯文。伤心为袭前人语，后世谁知识子云。"章钰：《四当斋集》，沈云龙主编：《四当齐集》，《近代中国史料丛刊三编》（第一百七十四辑），文海出版社1989年版，第352页。

第九章　汪荣宝的诗歌史定位

和汪荣宝其人一样,汪荣宝其诗也"赢得生前身后名"。汪荣宝生前,古典诗歌走向黄昏;汪荣宝身后,近代诗歌研究方兴未艾。从整体看来,近代诗歌的"经典化"之路既因历史交替而使"经典"变调,也因古典诗歌的衰落而使"经典"流产。在这充满变数的时间交错期,汪荣宝如何成名于民国诗坛,又是如何在近代诗史占据一席之地的呢?

汪荣宝诗歌的成名经历了两波宣传,前一波宣传的时间在清季民初,后一波宣传的时间在1928年以后。汪荣宝诗坛地位的崛起主要依靠后一波宣传。

清季民初,汪荣宝最具影响力的诗歌是《有感》十章(《思玄堂诗》题作《重有感》)。《有感》十章创作于光绪朝的戊戌、己亥年间,《北松庐诗话》在记录《有感》之前,出现"西砖酬唱集"的字眼,若就此绑定《有感》与"西砖酬唱",则证据不足。前文有过分析,《有感》十章更似独立完成的作品,那么西砖酬唱为什么没有让汪荣宝诗歌得到较好的传播呢?首先,西砖酬唱时间短、规模小、未成型。西砖酬唱主要集中于己亥年(1899),实际参与者可以确认的只有三位,《西砖酬唱集》也下落不明。其次,西砖酬唱的参与者地位不高,诗名不显。汪荣宝初出茅庐自不待言,张鸿、曹元忠虽在京城日久,但官阶不大,诗名同样不算显赫。所以,西砖酬唱作为常熟地区西昆风尚的延续,所呈现的主要是地域性特征,而在晚清诗坛,这种地位与影响并不十分突出。钱仲联、卢前所谓"海内谈艺之士,无不知有《西砖酬唱集》者"[1],似有几分夸大。《有感》十章虽只是一组诗歌,它的接受范围却是相当之广,可以断定的是,《有感》十章也是汪荣宝自身的得意之作。且看《有感》十章在传播过程中所产生的各种效应:

第一,名家效应。《有感》十章得到近代诗歌大家范当世的高度肯定,由于范当世对桐城诗派的影响,《晚清四十家诗钞》也即收录《有感》十章中的八章。

第二,选本效应。《有感》十章被《道咸同光四朝诗史》(孙雄编选)、《近人诗录》(雷瑨编选)、《晚清四十家诗钞》(吴闿生编选)等晚清民国的近代诗歌选本,以及《近代诗介》(李猷编选)、《中国近代文学大系·诗词集》(钱仲联编选)、《近代诗钞》(钱仲联编选)等1949年以后的近代诗歌选本选录。

第三,报刊效应。《有感》十章被《政学报》《国粹学报》《申报》收录。着眼于研究视角向深处理解,《国粹学报·诗录》专栏的刊登同时具备选本效应。笔者曾在论文《〈国粹学报〉词学价值发微》里重点分析光绪三十四年(1908)和宣统元年(1909)这两年的《诗余》专栏(从《国粹学报》第38期到第62期),论述其所具有的近代词选本性质[2]。同理可证,与《诗余》专栏平行的《诗录》专栏在这两年也带有了近代诗选本性质,刊登了陈三立、郑孝胥、范当世、樊增祥、张之洞、王闿运、李慈铭等诗坛名家的诗歌,而刊登《有感》十章的《国粹学报》第60期(1909年12月)恰好落在这个时间段内。《国粹学报》是"海派"刊物,远在北京、年纪尚轻的汪荣宝竟能在《国粹学报》上发表诗歌,与那些诗坛名家同列,应是得到"国粹派"成员田北湖或者章太炎的推荐。田北湖(字自芸)是汪荣宝求学江阴南菁书院时的同学,后同在北京。1898年田北湖南下,汪荣宝作有《送田自芸南归二首》,田自芸又作《答衮甫》,并发表在《国粹学报》第3期。章太炎不

---

[1] 钱仲联:《张璱隐传》,《同声月刊》第2卷第10号,第121页。卢前:《小疏谈往》,《中央日报周刊》1947年第3期。

[2] 李晨:《〈国粹学报〉词学价值发微》,《大众文艺》2013年第4期,第197页。

但直接和汪荣宝交游,更为重要的是,汪荣宝之弟汪东是章太炎的弟子,其于1908年拜入章太炎门下[1]。有此联系,汪氏兄弟才可能列名具备选本性质的《诗录》专栏(《国粹学报》第60期同时刊登了汪东宝的《赠黄生》《苦雨叹》)。

第四,诗话效应。《有感》十章被徐兆玮的《北松庐诗话》、郭则沄的《十朝诗乘》、陈声聪的《兼于阁诗话》收录。

由此可以断言,《有感》十章不单是汪荣宝的代表作,也是近代诗歌史中的名篇。但是,汪荣宝并没有因此在诗坛获得足够的声誉,如20世纪10年代陈衍撰写的《石遗室诗话》便没有推介汪荣宝的诗歌。到20世纪20年代,有两篇点将录性质的文章对诗坛做了大范围盘点,分别是汪辟疆的《光宣诗坛点将录》(1925年连载于《甲寅》)和钱仲联的《近代诗评》(1926年发表于《学衡》),而这两份"榜单"也都没有汪荣宝的名字。

汪荣宝诗名真正崛起的时间是在1928年。此时,汪荣宝开始大量在《国闻周报·采风录》发表诗歌,逐渐为时人了解。王鸿猷《南楼随笔》说:"今之纵谈风雅,斐声坛坫者,当数陈弢庵、陈石遗、郑孝胥、陈三立诸遗老为头等角,冒鹤亭、林庚白、刘放园、王逸塘、汪衮甫、李拔可、黄秋岳、梁众异、曹纕蘅、宗子威、陈叔通、陈子言诸时贤为二等角,质之大雅,或无异辞。"[2]这份名单也是对《采风录》旧诗群体的集结,汪荣宝跻身二等角足见其影响力的提升。也是在1928年左右,王揖唐《今传是楼诗话》推介了汪荣宝的诗歌,为之后汪荣宝诗歌进一步传播打下坚实的基础。无论是20世纪30年代钱仲联的《十五年来之诗学》及钱基博的《现代中国文学史》,还是20世纪40年代钱仲联的《张璐隐传》及卢前的《小疏谈往》,他们对汪荣宝及西砖酬唱的解说实则都是沿袭了《今传是楼诗话》——这是汪荣宝诗歌在诗坛传播的一条主要线索。汪辟疆与汪东同在国立中央大学,交情深厚,汪荣宝

---

[1] 薛玉坤:《汪旭初(东)先生年谱》,马兴荣、邓乔彬等主编:《词学》(第二十九辑),华东师范大学出版社2013年版,第265页。
[2] 王鸿猷编著:《南楼随笔》,新文化书社1935年版,第12页。

去世，汪辟疆作有挽诗。然而1934年，汪辟疆又在《青鹤》上发表《光宣诗坛点将录》，仍旧没有加上汪荣宝的名字。直到1944年，汪辟疆糅合章士钊的《论近代诗家绝句》，调整并完成《光宣诗坛点将录》定稿，才以"一作某"的体例加上汪荣宝的名字，章士钊以三首诗专论汪荣宝自是其中重要的推手——这形成汪荣宝诗歌在诗坛传播的另外一条线索。强调这两条线索主要是考虑到钱仲联和汪辟疆两位先生在近代诗歌研究史上的重要影响。除此以外，吴宓对汪荣宝的评介也很重要，实则相较于钱仲联、汪辟疆以点将录的形式仅把汪荣宝安排在"地煞星"[1]之内，吴宓评价汪荣宝则是给予其更为醒目的位置。吴宓以为，近代诗坛学习李商隐最为优秀者，晚清以李希圣为代表，民国以汪荣宝为代表。他说："汪荣宝君之诗学李义山……清光绪以来，专学李义山而能工者，仅有李希圣（亦元）之《雁影斋诗》。汪荣宝君之诗，由是弥足珍贵。"[2]又说："近世中国旧诗人，多为宋诗，宗唐者寡。其学李义山者，汪荣宝君而外，有湘乡李亦元希圣之《雁影斋诗》。"[3]当然不能忽略日本诗家，汪荣宝作为驻日公使，与日本诗词界的国分青厓、久保天随、土屋竹雨等领袖人物交好，同当时的日本汉诗名家多有往来也使其在日本诗坛享有盛名。

相比夏敬观、陈曾寿、黄濬、梁鸿志等同辈人物，汪荣宝的诗名终究来得较晚，1928年对于汪荣宝的生命而言已经属于倒计时。汪荣宝崛起于诗坛，也很快消失于诗坛，何况旧体诗坛早已是千疮百孔。

讨论完诗坛地位，汪荣宝的诗史地位也呼之欲出。对于距今不远的近代诗歌而言，经典的遴选刚刚起步，诗歌创作者的诗坛地位和诗史地位经常是等价的，陈三立、郑孝胥是当时诗坛的"头等角"，也是近代诗史具有代表性的人物。当然，陈三立、郑孝胥的诗歌创作成就世所公

---

[1] 汪辟疆《光宣诗坛点将录》："地异星白面郎君郑天寿，吴用威，一作汪荣宝。"汪辟疆撰、王培军笺证：《光宣诗坛点将录笺证》，中华书局2008年版，第487页。钱仲联《近百年诗坛点将录》："地伏星金眼彪施恩，汪荣宝。"钱仲联：《梦苕盦论集》，中华书局1993年版，第370页。
[2] 《大公报·文学副刊》1933年7月31日第291期。
[3] 吴宓著、吴学昭整理：《吴宓诗话》，商务印书馆2007年版，第211页。

第九章 汪荣宝的诗歌史定位

认,但也有部分诗歌作者成就不算突出,实为依靠相互标榜得名于诗坛,竟也能影响到近代诗史的评价。汪荣宝的问题一则在于成名较晚,其成名的时间是新诗狂飙突进、旧诗日趋衰微的尴尬时期,故而诗坛地位对于诗史定位的参考价值并不充分;二则这段时间汪荣宝以酬赠诗为主,其诗名的凸显反倒落在交游而非创作和诗学上。将问题抛向近代诗歌"研究",我们发现,汪荣宝两方面的劣势或许是让其只能列名点将录中"地煞星"的原因:第一,多重身份成就均衡,政治、外交、学术等领域的建树遮蔽诗歌创作的光芒。提到汪荣宝,第一印象未必是其诗歌。第二,晚唐宗趣不是主流。近代晚唐诗派的声势、规模及影响力远不及宋诗派,其复古的特质又不具备"诗界革命"的拓展潜力。汪荣宝的西砖诗学空间有限,只能"偏安一隅",虽然汪荣宝后来兼收宋诗,试图转变,仍是受限于早已定型的晚唐风格。对于研究者而言,首要便是遵循其诗学固有理路按部就班地分析。

关于汪荣宝的诗史定位,钱仲联和汪辟疆可谓殊途同归:钱先生从诗学到地域,先定汪荣宝为西昆派,再将汪荣宝划归为苏州的西昆派;汪先生从地域到诗学,先定汪荣宝为江左派,再从江左派中强调汪荣宝诗学李商隐的特点。范围缩小到吴地的晚唐诗派,这其中,张鸿、徐兆玮、曹元忠等是长辈,汪荣宝、孙景贤、杨无恙等是晚辈。诗歌交游往往以长辈为核心,西砖酬唱的主持者是张鸿,集李商隐诗的中坚是曹元忠,汪荣宝处在其中是参与者的身份,无法脱颖而出。然而,诗歌创作成就的体认不必纠缠于资历、身份甚至诗名。钱仲联先生即认为:"这些人,西昆写得精的,一为汪荣宝,一为孙景贤。"[1] 陈声聪《兼于阁诗话》说:"伤时感事,托物比兴,寄慨遥深,无如玉溪体,近代得四人焉。"[2] 四人除了湘乡的李希圣、曾广钧,就是吴地的汪荣宝、孙景贤。无疑,汪荣宝是近代学习李商隐最杰出的诗人之一,钱仲联先生编选《近代诗钞》和《中国近代文学大系·诗词集》,收录了数量可观的

---

[1] 魏中林整理:《钱仲联讲论清诗》,苏州大学出版社2004年版,第157页。
[2] 陈声聪:《兼于阁诗话》,上海古籍出版社1985年版,第57页。

汪荣宝诗歌，对肯定汪荣宝的诗史地位贡献良多。

总结起来，从诗坛地位说，汪荣宝成名较晚，王揖唐《今传是楼诗话》的宣传功不可没；从联系诗史地位的诗学看，汪荣宝定型较早，青年时代已烙上学习李商隐的印记。二者的衔接点正是《今传是楼诗话》的那段记载；

> 衮甫诗余既录入诗话，频年写示，近作尤伙。海藏亦叹其诗境孟晋，余驰书告之。衮甫覆札，有"欣慰之怀，如登上第"之语，固是词流佳话，亦见气类之感触深。比示海藏，相与拊掌。又书中间道致力为诗之甘苦云："弟之好训故词章，第不能为诗。及官京曹，与乡人曹君直、张隐南、徐少玮诸君往还，始从事昆体，互相酬唱。尔时成见甚深，相戒不作西江语，稍有出入，辄用诟病。故少壮所作，专以隐约缛丽为工。久之亦颇自厌，复取荆公、山谷、广陵、后山诸人集读之，乃深折其清超道上，而才力所限，已不复一变面目。公试观吾近诗，略可见其蜕化之迹"云云。[1]

汪荣宝的自我剖析，结合徐兆玮的《北松庐诗话》：

> 汪衮夫诗初摹西昆，与璃隐唱和，有《西砖酬唱集》，时璃隐寓西砖胡同也。[2]

形成后来研究者评述汪荣宝诗歌的核心内容，也较为固定。牢牢把握汪荣宝学习李商隐的诗学思想，是近代诗史论及汪荣宝的焦点。那么，汪荣宝诗歌只能扮演这一种角色吗？实则可以把汪荣宝诗歌放在其

---

[1] 王逸塘撰，张寅彭、李剑冰校点：《今传是楼诗话》，张寅彭主编：《民国诗话丛编》（三），上海书店出版社2002年版，第368页。
[2] 钱仲联：《清诗纪事》（二十）（光绪宣统朝卷），江苏古籍出版社1989年版，第14224页。

他类型的诗史下进行定位。

就时代而言，笔者首先想到民国诗史（专指旧体诗歌），因为民国诗史承接近代诗史，汪荣宝的大部分诗歌也作于民国。这段时期，诗学流派的界限对于汪荣宝来说已经模糊，汪荣宝与晚清西昆派其他成员的交游逐渐减少，却与同光体诗人的往来逐渐增多，其中的影响，从内部着眼，宗唐和宗宋确实存在着合流问题，但不是重点；重要的是从外部着眼，关注交游所带来的群体效应。由于汪东任教国立中央大学的关系，汪荣宝与南方文坛存在联系，但本质而言，汪荣宝属于京津文人群体。民国诗史，或许更应联系群体抱团所形成的政治、学术内涵，同时应当注意诗歌传播的新平台——报刊。而《采风录》正是在北洋政府统治结束，政治中心南移的历史背景之下，京津文人群体利用报刊所构建的诗歌宣传平台。汪荣宝诗歌也是在这其中得到了声名。

就地区而言，如果构建域外诗史，汪荣宝的域外诗歌不应该被忽略。民国外交官员的诗歌创作，汪荣宝代表了较高水准，其域外诗歌富于变化，既着力刻画异域新事物，也能时刻联系国内局势，既有学习李商隐的秾挚，也有摆脱李商隐的冲淡，而各种风格皆不乏出色的诗歌作品。最后，如果构建中日诗歌交流史，汪荣宝的诗歌同样具有研讨的价值。

所以，汪荣宝的诗歌不是只有"学习李商隐"一种标签，通过转换诗史的视角，汪荣宝诗歌的魅力也就可以更为多元地展现。汪荣宝"学习李商隐"以外的方方面面，也是本书尽力发掘之处。

结　语

对于汪荣宝，张海林评价道：

> 汪荣宝一生未做过中央大吏，也未在地方独当一面，只是一名处在二三线的技术派官僚，史学家因而多年忽视了他的存在，使他成了一个历史的"灰色人物"。但正是他，以其实实在在的"细节操作"左右了清末民初国家政治的发展路径和速率，可以说他是一个务实的实干家，是一个身体力行的践行者。[1]

冷峻的史笔之下，官宦生涯兢兢业业的汪荣宝确实只是二三线人物，对历史时局的演变影响有限。汪荣宝参与清末民初政治、法律改革是历史家悬心之处，其现代意义赋予了汪荣宝所做工作的现实意义。而在今天的近代诗史书写中，汪荣宝也只是二三线诗人。如果我们总是以史的价值来衡量汪荣宝，则要错过汪荣宝其人其诗光辉的一面，这是属于诗歌与人性的部分，黄濬之评论可谓精彩：

> 独予以为士生今日，犹能以诗鸣者，必有瑰意琦行，迈绝一世之怀抱，悯然不自甘，怃然而不能自已，故一寄于诗，以

---

[1] 张海林：《汪荣宝评传·序》，赵林凤：《汪荣宝评传》，南京大学出版社2012年版，第3页。

撼其幽忧。而此瑰意琦行者,虽昌其诗,实啬其遇,此非世俗心意所谓穷通,抑或它人所能度其进退忧乐也,盖生平遭际往往能夺其少小之奇志,使其强为愉戚,随俗湎沕;其不能夺者,惟此心声之弦于歌咏耳。始余觏先生于清季,私骥其狷然,肊其瑰意琦行,固亦将荡洗一世,以遂行其才。奈何俯仰之间,所以追思往迹,惟在执笔以序。先生之诗,则此瑰意琦行者,其终为伤见在之生,留有涯之名,壹如跃冶不祥之金哉?[1]

"瑰意琦行,迈绝一世之怀抱",是对汪荣宝其人其诗由衷地激赏,既体现了世浪翻腾下汪荣宝在人格修养上的坚守,也反映了汪荣宝诗歌中蕴含着的心系天下的情怀,归根到底,还是儒家知识分子对修齐治平理想的憧憬和坚持。只是儒家的理想在新旧时期碰撞,由传统转向现代社会中不断被打击、消磨,所以汪荣宝后期诗歌往往存在归隐出世的态度。总的说来,汪荣宝的身上还是深刻打上了中国传统文化的烙印,其改革的诉求也是由儒家思想的内在动力所驱使的。

汪荣宝去世后,不但家中为其置办了隆重的葬礼,而且日本人在东京也开了盛大的追悼会[2],当时颇具影响,汪荣宝的众诗友留下不少哀挽文字。最后,我们用吴梅的一副挽联收尾,作为对汪荣宝一生的总结:

东西聘问,无愧通才,历百苦以弥国忧,可告后世;
训诂辞章,更推绝艺,遍三吴而数人物,敬吊先生。[3]

---

[1] 黄濬:《思玄堂诗序》,汪荣宝:《思玄堂诗》,民国二十六年(1937)本。
[2] "他死时日人为他开追悼会,来者千人。"汪公纪:《日本史话》(近代篇),联经出版事业公司1991年版,第182页。
[3] 吴梅:《吴梅全集》(日记卷),河北教育出版社2002年版,第339页。

附录一　汪荣宝诗歌编年

第一集

甲午（1894）

《感事》[1]

丁酉（1897）

《丁酉秋日独游孝陵》

戊戌（1898）

《天津早发车中有作二首》《腐儒三首》《离思》《埃及残碑》《瑶池》《呈武选司诸公》《纪变》《不寐》《从弟杜宝挽歌词》《送田自芸南归》

己亥（1899）

《三月二十三日集永定门外十里庄范文正顾亭林祠》《饯柳屏赴官济南》《商君》《陈王》《有感（戊戌年有感，己亥年诗成）》《重有感》《枇杷和张鸿户部》《秋怨》《绳匠胡同》《上衙谣》《下衙谣》《太液》《碧海次前韵》《己亥除夕病中隐南寄示新诗有早朝车马客应有泪沾巾之句怆然感赋》

---

[1] 据常任侠《红百合室诗话》，郭淑芬、常法韫、沈宁编：《常任侠文集》卷六，安徽教育出版社 2002 年版，第 390 页。存疑。

庚子（1900）

《初春病起为彤士题马湘兰画观音》《出都兼旬得北书不能成寐》《多景楼》《扬州》《许侍郎哀词》

辛丑（1901）

《早春即事》《渡海》《长崎》《岁暮集枫亭》

壬寅（1902）—乙巳（1905）

《海上早春》《上野樱花》《浩浩太平洋》《东京遇柳屏会将归国因与同游箱根宿环翠楼》[1]《诣阙》《崇效寺》

丙午（1906）—丁未（1907）

《哀张生》《仲弢丈提学湖北赋诗为别次韵奉答》[2]《妓席有赠》《九月二十八日宿山海关》[3]《天柱山》[4]《题章一山文集》《城阙》《即事》《送赵芷生御史罢归》[5]《海淀道中》《无题》

戊申（1908）

《二月十三日与同馆诸公集陶然亭》《三贝子花园》《昨夜》《九月七日与劳玉初刘仲鲁访灵光寺旧址寄陶斋》《秘魔岩观宝竹坡翁叔平题石因遂登山》《龙泉寺》《咏史》《液池和少逵》《恭贺御极》《十二月十二日送客不及怅然有作》

---

[1] 作于清光绪二十九年（1903）。按：作于1921年的《从叙畴闻柳屏去世之耗惊怛累日辄赋长句二首》有注："癸卯五月，余别君于箱根之环翠楼，十九年来更不一见。"1903年姚鹏图参加日本第五届国内博览会。
[2] 作于清光绪三十二年（1906）。按：黄绍箕1906年授湖北提学使。
[3] 作于清光绪三十二年（1906）。按：随民政部尚书徐世昌出关考察。
[4] 为沈阳天柱山。
[5] 作于清光绪三十三年（1907）。按：赵启霖弹劾段芝贵、奕劻、载振，被革职。

己酉（1909）

《赠胡紫朏》《恭送景皇帝梓宫奉移梁格庄述德抒哀》《四月二十六日雨后刘仲鲁大理招游积水潭即席赋呈》《寄周少朴》《十月十一日将自长沙还京组庵星槎俟园三咨议设饯天心阁重伯在座赋诗三章见赠依韵奉答兼呈三咨议》《十月十四日自汉口北上中夜渡黄河桥看月有作》

庚戌（1910）

《飘风》《三韩》《过杨叔峤故居》《独坐》

辛亥（1911）

《畅观楼饯劳玉初提学》[1]《为刘聚卿参议题仇实父姑苏图》《由十三陵登峒峪岩回望有作》《奉诏草宪与李家驹侍郎登泰山宿后石坞七日属稿而还》《宿玉皇顶夜半起观日出白云如海茫无涯际仰视霄汉明星烂然》《闻歌》

壬子（1912）

《壬子元日》《南使》《漫成》《与仲仁追论旧事》《清明三贝子花园宴集》《夕思》《赠严几道》

癸丑（1913）

《新华门》《集灵囿》《神武门》《武英殿》《金鼇玉蝀》《天坛》《观象台》《颐和园》《崇陵永远奉安》《重经泰陵》《文庙助祭礼成讲论语彝伦堂》《暮春集流水音》

甲寅（1914）—丙辰（1916）

《题袁抱存〈寒庐茗话图〉》《西伯利道中》《瓦得路吊拿破仑》《书感》

---

[1] 据《汪荣宝日记》。

《桃源》《晚步》《送马君武归国二首》《三月一日不鲁舍拉昼晦雷风交作须臾开朗中夜对月有作》《春望》《三月四日自不鲁舍拉往海牙道中》《过和平宫》《题广雅堂诗集五首》《四月七日偶成》《瑞典道中二首》《题陶渊明采菊图》《落花效二宋》《读〈王莽传〉》《西行道中》《魏武和旭初》《岁晏》

丁巳（1917）

《登埃腓塔》《留滞》《山居即事》《故国》《白发》《丁巳除夕》

戊午（1918）—己未（1919）

《养疾》《哀王侃叔》《观耕》《罗散久客闻冯生启镠携有汉籍数种因从借观》《病起》《即目》《不寐》《风》《晚步》《初夏》《偶成》《晓起散步》《写诗》《欧洲战事杂感八首》《怀曹君直》《题孙希孟龙吟草》《闻阿根廷大雪戏书》《过王侃叔墓》《山楼夏日》《雨》《晚晴》《雷》《夜雨》《夕楼》《夏夜》《法兰西革除日》《次韵程秘书学銮登黎其山观日出二首》[1]《怀张隐南时在朝鲜》《林间》《尼哥剌第二哀词三首》[2]《西蕃》《新秋》《八月四日》《秋阴》《大人有救亡论之作写示篇目赋呈长句》[3]《遗经》《闻子函纳妓戏赠》《夕霁》《万树》《客至》《七夕效昆体》《与同舍贡德君登山》《日曜闻近村教堂歌声》《与波兰世家克那倍君夜话君生平极慕中国日本印度风土文物之美欲往未果自以衰病侵寻此游恐遂无日意甚凄怆为赋此篇》《夜望》《遣闷》《书怀》《愁霖》《虚窗》

庚申（1920）

《次韵答靳仲云》《威尼斯泛舟》《九年七月自意大利还经勃路能因登亚克生斯台因闻内地乱耗感赋》

---

[1] 龚鹏程以为"《次韵程秘书学銮登黎其山观日出二首》以下己未（1919）作"。龚鹏程：《论晚清诗》，《近代思潮与人物》，中华书局2007年版，第226页。
[2] 尼古拉二世卒于1918年。
[3] 汪凤瀛《救亡论》，1918年刊。

辛酉（1921）

《游倭白尔诃芬赋寄仲云》《闻仲云将东归次前韵为别》《希马出示先德文慎公诗集因题三首》《再题〈寒庐茗话图〉》《仲云次余送别韵作归省诗三叠前韵和之》《四叠韵答仲云》《仲云书言将应公府之辟寄赠》《仲云母太夫人七十仍次前韵为寿》《晚春》《闻廖叙畴说山海经赋赠二首》《此夜》《于劝业丛报杂俎中见曼仙义门二子新诗慨然有作》《偶书》《从叙畴闻柳屏去世之耗惊怛累日辄赋长句二首》《无题》《夏夜园中》《网球》《暑咏有寄效昆体》《晚凉》《陆子兴为其尊人云峰先生营葬京师阜成门外既成求为刻石之词作此与之》

第二集

壬戌（1922）

《汤尔和学博以考索医术来欧过伯尔尼见访与同登古尔敦晚眺》《重游罗加诺晚步逆旅园林偶成》《新嘉坡罗昌总领事席上》《舟至香港遇大风雨枕上有作寄罗总领事》《壬戌七月云卿丈七十生辰子函兄弟书来征文会余自瑞士调日本便乞归省十月到京追赋一诗以献》

癸亥（1923）

《癸亥清明后三日游天坛观两院诸公新植树次陈家鼎议员韵》《中央公园》《西山》《赠陈小庄》《独坐》《寄黄七兄明经》《秋暮游颐和园》《无题四首》

甲子（1924）—乙丑（1925）

《赠郭春榆宗伯二首》《大仓喜八郎男米寿兼金婚赋此寄赠》[1]《次韵旭初岁暮伤乱》《国宪起草会成以宗孟为会长是日宗孟五十生辰会罢诸公

---

[1] 大仓喜八郎生于1837年。

同往宗孟家为寿主人邀夜饮余以事不果留赋呈长句》《香山》《次韵黄黎雍式叙见寄》

丙寅（1926）

《二月九日宫内省奉敕招同德俄波墨诸使游埼玉御苑猎野鸭余无所获日暮回车得分四羽》《寄曹润田为太夫人寿二首》《丙寅中秋横滨野毛山公园对月有感次青邱中秋玩月张校理宅韵》《题支那时报》《赠江叔海二首》《休日来镰仓访长谷观音寺因游江岛憩岩本楼还至海滨馆一宿而去》《芦湖富士倒影为箱根山中胜景顾甚不易见余以初冬来此寒雨方收行径犹湿放舟中流豁然开霁远峰在水上下若一徘徊瞻望喜而有作》《题三井八郎右卫门城山庄图》《子函夫人五十生日寄诗为寿》《渡边晨亩画师家孔雀　画师以善画孔雀名自畜数头常日临写已而生雏因作孔雀哺雏图为久迩邸购赏请余为诗赋此咏之》《无题》《雪人》《赠岳辟疆》《除夕寄黄黎雍哈尔宾即次其韵》

丁卯（1927）

《丁卯五月余在京师尔和方罢计相一日携去年游阳羡诸山与黄任之唱和诗卷见过索题未有以应他日过尔和复出一小词见示则最近答任之自大连寄诗之作也慨然成二绝句因书卷后》《六月十日晓泊神户志成诸公来迎郑君祝三有诗见赠次韵奉答》《题同仁杂志呈内田康哉会长》《八月五日夜闻急雨早起有作》《题杨味云重修锡山〈贯华阁图〉》《久雨中秋见月钱周韬甫》《鹤见花月园主平冈广高于园内开第二次国际少年美术展览会亲来乞诗为题长句二首》

戊辰（1928）—己巳（1929）

《宝相寺贞彦少入中国从事货殖四十余年而家不富今年六十有一尚客北京燕孙诸公为庆环历征知交词翰余方留滞东京抚时感旧辄赋长句寄赠二首》《胡伯平罢官居海上值太夫人春秋七十书来具述圣善之迹欲得一言以为寿且谓平生拙宦比踪安仁今兹闲居奉母绝意宠荣之事浮杯乐饮载涉

熙春斑白稚齿咸符囊轨拙者之政亦有足矜余喜其抗志高美言之亲切辄竭鄙思成诗二章既陈太夫人懿德因达伯平孝于惟孝之旨虽词不称意亦歌事遂情之义与》《李曾廉主事以孤子禀母教至成立禄足以养而太夫人见背乃追叙劳苦作寒灯课子图寄其哀慕比自斐利宾邮示乞题为赋长句》《赠邢次征》《戊辰四月日本诗社诸君子招饮芝山红叶馆各有诗见赠即席次国分青厓翁韵二首奉答》《红叶馆席上山本二峰农相有见赠之作依韵奉答》《红叶馆席上分韵》《雨后》《次韵李释戡元日》《次韵太夷闻笛》《小楼》《南洲庵席上次韵玉木椿园呈上山蔗庵制府》《梦中作》《阵钟山芹泽氏别庄》《漫书》《雨窗次韵释戡二首》《九月十七日雨中东京诸名士集樱邱南画院祀王右丞观礼有作二首》《赠德川家达上公》《海上女弟子队有玉华者声容妙似程郎因号新艳秋曹靖陶为乞赠诗戏作二首》《江户赠郑四丈》[1]《次韵释戡中秋》《再呈郑四丈》《题孙高阳画鲁连先生高节书院图》《江户重逢八千代席上次韵尔和二首》《赵拙存（祉威）出示曾俟园画申江送别图有重伯题诗感赋二首》《题曹靖陶〈看云楼觅句图〉二首》《题陆丹林红树室时贤书画集》《东京诸诗人再集红叶馆见招席上次韵青厓翁二首》《再呈青厓翁二首》《方旭初挽诗二首》《暮春雨后与诸文士宴集新馆二首》《初夏归国二峰农相有赠行之作舟中赋寄》《饮韦斋桃花坞宅》《经悬桥巷玉符丈故宅因题所作山水长卷》《七月二十九夜长良川观鹈饲有作》《次韵纕蘅移居》《为文访苏题先德静川大令彭泽高风图兼送其行二首》《题张雪扬秣陵纪游长卷》《赠谭建丞》《哀大江武男》《次韵酒卷翠里见赠》《次韵三谷耕云岁暮见怀》《除夕》

庚午（1930）—辛未（1931）

《次韵兑之庚午元日发笔寄释戡纕蘅》《偶读晔晔集见去年青厓翁红叶馆席上再见赠之作荏苒未报遂已经岁雨窗无事次韵奉怀二首》《师郑寄示庚午旧历元日试笔之作次韵奉答三首》《二峰自汤河原寄诗见讯次韵奉答》《雨后集玉木氏青山寓屋风月双清室席上次韵主人二首》《庚午寒食

---

[1] 作于民国十七年（1928）。按：郑孝胥访日。

客居寡欢辄依故事禁火一日》《庚午上巳旧都诸名士集水榭禊饮分韵赋诗释堪纕蘅先后书来要余同作率然应之得泛字》《孟鲁招同泛舟玄武湖》《与昆吾阶平同登焦山》《赠贯道》《寄秋岳》[1]《再赠秋岳》《为若木题故龚夫人写经现瑞图》《题黄黎雍〈千华觅句图〉》《忘年会席上次韵岩溪裳川见赠之作》《孙慕韩挽歌词三首》[2]《田边碧堂挽歌词二首》《次韵众异游箱根塔之泽》《叠前韵柬众异兼呈拔可》《中秋次韵尔和》《旧京闲居次韵彤士》《释堪见示重阳独游琼岛之作次韵代柬》《次韵答土屋竹雨见怀》《为纕蘅题戴季陶闱中三色笔画松》《秋草和昧云四首》《玉潜覆车遽殁诗以哀之》《寄入泽达吉博士》

壬申（1932）

《壬申元日》《上元陪弢庵太傅游火神庙诸肆赋呈》《正月十九日广和饭庄宴集》《书感》《次韵释堪元日》《次韵梅泉人日即寄众异海上》《咏史有寄》《三月三日会贤堂禊集分韵得心字》《蛰园牡丹限江韵》《释堪有故宫看花三用江韵之作亦用此韵和之》《顾氏绍定井阑》《题孙宋若女史（诵昭）画二十四孝》《答云史》《次韵曾小鲁（学孔）移居》《题式之所藏曲园手写诗》

楚雨集[3]

《朱门（此咏项城被逐）》《岁暮》《雪和君直》《玄圃和君直（此咏颐和园）》《红楼和君直（此咏宝月楼）》《拟意》《华清（此咏戊戌至辛丑间时事）》《秋兴》《楚宫（此咏国变以后西苑）》《畹华三十生朝》《无题集义山》《拙政园》

---

[1] 作于民国十九年（1930）。按：黄濬编年诗集《聆风簃诗》里的《长句答太玄》作于1930年。

[2] 作于民国二十年（1931）。按：孙宝琦卒于1931年。

[3]《楚雨集》因属集句诗集，编年不易，只有部分诗歌如《朱门》《拟意》可据《汪荣宝日记》断定作于清宣统元年（1909），再如《畹华三十生朝》不难判断作于民国十二年（1923）。

附录二　汪荣宝诗文发表、出版编年录

表一　汪荣宝诗文发表编年录

篇目	报刊	时间	卷号	署名
《书华盛顿传后》	《实学报》	1897年8月28日	第1册	汪荣宝
《论新报文体》	《实学报》	1897年11月24日 1897年12月4日	第10册 第11册	汪荣宝
《论理学》（未完）（[日]高山林次郎著）	《译书汇编》	1902年11月15日	第2年第7期	汪荣宝译[1]
《史学概论》	《译书汇编》	1902年12月10日 1902年12月27日	第2年第9期 第2年第10期	衮父
《欧洲历史之新人种》	《译书汇编》	1903年2月16日	第2年第11期	汪荣宝
《拔都别传》	《译书汇编》 《政法学报》[2]	1903年3月13日 1903年4月27日	壬寅年第12期 癸卯年第1期	汪荣宝
《有感》	《政学报》	1902年4月12日	第3号	衮父
《国民之进步欤》（未完）	《江苏》	1903年5月27日	第2期	公衣
《埃及残碑》	《江苏》	1903年6月25日	第3期	阳朔
《太平洋》	《江苏》	1903年6月25日	第3期	阳朔

---

[1] 顾燮光《译书经眼录》："《论理学》……所译仅上卷，未为全豹为阙憾耳。"熊月之主编：《晚清新学书目提要》，上海书店出版社2014年版，第333页。

[2] 《译书汇编》于第3年（癸卯）起，改名为《政法学报》。

续表

篇目	报刊	时间	卷号	署名
《海上早春赠日人三上君》	《江苏》	1903年6月25日	第3期	阳朔
《癸卯闰五月自日本归国与姚柳屏俱道经国府津迁道游箱根宿环翠楼感赋》	《江苏》	1903年8月23日	第5期	阳朔
《法言疏证十四叙录》	《国粹学报》	1909年7月7日	第55期	汪荣宝
《有感十章》	《国粹学报》	1909年12月2日	第60期	汪荣宝
《有感十章》	《申报》	1910年3月7日 1910年3月8日	第13316号 第13317号	汪荣宝
《国会组织法释义》（未完）	《法学会杂志》	1913年2月15日	复刊第1卷第1号	汪荣宝
《中华民国宪法私案》	《法学会杂志》	1913年5月15日	复刊第1卷第4号	汪荣宝
《众议院议员汪荣宝送国歌函》	《教育部编纂处月刊》	1913年5月	第1卷第4册	汪荣宝
《汪荣宝拟宪法草案》	《宪法新闻》	1913年	第4—5册	汪荣宝
《汪荣宝宪法草案》	《法政杂志》	1913年	第3卷第1号	汪荣宝
《中华民国宪法草案之一》	《大同报》	1913年	第461期 第11册	汪荣宝
《法言疏证后序》	《雅言》	1914年1月25日	第3期	汪荣宝
《节孝金母袁太君墓志铭》	《妇女杂志》	1916年4月5日	第2卷第4号	汪荣宝
《闻廖叙畴说山海经赋赠两首》	《劝业丛报》	1921年	第2卷第2期	汪衮甫
《游倭白尔诃芬赋寄仲云》	《劝业丛报》	1921年	第2卷第2期	汪衮甫

续表

篇目	报刊	时间	卷号	署名
《于劝业丛报杂俎中见曼仙义门二子近诗慨然有作》	《劝业丛报》	1921 年	第 2 卷第 2 期	汪衮甫
《仲云书言归将应公府之辟仍次前韵赋赠》	《劝业丛报》	1922 年	第 2 卷第 3 期	汪衮甫
《再题袁抱存〈寒庐茗话图〉》	《劝业丛报》	1922 年	第 2 卷第 3 期	汪衮甫
《遣兴》	《劝业丛报》	1922 年	第 2 卷第 3 期	汪衮甫
《希马见示先德文慎公诗集因题》	《劝业丛报》	1922 年	第 2 卷第 3 期	汪衮甫
《歌戈鱼虞模古读考》	《国立北京大学国学季刊》	1923 年	第 1 卷第 2 号	汪荣宝
《释"皇"》	《国立北京大学国学季刊》[1]	1923 年	第 1 卷第 2 号	汪荣宝
《释皇》	《华国月刊》	1923 年	第 1 卷第 1 期	汪荣宝
《网球三十韵》	《华国月刊》	1923 年	第 1 卷第 1 期	汪荣宝
《闻廖叙畴说山海经赋赠二首》	《华国月刊》	1923 年	第 1 卷第 1 期	汪荣宝
《歌戈鱼虞模古读考》	《华国月刊》	1923 年	第 1 卷第 2 期 第 1 卷第 3 期	汪荣宝
《自意大利还熊城道经勃路纳因登亚克生斯台因闻内地乱事感赋》	《华国月刊》	1923 年	第 1 卷第 2 期	汪荣宝
《再题袁抱存〈寒庐茗话图〉》	《华国月刊》	1923 年	第 1 卷第 2 期	汪荣宝

---

[1] 亦见于《北京大学研究所国学门月刊》1926 年第 1 卷第 1 号《附录 关于古音学大辩论的论文（五篇）》"附录一"，有注："见《国学季刊》第一卷第二号，不录。"

续表

篇目	报刊	时间	卷号	署名
《偶书》	《华国月刊》	1923年	第1卷第3期	汪荣宝
《重游颐和园》	《华国月刊》	1923年	第1卷第4期	汪荣宝
《释身》	《华国月刊》	1924年	第1卷第6期	汪荣宝
《畹华三十生朝集义山句为寿》	《华国月刊》	1924年	第1卷第6期	汪荣宝
《释彝》	《华国月刊》	1924年	第1卷第7期	汪荣宝
《汪衮甫与弟书》（节选）	《华国月刊》	1924年	第1卷第9期	汪荣宝
《转注说》	《华国月刊》	1924年	第1卷第9期	汪荣宝
《雨后园中》	《华国月刊》	1924年	第1卷第11期	汪荣宝
《无题》（绣巷车回夜始遒）	《华国月刊》	1924年	第2期第2册	汪荣宝
《七夕效昆体》	《华国月刊》	1924年	第2期第2册	汪荣宝
《魏武和旭初》	《华国月刊》	1925年	第2期第4册	汪荣宝
《万树》	《华国月刊》	1925年	第2期第4册	汪荣宝
《从叙畴闻柳屏去世之耗怛累日辄赋长句》	《华国月刊》	1925年	第2期第4册	汪荣宝
《寿郭春榆宗伯七十》	《华国月刊》	1925年	第2期第4册	汪荣宝
《西砖酬唱集序》	《华国月刊》	1925年	第2期第5册	汪荣宝
《述学题词》	《华国月刊》	1925年	第2期第5册	汪荣宝
《端居有感与旭初集义山联句得十九首》	《华国月刊》	1925年	第2期第5册	汪荣宝
《岁暮还家集义山示旭初二首》	《华国月刊》	1925年	第2期第5册	汪荣宝

续表

篇目	报刊	时间	卷号	署名
《岁暮伤乱次旭初韵》	《华国月刊》	1925 年	第 2 期第 7 册	汪荣宝
《论阿字长短音答太炎》	《华国月刊》	1925 年	第 2 期第 9 册	汪荣宝
《暮回车得分四头》	《华国月刊》	1926 年	第 2 期第 12 册	汪荣宝
《金巩伯哀词》	《华国月刊》	1926 年	第 3 期第 4 册	汪荣宝
《读根本通明氏说易诸书书感》	《华国月刊》	1926 年	第 3 期第 4 册	汪荣宝
《盐见氏元始儒教宣传题词》	《华国月刊》	1926 年	第 3 期第 4 册	汪荣宝
《丙寅中秋横滨野毛山公园对月有感次青邱中秋玩月张校理宅韵》	《华国月刊》	1926 年	第 3 期第 4 册	汪荣宝
《浣华三十初度集义山句为寿》	《铁路协会会报》	1923 年	第 124—126 期	衮甫
《浣华三十初度集义山句为寿》	《时报》	1923 年 11 月 9 日		汪荣宝
《祝东亚佛教大会之开会》	《海潮音》	1925 年	第 7 年第 6 期	汪荣宝
《论阿字长短音答太炎》	《学衡》	1925 年	第 43 期	汪荣宝
《与太炎论音之争》	《甲寅》	1925 年	第 1 卷第 5 号	汪荣宝
《月生于西释义》	《甲寅》	1925 年	第 1 卷第 7 号	汪荣宝
《原法》	《甲寅》	1926 年	第 1 卷第 32 号	汪荣宝
《论阿字长短音答太炎》	《北京大学研究所国学门月刊》	1926 年	第 1 卷第 1 号	汪荣宝
《故国》	《辽东诗坛》	1926 年 7 月 15 日	第 13 号	汪荣宝

续表

篇目	报刊	时间	卷号	署名
《得黄黎雍寄诗次韵奉答》	《辽东诗坛》	1926年8月15日	第14号	汪荣宝
《芦洲富士倒影为箱根山中胜景顾甚不易见余以初冬来此宿雨初收行径犹湿放舟中流豁然开霁远峰在水上下若一徘徊瞻望喜而有作》	《辽东诗坛》	1928年7月15日	第37号	汪衮父
《题杨味云重葺锡山〈贯华阁图〉》	《辽东诗坛》	1928年8月15日	第38号	汪荣宝
《红树室时贤书画集为丹林题》	《辽东诗坛》	1929年8月15日	第47号	汪太玄
《上巳旧都诸名士集水榭分韵赋诗释戡纕蘅书来要余同作率然应之得汛字》	《辽东诗坛》	1930年6月15日	第56号	太玄
《二峰自汤河原寄诗次韵奉答》	《辽东诗坛》	1930年7月15日	第57号	太玄
《登焦山》	《辽东诗坛》	1930年9月15日	第59号	汪太玄
《为文访苏题先德静川大令彭泽高风图兼送其行》	《辽东诗坛》	1931年4月15日	第66号	汪太玄
《孟鲁招同泛舟玄武湖》	《辽东诗坛》	1931年4月15日	第66号	汪太玄
《寄杖岳》[1]	《辽东诗坛》	1931年5月15日	第67号	汪太玄
《题黄黎雍〈千华觅句图〉》	《辽东诗坛》	1931年8月15日	第70号	汪太玄

---

[1] 应作"寄秋岳"。

续表

篇目	报刊	时间	卷号	署名
《寄秋岳》	《辽东诗坛》	1931年8月15日	第70号	汪太玄
《同仁会汉文医学杂志序》	《同仁会医学杂志》	1928年	第1卷第1号	汪荣宝
《有感》	《文字同盟》	1928年	第1号	汪衮甫
《芦洲富士倒影为箱根山中胜景顾甚不易见余以初冬来此寒雨方收行径犹湿放舟中流豁然开霁远峰在水上下若一徘徊瞻望喜而有作》	《文字同盟》	1928年	第14号	汪衮父
《陈王》	《文字同盟》	1928年	第18—20号	汪衮父
《过杨叔峤故居》	《国闻周报》	1928年	第5卷第2期	衮父
《陈王》	《国闻周报》	1928年	第5卷第6期	衮父
《遗经一首》	《国闻周报》	1928年	第5卷第9期	衮甫
《芦洲富士倒影为箱根山中胜景顾甚不易见余以初冬来此宿雨初收行径犹湿放舟中流豁然开霁远峰在水上下若一徘徊瞻望喜而有作》	《国闻周报》	1928年	第5卷第11期	衮父
《镰仓礼大佛诣长谷观音寺因游江岛憩严本楼还至海滨馆一宿而去》	《国闻周报》	1928年	第5卷第13期	衮甫
《八月五日夜闻急雨早起有作》	《国闻周报》	1928年	第5卷第14期	衮甫
《落花效二宋》	《国闻周报》	1928年	第5卷第15期	衮甫

续表

篇目	报刊	时间	卷号	署名
《题杨味云重葺锡山〈贯华阁图〉》	《国闻周报》	1928年	第5卷第17期	衮甫
《题同仁杂志呈内田康哉会长》	《国闻周报》	1928年	第5卷第24期	衮甫
《李曾廉主事追慕其太夫人作寒灯课子图比自斐利宾邮示乞题为赋长句》	《国闻周报》	1928年	第5卷第24期	衮甫
《次均海藏闻笳》	《国闻周报》	1928年	第5卷第25期	衮甫
《鹤见花月园主平冈广高于园内开第二次国际少年美术展览会亲来乞诗为赋长句二首》	《国闻周报》	1928年	第5卷第27期	衮甫
《次均释戡元日》	《国闻周报》	1928年	第5卷第27期	衮甫
《戊辰四月日本诗社诸君子招饮芝山红叶馆各有诗见赠即席次国分青厓翁韵奉答二首》	《国闻周报》	1928年	第5卷第28期	衮甫
《红叶馆席上山本二峰农相有见赠之作用韵奉答》	《国闻周报》	1928年	第5卷第29期	衮甫
《多景楼》	《国闻周报》	1928年	第5卷第30期	太玄
《天柱山》	《国闻周报》	1928年	第5卷第30期	太玄
《香山一首》	《国闻周报》	1928年	第5卷第31期	太玄
《晓起散步》	《国闻周报》	1928年	第5卷第33期	太玄
《岁暮集枫亭》	《国闻周报》	1928年	第5卷第35期	太玄
《暑日南洲庵席上次韵玉木椿园呈上山蔗庵制府》	《国闻周报》	1928年	第5卷第37期	太玄

续表

篇目	报刊	时间	卷号	署名
《次释戡雨窗均》	《国闻周报》	1928 年	第 5 卷第 40 期	太玄
《漫书》	《国闻周报》	1928 年	第 5 卷第 41 期	太玄
《梦中作》	《国闻周报》	1928 年	第 5 卷第 41 期	太玄
《次韵释戡中秋》	《国闻周报》	1928 年	第 5 卷第 43 期	太玄
《江户呈苏戡丈》	《国闻周报》	1928 年	第 5 卷第 43 期	太玄
《再呈苏戡丈》	《国闻周报》	1928 年	第 5 卷第 44 期	太玄
《陈钟山芹泽氏别庄》	《国闻周报》	1928 年	第 5 卷第 45 期	太玄
《海上女弟子有新艳秋者以声容妙肖玉霜故名曹靖陶为乞赠诗戏成二首》	《国闻周报》	1928 年	第 5 卷第 49 期	太玄
《赠德川家达上公》	《国闻周报》	1929 年	第 6 卷第 4 期	太玄
《小楼》	《国闻周报》	1929 年	第 6 卷第 4 期	太玄
《红树室时贤书画集为丹林题》	《国闻周报》	1929 年	第 6 卷第 19 期	太玄
《次韵纕蘅移居》	《国闻周报》	1929 年	第 6 卷第 36 期	太玄
《饮韦斋桃花坞宅》	《国闻周报》	1929 年	第 6 卷第 37 期	太玄
《江户重逢八千代席上次韵尔和二首》	《国闻周报》	1929 年	第 6 卷第 38 期	太玄
《经悬桥巷玉符丈旧宅因题所作山水长卷》	《国闻周报》	1929 年	第 6 卷第 39 期	太玄
《七月二十九夜长良川观鹈饲有作》	《国闻周报》	1929 年	第 6 卷第 40 期	太玄
《暮春雨后与诸文士燕集新馆》	《国闻周报》	1929 年	第 6 卷第 41 期	太玄

续表

篇目	报刊	时间	卷号	署名
《孙高阳画鲁连先生高节书院图旧为会稽谢信斋藏见所著聩聩斋书画记丁卯五月余在京师得之携来日本尝以陈之唐宋元明名画展览会已巳四月重付表装因题一律》	《国闻周报》	1929 年	第 6 卷第 45 期	太玄
《为文访苏题先德静川大令彭泽高风图兼送其行》	《国闻周报》	1929 年	第 6 卷第 47 期	太玄
《题张雪扬秣陵纪游长卷》	《国闻周报》	1930 年	第 7 卷第 1 期	太玄
《次韵兑之庚午元旦寄释戡纕蘅》	《国闻周报》	1930 年	第 7 卷第 9 期	太玄
《次韵三谷耕云仲之助己巳岁暮见寄之作》	《国闻周报》	1930 年	第 7 卷第 11 期	太玄
《庚午寒食客居寡欢辄依故事禁火一日》	《国闻周报》	1930 年	第 7 卷第 14 期	太玄
《上巳旧都诸名士集水榭分韵赋诗释戡纕蘅书来要余同作率然应之得汛字》	《国闻周报》	1930 年	第 7 卷第 15 期	太玄
《二峰自汤河原寄诗次韵奉答》	《国闻周报》	1930 年	第 7 卷第 17 期	太玄
《雨后集玉木氏风月双清室席上次韵主人二首》	《国闻周报》	1930 年	第 7 卷第 21 期	太玄
《孟鲁招同泛舟玄武湖》	《国闻周报》	1930 年	第 7 卷第 26 期	太玄

续表

篇目	报刊	时间	卷号	署名
《登焦山》	《国闻周报》	1930 年	第 7 卷第 27 期	太玄
《赠贯道》	《国闻周报》	1931 年	第 8 卷第 4 期	太玄
《为若木题故龚夫人写经现瑞图》	《国闻周报》	1931 年	第 8 卷第 5 期	太玄
《寄秋岳》	《国闻周报》	1931 年	第 8 卷第 5 期	太玄
《再赠秋岳》	《国闻周报》	1931 年	第 8 卷第 5 期	太玄
《题黄黎雍〈千华觅句图〉》	《国闻周报》	1931 年	第 8 卷第 6 期	太玄
《除夜》	《国闻周报》	1931 年	第 8 卷第 10 期	太玄
《次韵众异游箱根塔之泽》	《国闻周报》	1931 年	第 8 卷第 24 期	太玄
《调查鲜案报告》	《国闻周报》	1931 年	第 8 卷第 35 期	汪荣宝
《次韵尔和辛未中秋》	《国闻周报》	1931 年	第 8 卷第 42 期	太玄
《展重阳日次释戡均》	《国闻周报》	1931 年	第 8 卷第 47 期	太玄
《旧京闲居次均彤士》	《国闻周报》	1931 年	第 8 卷第 49 期	太玄
《孝园闱中画松缠萝属题》	《国闻周报》	1931 年	第 8 卷第 50 期	太玄
《雪人》	《国闻周报》	1932 年	第 9 卷第 4 期	太玄
《次韵答竹雨见怀》	《国闻周报》	1932 年	第 9 卷第 5 期	太玄
《秋草》	《国闻周报》	1932 年	第 9 卷第 6 期	太玄
《壬申元日》	《国闻周报》	1932 年	第 9 卷第 8 期	太玄
《壬申正月十五日陪听水老人游火神庙列肆明日赋呈》	《国闻周报》	1932 年	第 9 卷第 9 期	太玄
《正月十九日广和饭庄燕集》	《国闻周报》	1932 年	第 9 卷第 10 期	太玄

续表

篇目	报刊	时间	卷号	署名
《次均梅泉人日即寄众异海上》	《国闻周报》	1932年	第9卷第12期	太玄
《书感》	《国闻周报》	1932年	第9卷第14期	太玄
《壬申上已禊饮会贤堂以香山三月三日宴洛滨作分均赋诗得心字》	《国闻周报》	1932年	第9卷第15期	太玄
《咏史有寄》	《国闻周报》	1932年	第9卷第17期	太玄
《蛰园牡丹限江韵》	《国闻周报》	1932年	第9卷第20期	太玄
《答云史》	《国闻周报》	1932年	第9卷第23期	太玄
《次韵小鲁移居》	《国闻周报》	1932年	第9卷第28期	太玄
《题式之所藏曲园手写诗》	《国闻周报》	1932年	第9卷第31期	太玄
《题孙宋若女史画二十四孝》	《国闻周报》	1932年	第9卷第39期	太玄
《书斋晚坐柬释戡》	《国闻周报》	1932年	第9卷第47期	太玄
《纕蘅有诗见怀次均奉答》	《国闻周报》	1933年	第10卷第8期	太玄
《萃锦园海棠得深字》	《国闻周报》	1933年	第10卷第20期	太玄
《埃及残碑》（两首）	《日华学报》	1928年	第3号	哀父[1]
《遗经》	《日华学报》	1928年	第3号	哀父
《章一山见示文集因题》	《日华学报》	1928年	第3号	哀父
《东方文化の使命》	《日华学报》	1928年	第7号	汪荣宝

---

［1］ 应作"衮父"。

续表

篇目	报刊	时间	卷号	署名
《再赠郑四又》[1]	《日华学报》	1928 年	第 7 号	太元[2]
《江户赠郑四丈》	《日华学报》	1928 年	第 7 号	太玄
《题张萧秣陵纪游长卷》	《东华》（东京）	1930 年	第 19 期	汪太玄
《二峰自汤河原寄诗见讯次韵奉答》	《东华》（东京）	1930 年	第 22 期	汪太玄
《偶读眐眐集见青厓翁去年红叶馆席上再赠之作茌苒未报遂已经岁雨窗无事次韵奉怀》	《东华》（东京）	1930 年	第 22 期	汪太玄
《雨后集玉木椿园风月双清室席上次韵椿园》	《东华》（东京）	1930 年	第 22 期	汪太玄
《碧堂先生挽歌词二首》	《东华》（东京）	1931 年	第 36 期	汪太玄
《迭前韵柬众异兼呈拔可》	《东华》（东京）	1931 年	第 37 期	汪太玄
《次韵众异游箱根塔之泽》	《东华》（东京）	1931 年	第 38 期	汪太玄
《次韵尔和辛未中秋》	《东华》（东京）	1932 年	第 42 期	汪太玄
《次韵答土屋竹雨见怀》	《东华》（东京）	1932 年	第 43 期	汪太玄
《孝园闱中画松攘蘅属题》	《东华》（东京）	1932 年	第 43 期	汪太玄
《旧京闲居次均彤士》	《东华》（东京）	1932 年	第 43 期	汪太玄

---

[1] 应作"郑四丈"。
[2] 应作"太玄"。

续表

篇目	报刊	时间	卷号	署名
《壬申元日》	《东华》（东京）	1932 年	第 45 期	汪太玄
《次韵释堪元日》	《东华》（东京）	1932 年	第 46 期	汪太玄
《正月十九日广和饮庄燕集》	《东华》（东京）	1932 年	第 46 期	汪太玄
《次韵梅泉人日即寄众异海上》	《东华》（东京）	1932 年	第 46 期	汪太玄
《三月三日会贤堂禊集分韵得心字》	《东华》（东京）	1932 年	第 47 期	汪太玄
《咏史有寄》	《东华》（东京）	1932 年	第 48 期	汪太玄
《答云史》	《东华》（东京）	1932 年	第 49 期	汪太玄
《次韵小鲁移居》	《东华》（东京）	1932 年	第 50 期	汪太玄
《秋草》	《东华》（东京）	1932 年	第 51 期	汪太玄
《题式之所藏曲园手写诗》	《东华》（东京）	1932 年	第 52 期	汪太玄
《书斋晚坐柬释戡》	《东华》（东京）	1933 年	第 55 期	汪太玄
《纕蘅有诗见怀次均奉答》	《东华》（东京）	1933 年	第 57 期	汪太玄
《萃锦园海棠得深字》	《东华》（东京）	1933 年	第 61 期	汪太玄
《调查鲜案报告书》	《中央周报》	1931 年	第 169 期	汪荣宝
《汪荣宝调查鲜案报告》	《湖北省政府公报》	1931 年	第 158 期	汪荣宝
《朝鲜排华暴动惨案之实地调查》	《新亚细亚》	1931 年 10 月 1 日	第 3 卷第 1 期	汪荣宝
《朝鲜排华惨案调查报告》	《东方杂志》	1931 年 11 月 10 日	第 28 卷第 21 号	汪荣宝
《汪荣宝调查鲜案呈外部之原文》	《黄县周报》	1931 年	第 1 卷第 25 期	汪荣宝

续表

篇目	报刊	时间	卷号	署名
《驻日公使汪荣宝调查鲜案之报告书》	《政治旬刊》	1931 年	第 74 期	汪荣宝
《日本現代名家の漢詩に就て》	《读卖新闻》（日本）	1931 年 2 月 27 日 1931 年 2 月 28 日		汪荣宝
《黎雍属题千华觅句图》	《东北丛刊》	1931 年 3 月	第 15 期	汪荣宝
《蛰园牡丹限江韵》	《北洋画报》	1932 年 6 月 23 日	第 797 期	汪衮甫
《得释堪三用江韵看花诗亦用此韵奉答仍避蛰园二首用字》	《北洋画报》	1932 年 7 月 14 日	第 804 期	汪衮甫
《文庙助祭礼成同诣彝伦堂讲论语》	《正中》	1934 年 12 月 16 日	第 1 卷第 2 期	衮父
《壬申上巳会贤堂禊集分均得心字》	《文艺捃华》	1934 年	第 1 卷第 4 册	汪荣宝
《玉溪生诗题记·附录》	《同声月刊》	1942 年 7 月 15 日	第 2 卷第 7 号	汪荣宝
《节孝金母袁太君墓志铭》	《江苏文献》	1944 年	续编第 1—2 期	汪荣宝

表二　汪荣宝诗文出版编年

书目	时间	说明
《新尔雅》二卷	1903 年	与叶澜合著《新尔雅》二卷，1903 年由上海明权社出版。此后《新尔雅》尚有多种版本传世，可参考《苏州民国艺文志》。
《本朝史讲义》	1906 年	《本朝史讲义》1906 年由京师译学馆、商务印书馆发行。清宣统年间，经张元济校订，改名为《中国历史教科书》，由商务印书馆出版。民国年间，《本朝史讲义》更名为《清史讲义》，由许国英增订，商务印书馆1913 年出版。此后《清史讲义》尚有多种版本传世，可参考《苏州民国艺文志》。
《汪荣宝日记》	1909 年	《汪荣宝日记》起于清宣统元年元月，止于宣统三年十二月。天津古籍出版社1987 年出版《北京大学图书馆馆藏稿本丛书》第一辑第一册《汪荣宝日记》，据稿本影印；文海出版社1991 年影印本，收入《近代中国史料丛刊三编》；中华书局2013 年整理本，收入《中国近代人物日记丛书》；凤凰出版社2014 年整理本，收入《中国近现代稀见史料丛刊》（第一辑）。
《法言疏证》十三卷	1911 年	汪氏金薤琳琅斋1911 年刻。
《法言疏证》	1933 年	著成《法言义疏》。黄侃《寄勤闲室日记》：（衮甫）"重订《法言疏证》，于七月二日写成，三日即病，告人曰：'吾书已成，死无恨矣。'"黄濬《花随人圣庵摭忆》：衮甫"早有《法言疏证》十三卷行世，继而毁去复作，及上海之战，东方图书馆煨烬。所作稿悉燔，乃更定体例复成书二十卷，今所传《法言义疏》，季刚为之序者是也"。《法言义疏》有 1933 年铅印本，此后尚有多种版本流传，如中华书局1987 年陈仲夫点校本，收入《新编诸子集成》（第一辑）；中国书店1991 年影印本，收入《海王邨古籍丛刊》。
《思玄堂诗》	1937 年	汪荣宝先生诗集《思玄堂诗》，有 1937 年铅印本；文海出版社 1970 年影印本，收入《近代中国史料丛刊》；文听阁图书有限公司 2009 年影印本，收入《民国诗集丛刊》（第一编）。
《金薤琳琅斋文存》	1970 年	文海出版社 1970 年影印本，收入《近代中国史料丛刊》。
《世界大同译》		译著，上海仁记书局出版。

附录三　悼汪荣宝挽联、挽诗辑录

黄侃挽联[1]

奉使历艰难，晚节优游输好畤；
著书甘寂寞，知音寥落等玄亭。

吴梅挽联[2]

东西聘问，无愧通才，历百苦以弭国忧，可告后世；
训诂辞章，更推绝艺，遍三吴而数人物，敬吊先生。

王耒挽联[3]

曲突枉纡筹，国策是非千载后；
论文频买醉，清时风味廿年前。

吴庠挽联[4]

奉使记回槎，不用吾谋，密字枉传青鸟信；
著书惊绝笔，无端妖梦，归期竟验白鸡年。

---

[1] 黄侃：《黄侃日记》，中华书局2007年版，第927页。
[2] 吴梅：《吴梅全集》（日记卷），河北教育出版社2002年版，第339页。
[3] 转引自金毓黻著、《金毓黻文集》编辑整理组校点：《静晤室日记》（第八册）卷一四二，辽沈书社1993年版，第6397页。
[4] 转引自听天由命生（陈瀔一）：《谈所欲谈斋随笔》（二），《青鹤》1933年第1卷第22期，第4页。

王瀣挽联[1]

持节壮蓬瀛，辰告远游，家有传，国有史；
著书继扬马，深文雅训，人可传，山可藏。

王芸生挽联《补白·挽汪公使》[2]

使东十载，巨变莫挽，痛先生空怀曲突徙薪志；
国难二周，时艰益深，悲后死尽是焦头烂额人。

汪国垣挽诗《挽汪衮甫先生》[3]

弃繻早已传吴会，乘障犹能绝海天。
死虎机先真有谶，屠龙技好惜空传。
胸中自摅平戎策，箧里徒扃曲洧篇。
今日草玄亭寂寞，雄文谁为表幽阡。

黄濬挽诗《哭太玄先生》[4]

执手东归意惓然，自言酱瓿守吾玄。
越吟伉激知难忍，燕市湛冥岂遂便。
火颜临分心戚戚，泪泉迸注夜悁悁。
问奇约访吴门宅，腹痛明年剩过阡。

王赓挽诗《挽太玄》[5]

玉溪几劫生花笔，小梦人天忽已过。

---

[1] 转引自吴梅：《吴梅全集》（日记卷），河北教育出版社 2002 年版，第 634 页。
[2] 芸（王芸生）：《补白·挽汪公使》，《国闻周报》1933 年第 10 卷第 37 期。
[3] 汪辟疆：《汪辟疆文集》，上海古籍出版社 1988 年版，第 976 页。
[4] 黄濬：《聆风簃诗》卷八，民国三十年（1941）本。
[5] 什公（王赓）：《挽太玄》，《国闻周报》1934 年第 11 卷第 6 期。

恣眼湖山供跌宕，跃身坛坫郁蹉跎。
谈玄见骨清言迥，赋鹏哀时老泪多。
生气筵前追虎虎，更谁燕市共悲歌。

章钰挽诗《挽汪衮甫》[1]

强驯龙性立鸡群，晚叩玄亭作诔文。
曾记国中识颜子，那堪后事托钟君。
生逢末劫伤乌止，志在千秋惨象焚。
白马闉门同一哭，风流顿尽复何云。

啸谷挽诗《挽汪衮甫》[2]

投劾东归祸早知，可怜误国属纤儿。
辽阳鹤语终成憾，吴下乌啼合有悲。
遗稿不胜秋草意，招魂难待朔风吹。
近闻房骑尤阑入，埋骨西山事亦危。

闻惕生挽诗《汪公使（荣宝）挽诗》[3]

赫赫皇华使，重归赋阮诗。丛荆没鹰鹯，无首梦貔狸。
海国殷忧日，荒园拄杖时。一为天下计，衰命本如丝。

十载推前辈，三年缺寄书。斯文天欲丧，识面竟成虚。
苍鬓疏玄白，遗辉泻漆沮。堂堂千载恨，洒泣望灵轜。

---

[1] 章钰：《四当斋集》，沈云龙主编：《四当斋集》，《近代中国史料丛刊三编》（第一百七十四辑），文海出版社1989年版，第352页。
[2] 啸谷：《挽汪衮甫》，《国闻周报》1933年第10卷第35期。"啸谷"待考，疑为杨啸谷。
[3] 惕生：《汪公使（荣宝）挽诗》，《正中》1935年第1卷第3期。

赵祖望挽诗《补白·挽汪衮甫(五古五十韵)》[1]

峨峨汪使君，识面始总角。诞生吾郡庠，灵秀实钟毓。
乃祖与吾祖，契合交最笃。累世论苔岑，往还常相助。
忆昔馆君家，视予犹骨肉。君长予七龄，年少咳珠玉。
弱冠举萃科，登朝庆新沐。文名噪日下，学仍求其朴。
馀事为诗歌，典丽亦浓郁。无何渡海东，新知更□摧。
振翮既言旋，衮衮争推毂。国故与朝章，胸中尤烂熟。
若者兴革宜，一手成风斫。冠盖旧京华，亦仕亦讲学。
斯时予从游，饮河惭满腹。逮予从政馀，复授令子读。
君官民部丞，予叨薇省禄。人世忽沧桑，龙蛇恣起伏。
眼底看山河，浸成扰攘局。而吾为饥驱，风尘徒栗六。
南游挂梦痕，百里愧羁梏。君志在四方，奉使欧西陆。
海水望迢迢，一别十年足。樽俎赖折冲，潏然命不辱。
移节驻扶桑，外患益怵目。东北莽风云，国难萌早烛。
上书告阽危，当局奈狂瞽。罢官遽东归，悁悁愁万斛。
燕市且息肩，盱衡时踯躅。思玄理旧业，陈书发筐簏。
犹忆数年前，君归出沪渎。喜予拙著成，署耑留芬馥。
去岁予北游，相见各惊愕。问予所从来，情意至优渥。
娓娓叙家常，更番不惮数。乃论天下事，欹歔额频蹙。
谓徒苦吾民，剥极或能复。今年入津沽，猝闻世已宿。
将信复将疑，犹冀误谣诼。再讯果弗爽，如雷堕地轴。
驱车上故都，吊问空哽哭。令子为予言，厥病在心腴。
心腴不可视，视之热蕴毒。中含水升许，水尽气已促。
可怜病剧时，著书稿犹属。法言新疏成，一瞑永不觉。
哀哀国栋才，摧此千寻木。吾欲问苍天，苍天胡乃酷。
师友念平生，感逝泪绠续。赋此薤露篇，聊代生刍束。

---

[1] 赵祖望：《补白·挽汪衮甫（五古五十韵）》，《国闻周报》1933年第10卷第38期。

龙榆生挽词《木兰花慢·闻汪衮甫下世伤逝》[1]

未办埋忧地,怆身世,恋斜阳。算抗疏功名,筹边帷幄,几费周章。沧桑。须臾变景,待弯弓谁与射天狼。万里星槎浩渺,五更尘梦凄凉。　　徜徉。去国总情伤。调苦赏音亡。纵湖山信美,琴书自乐,满鬓清霜。仓皇。海东云起,话草玄心事剧荒唐。回首河山易色,可能一瞑同忘。

---

[1] 转引自夏敬观:《忍古楼词话》,唐圭璋:《词话丛编》,中华书局1986年版,第4778页。

附录四 清代（及近代）文史短札十四则

一、清初僧诗之繁盛

在中国僧诗发展史上，清初是一个关键的时间节点，相应的是，清初僧诗也代表着有清一代僧诗发展的最高水准，其繁盛是在明亡清兴的历史大变局下展开的，又一次印证了"国家不幸诗家幸"的文学思辨。遗民诗僧是清初僧诗的创作主力，所谓遗民诗僧，其中一部分原为佛门中人，在政治立场上倾向于前明王朝；又有相当多数为遗民转为僧侣者，起初与寻常士大夫无异，而在王朝倾覆时落发出家，即所谓"逃禅"，其中不乏坚定抗清且一度投身军旅的志士。如遗民诗僧中文学成就突出的今释（原名金堡）、今种（原名屈大均），生平履历均有传奇性，尤其今种，为恢复明朝，联络反清人员，一生行走八方、屡涉险境，身份在僧、俗间反复切换。反清，便引起了清政府的注意，因为作品中的违碍文字，日后今释、今种诗文在流传过程中也均陷入"文字狱"案而被大面积禁毁。

清初僧诗之繁盛，首先即表现在文献数量上，以有清一代衡量，江庆柏曾在《清代僧诗别集的典藏及检索》一文中统计得出："从现存僧人诗集作者所处时代来看，主要集中在清前期，即康熙、雍正、乾隆三朝，又以康熙朝为最多。如以乾隆三十年（1765）为界，那么在此之前出生的作家有140余人，占了全部清代僧人诗集作者的三分之二。"僧人诗集的数量相较于清中后期可谓优势明显。清代僧人诗集中亦有鸿篇巨制，基本出自清初诗僧手笔，如函昰、今释、南潜、晓青、大汕、光鹫等,诗集规模都在十万字以上。清初诗僧的分布也较广泛,以江浙、岭南、滇黔等地为重心。更具体说,苏州灵岩、番禺雷峰、云南鸡足等名山是遗民皈依的核心区域,如长期住灵岩山寺的弘储,住雷峰海云寺的函昰,不但各自能诗,并且僧望出众,分别在禅门临济宗和曹洞宗的源流体系中处在重要的位置上,故而可视为清初诗僧师承与交游的枢纽式人物。

对于遗民诗僧而言,亡国引起的巨大震撼实非佛法所能轻易化消的,他们对故园的怀念,以及相伴随的沉痛、无奈、悲愤、压抑情绪,一任流淌在诗歌的字里行间,带来强有力的情感表达,如清初僧诗中一首广为流传的名篇《金陵怀古》(四首其四):"石头城下水淙淙,水绕江关合抱龙。六代萧条黄叶寺,五更风雨白门钟。凤凰已去台边树,燕子仍飞矶上峰。抔土当年谁敢盗?一朝伐尽孝陵松。"苍深清老,而词特凄切,传达出深厚的兴亡之感,其作者是被王士禛推为"近代释子诗"第一的读彻。再如今释《贻吴梅村》、弘仁《偈外诗》、同揆《鼎湖篇赠尹紫芝内翰》、光鹫《仙城寒食歌》等佳制从不同角度切入明亡清兴的历史主题,感慨皆深。整体来说,乾坤倒转,满目陵夷的无序乱局下,"僧"与"诗"的组合铺展为一幅长歌当哭的历史画卷,如屈大均《广东新语》所言:"圣人不作,大道失而求诸禅;忠臣孝子无多,大义失而求诸僧;《春秋》已亡,褒贬失而求诸诗。以禅为道,道之不幸也;以僧为忠臣孝子,士大夫之不幸也;以诗为《春秋》,史之不幸也。"可谓道尽了易代之际僧诗书写本身的悲剧色彩,所以此际大量僧诗甚至已然不似出自诗僧笔下,沈德潜在《国朝诗别裁集》中简评光鹫的《登大科峰顶》一诗说:"出世人何必作此语耶?"光鹫诗云:"爱山登陟不辞劳,直上欹岑振敝袍。老去始知行脚稳,年来惟恐置身高。青天有路随孤鹤,沧海无根仗六鳌。闲倚西峰发清啸,下方谁识是吾曹。""沧海"一句似乎隐指台湾郑氏政权。在《清诗纪事初编》中,邓之诚认为光鹫诗歌"快吐胸臆,不作禅语。无雕琢摹仿之习,仍是经生面目"。

"逃禅"出于现实考虑,并非等于从内心皈依了佛门。身在佛门心在儒的情况普遍存在,兼之清初帝王对禅宗的扶持,直接造成清初佛教的发展走向世俗化,方内世界亦有方外景象,其间斗争波澜起伏,公案迭出,如黄宗羲诗云:"脱得朝中朋党累,法门依旧有戈矛。"陈垣在其名著《清初僧诤记》一书中着力考证了颇得清廷器重的道忞对弘储的攻击,将之视为清初僧诤的门户势力之争,即僧侣中"遗民"一派与"贰臣"一派的对立。严迪昌在《清诗史》中以清初诗坛的一则掌故诠释:道忞在未应召前曾编订同人诗文集《新蒲绿集》,取意于杜甫《哀江头》之"江头宫殿锁千门,细柳新蒲为谁绿"句,及其成为佛门新贵以后就被人们以"新蒲绿"讽刺。而另一方面,弘储《闲居拟古三首寄毗陵邹子》所咏"黄金无角,穿我层岳;腥雨无牙,啮我岩华。君子憔悴,屡以易蕡。坎坎鼓缶,大吕将坠"似又在感叹险峻的时势氛围。再如函可,因私携逆书案件被清廷流放沈阳,表面上看这是一起"文字狱"性质的案件,实则函可"谋叛"而接触洪承畴。陈寅恪在《柳如是别传》中指出函可在丙戌年(1646)颇显机密地往返于金陵、岭南之间,为南方反清运动奔走游说。相关结论固然需要深度的史料解读和精准的历史眼光,而函可《千山诗集》中的一些诗作也透露了其行迹的线索。因此,清初僧诗不但具有抒发情感的功能,在呼应显性及隐性史实乃至在思想史的层面上也有其笺证价值,此外僧诗中的一些现实题材作品也可丰富诗僧的历史形象。大汕与屈大均、潘耒等遗民的交恶同样耐人寻味,直接关系到对大汕历史形象的解读。大汕"在欲行禅",言行多有悖离佛门,而据史料记载其人品确有为人訾议之处,但其诗却是另一番境界,换言之,其诗品与人品难以对应,如《河决行》《地震行》诸作,关怀现实,有杜诗风范。

当然,表现僧诗特色,带有"烟霞气"的禅境书写一般不会因为时代而改变,清初亦然。总的说来,禅境书写作为僧诗中普遍的存在历经长久积淀,在清初并没有实质性的推进,但别具神韵的作品仍俯拾即是,如大成《山居》一诗:"一株两株老松青,松下结个小茅亭。三日五日来一次,肩荷椰栗手持经。读经读到山月出,听松听罢天落星。适然抛卷松间卧,梦与松根乞茯苓。"呈现富含生趣的方外生活图景。相对而言,清初诗僧在诗学理论方面特具建树,弘智(原名方以智)尤是其中代表,他在诗之本体、体式、声律、法度、情感、审美等方面皆有精到的议论,其中又含有深刻的哲学思辨,在明末清初文学思想史上占有一席之地。其他如大汕、今释等也都在诗学领域留下独到之见。

因之,无论在文献、作品、理论乃至思想内涵方面,清初僧诗均有非凡成就,无疑是中国僧诗史上的一座高峰。

二、黄绍箕的儒教观

清朝后期,西方"宗教"概念进入中国引起当时知识界一定的震荡,"保教"论一时蔚成风潮,也直接牵出了一个极具争议性的命题,即孔教是不是宗教。从某种现实意义上说,一开始它似乎不构成问题,因为"保教"思潮很大程度上有维新派"自导自演"的意味,但是,梁启超的观念转变在客观上放大了"孔教是不是宗教"争议的根本所在,并以一篇标志性的文章《保教非所以尊孔论》成为其个人立场上赞成和反对的分水岭。事实上无论立场为何,康有为、梁启超等人对孔教以及宗教的态度更多地带有浓厚的政治化、工具化和实践化色彩,而在当时尊孔的思想前提下,对孔教是为宗教的确认及相对纯粹的历史化和学理化分析是广泛存在的,就解释的路径而言又纷繁复杂,黄绍箕正是在这样的背景下提供了较具启发意义的一家之言。

黄绍箕(1854—1908),来自赫赫有名的瑞安黄氏家族,是晚近中国转型过程中颇有作为的官员、学者,亦属新派人士,他在历史书写中常被提及的事迹是在戊戌变法失败的时间节点上向康有为提供消息,助其提前出走,从而躲过劫难。黄绍箕在兴办新学、推动教育改革方面尤有建树,所著《中国教育史》一般被认为是本国学者所撰写的第一部教育史著作,关于该书作者也有是柳诒徵一说,实则柳诒徵所做乃是辑补工作,该书的体系、条目、基础是由黄绍箕奠定的,而黄绍箕的宗教思想也在该书中得以展现。

黄绍箕论中国宗教,以"本教"的观念为重心,认为孔子是"本教"的宗主,这自是"孔教"或者"儒教"的又一种提法。又认为在

"本教"产生以前,有原始的"神道教",中国古代的开化,民智的开明由来于"神道"设教。对此,黄氏所分析的,归纳起来是以"神道"为媒介的宗教如何在上古三代作为国家治理的工具。《中国教育史》中的论证,不妨提炼出三个方面的议题。其一,君王、天子立宗教,掌最高权力,并托始于天。其一方面表现于古代史策的神话色彩,渲染君王的神异、非常人处;另一方面,君王的统治权力获得神祇的辅佐,落实于祀神等级上即位处最高级别。其二,官员作为辅翼,也要深通天人,引导民众信仰,使民"事官如事神",从而更好地治理民事。黄氏重点梳理巫祝之职在上古三代的演变,强调其职与国家政治有大关系。如若没有作为媒介的巫觋,所谓"夫人作享,家为巫史",民神杂糅,势要产生动乱;民神不通,方能实现"神道教"的功能,完成秩序的整肃。其三,祭祀仪式委曲繁复,不仅从祭祀对象上划分有祭天、祭诸神、祭人鬼等,而且以器色、地位、牲牷、秬鬯、尊彝、冕服等对神明区别对待,但万变不离其宗,其根本用心所在仍是统治,"震肃人民之心目","耸动臣民之耳目"。用今天的话说,即呈现为一种政教合一的国家形态。在论证过程中,黄绍箕既大量征引先秦礼制文献,也对近人成果有所吸纳,如说明郊禘包括圜丘之禘、方丘之禘、南郊之禘、北郊之禘和明堂之禘等五个方面,便是参考自清代学者金鹗《求古录礼说》中《禘祭考》一文。

"本教"凝聚在一"孝"字上,黄绍箕依据《礼记·祭义》曾子所说"众之本教曰孝",《吕氏春秋·孝行览》中"民之本教曰孝"等说法,提出"本教"之说。民智未开之时需"神道教"行开化之功,当民众接受教育以后,"孝"则成为治国之本。那么"孝"如何成为治国之本?仍然不妨对《中国教育史》中的观点进行提炼,从两个方面展开:

其一,"本教"与"神道教"的对立与转化。表面上看,孔子并不笃信鬼神,故而"本教"重在"务其人",与"神道教"性质不同。但是,"本教"实又导源于"神道教"。孝敬祖辈与父辈,奉于宗庙,本身就是一种宗教仪式,而先贤典范如周公,祭祀周文王以配上帝,便是以敬神道之心而敬祖、父。黄绍箕也困惑于孔子的一些言论,"夫孝之实际,当于事生事存时见之。孔子专以事死事亡为至孝,且以能明此礼此义者即知治国之法,似皆不可解"。他以为或许正是孔子专为宗教仪式而说。"神道教"中,天子既为一教所宗,"本教"源于郊禘便与"神道教"相近,则"孝"之事亲与忠君也便合为一谈。子顺其亲,民亲其君,立一教可两得,是为从治国角度言之。

其二,孝之为本。黄绍箕总结言孝之文大要有两义,一是事亲,一是修身。事亲固不待言,就修身来说,黄氏引用曾子的话:"身也者,父母之遗体也。行父母之遗体,敢不敬乎?居处不庄,非孝也;事君不忠,非孝也;莅官不敬,非孝也;朋友不信,非孝也;战陈无勇,非孝也。"再结合《说苑·建本》中的相关说法,从而得出"孝"为总纲,而仁义、忠信、礼乐、刑政都归结于"孝"的结论。

综合《中国教育史》中黄绍箕关于"本教"的论述,可以看出他对儒教认识上的通透,既能正视"本教"带来的家族政体、纲常名教所引起的中西方差异,也清楚地点到"本教"不同于"神道教"之处在于其同时可施用于教育、政治和其他方面,而致遮蔽了其作为宗教的痕迹。诚然,黄绍箕所论"本教"是从教育学角度切入,"神道教"与"本教"的概念本身留有商榷余地,《中国教育史》中两个概念对举仍可视为黄氏的发明,但皆非重点。重点在于黄绍箕对"本教"的描述不难触发宗教社会学意义上的思考,换言之,他对儒教宗教特质的把握不可谓不深刻,在"本教"与"神道教"的对立与转化问题上,他妥善地解释了儒教内部一些看似对立的问题,如信神与不信神的兼存,杨庆堃在其名著《中国社会中的宗教》中有一段话可视为对此问题的绝佳注脚:"宗教可以被看成一个连续统一体,其一端是近似于终极性、具有强烈情感特质的无神论信仰,其另一端则是具有终极价值、完全由超自然实体的象征和崇拜与组织模式来支撑的有神信仰。"以功能主义看,孔教被定性为宗教是无可厚非的,其内部存在有神论与无神论的拉锯,但深层内涵上不脱离实用主义诉求。综之,黄绍箕讨论"本教"所展现的学术沉淀、思致脉络、问题意识均具备一定深度,对于近代孔教相关研究是一处值得留意的材料补充。

三、夏曾佑的儒教观

在晚近中国的"学术革新"时代,夏曾佑(1863—1924)是一名曾经引领潮流的学者、政论家,他在史学、文学、宗教等领域都有着诸多贡献,被梁启超誉为"晚清思想界革命的先驱者"。而蔡元培在《五十年来中国之哲学》一文中特别强调"夏氏是一个专门研究宗教的人"。在晚近佛学复兴的潮流下,他较早认识到"唯识学"的价值,并影响谭嗣同、章太炎、梁启超等人,因而在佛教史上拥有一席之地。与自成体系的佛学研讨不同,夏曾佑的儒教观涉及面较广,进而成为其寻求社会改良,挽救世道人心的理论前提。从研究的角度来看,夏曾佑生平有着广泛影响力的著作唯有一部《最新中学教科书中国历史》(后更名为《中国古代史》),并未留下宗教研究专著,所以他的佛学论点只剩零星流传,无法形成体系呈现后世。探究夏曾佑的儒教观则无此障碍,因为在他看来:"中国之教,得孔子而后立。中国之政,得秦皇而后行。中国之境,得汉武而后定。三者皆中国之所以为中国也。"因而,儒教源流便是夏氏中国史书写的核心线索之一,兼之他于1905年在《中外日报》和《东方杂志》发表的一篇题为《论中国前途当用何种宗教》的文章,其儒教观便从"古"与"今"两个层面形成较为完整的衔接。

在20世纪初的时代语境中,夏曾佑首当直面的争议问题是"孔教是不是宗教"。对此,夏氏给出肯定的回答,这与他对"宗教"概念的理解有关。在其观念中,宗教可谓事关人类社会运转的根本要素之一,如他在《中国社会之原》一文中强调"种族"与"宗教"是"人类至大之端";在《论中国风俗之本于宗教》一文中指出,"夫地球之上,无论何国,其民间之风俗必本于政治,而风俗、政治必同本于宗教,此乃一定之理"。夏曾佑尤其重视宗教与政治的关系,古代典籍里常见的词汇——"政教"也同样常见于夏氏笔端,成为其理论联系实际的"关键词"。故而结合思想史资源,他便自然地认为"中国世崇孔教",并未太过纠缠于"孔教"概念本身。葛兆光曾认为儒家是否算一个宗教"从根本上来说，它却是一个伪问题。但是尽管看上去是伪问题，背后却隐藏有真历史"，以之考量夏氏的儒教观，则其价值实非落于定义之争的本质性追问，而更重要的，是用观照历史与现实的态度为探讨中国史演进提供一份宏观而又颇显抽象的独特宗教视角。

在夏氏看来，孔子以前的宗教包括两种。先是鬼神派，起于"初民"对世界认知的蒙昧阶段，相信有神物灵物主导因果，人类之肉体与灵体由合而分表示生死。他从《周礼·春官宗伯》中获得理论支撑，认为鬼神包括天神、地示、人鬼、物魅，对应着昊天上帝、社稷、先王、百物等祭祀对象。再是术数派，术数包括天文、历谱、五行、蓍龟、杂占、形法等，起于人类思想渐明阶段，算术、律历、天文渐得测量，从而人类不断掌握世界运行的原理，探测未来之事。鬼神、术数在种族、风俗意义上为"百姓之俗尚术数，民之俗尚鬼神"，原始社会"百姓"与"民"存在优族、劣族之分，至周代逐渐融合。春秋后期，老、孔、墨三教兴起，孔教最终脱颖而出成为国教，原因在于老子之道陈义过高，于鬼神、术数皆抛弃，导致矫枉过正、有破无立；孔子取术数去鬼神，其教主张包括亲亲、差等、繁礼、重丧、统天、远鬼、正乐、知命、尊仁，墨子取鬼神去术数，其教主张包括尚贤、兼爱、节用、节葬、天志、明鬼、非乐、非命、贵义，于是孔、墨成相反之教。但墨子之教难于推行，追随者"苦身焦思而无报"导致"上下之人，均不乐之，而其教遂亡"；孔子之教与下流社会不合，却能为"上等人"所重，最终孔子成为中国政教之原，关键"总不外吾民之与儒家相宜耳"。

孔教之变质。夏氏认为，孔教经历了"兰陵""新师""濂洛关闽"三变，分别指向荀子、刘歆、宋儒，他又把秦以后儒者划分为"神甫执政时代""名士执政时代""举子执政时代"，分别对应秦汉两朝、三国至隋、唐至晚清等历史时期。概言之，夏曾佑持有一种历史倒退观，其所言："历观古今世运之盛衰，与距孔教之远近有正比例。"认为学荀子、刘歆、宋儒各得自私、好古等弊端，辅以八股空疏，更致历史演进每况愈下。至此，荀子成为首要批判的对象。因为秦人确立的政法、学术、教宗在中国延续近两千年，"近代政教之原"即在于秦法，而秦始皇父子尊奉的韩非、李斯均出于荀子门下，曾向荀子学习帝王之术，于是"秦人一代之政，即荀子一家之学"。种下秦法之因，"遇欧洲诸国重民权与格致之缘"，而吞下"种亡教亡之果"。夏曾佑又认为，孔教的"国教"定位有名无实，其后世发展杂糅道、释的成分，早已不再纯粹，而国人的信仰时常出现孔子、神仙、佛、鬼并行于一时一事之间，即肇端于秦人。

此外，夏氏在《最新中学教科书中国历史》《中国社会之原》等著述中集中探讨了儒教的核心问题如"忠孝""宗法""六经""君子之道"等，其逻辑从两方面展开。其一，以孝为原点。用五伦之父子、君臣、长幼、夫妻、朋友对应五德之仁、义、礼、智、信，从而由宗法而及政事，由族制而及世禄。从国家言之则为沟通上下，在上者，对士大夫"礼以縻之""文以驯之"，在下者，对民"养其身""和其气"，以实现太平盛世的终极理想。其二，以忠为界限。对于狂妄不甘者，对于怨恨致乱者，用"命"和"名"予以教化，即安命可以不争，好名可以忍苦。由此，他总结为"天下之治，起于宗法，而孝为其本原；天下之的，归于富贵，而忠为其断限。故忠孝者，孔教之根据也"。

综合夏曾佑对孔教的论述，不难看出其对孔子秉持圣人之道以及孔子因时因势树立教宗所蕴含的改革智慧的肯定，同时也尖锐地指出正是孔教主导形成专制政体，导致国民对国事的漠然。在他的学术史梳理中，荀子出于仲弓，亦为孔门之别派。虽然夏曾佑看到了孔教的弊端，提出"论中国前途当用何种宗教"的问题，但是又不得不为孔教辩护，认为孔教的变质悖离了孔子的初衷，因而最合适的方式仍是改良孔教。面对西学东渐的大潮，夏曾佑不愿攫取外来思想资源，而本土资源中唯孔教具有底蕴。在《论中国前途当用何种宗教》一文的最后，夏曾佑明确提出"改良孔教"，但究竟如何进行，他只提出一小段未免空洞的文字，是为"择其本有者而表彰之，择其本无者而芟薙之"，而这也要有待于"圣人之亚"的出现。民国初年，夏曾佑亲身参与孔教会的活动，算是他对"改良孔教"主张的亲身践行，但是随着五四新文化运动的展开，孔教会便很快在批评声中走向衰落。

四、吴文溥生卒年及其诗集问题补证

吴文溥，嘉兴贡生，曾被阮元誉为"浙中诗士之冠"，是清代嘉庆年间浙江地区卓有声名的诗人，其生卒年及诗集相关问题，学界虽有考订，却未得到妥善解决。

吴文溥的生卒年问题，以两种说法为主：金陵生（蒋寅）《吴文溥生卒年考》一文认为"吴文溥（1740—1801）"，江庆柏编著《清代人物生卒年表》认为"吴文溥（1741—1802）"。金陵生通过一连串的考证及推理断定吴文溥卒于1801年，徐熊飞《白鹄山房诗选》卷二《悼三吴君诗》记有吴文溥"卒时年六十二"，从而倒推吴文溥生于1740年。然而吴文溥本人在《吴泾草序》（其《南野堂诗集》）中已经明确提到"乾隆三十五年冬十一月戊申三十初度"，则其应当生于乾隆六年冬月初六，亦即1741年年末，1740年显系有误。《清代人物生卒年表》便是通过《吴泾草序》确定了吴文溥生年，结合徐熊飞《悼三吴君诗》所说"卒时年六十二"，正推吴文溥卒于1802年。那是否可以说明金陵生考证吴文溥卒于1801年有误呢？关键在于吴文溥卒于1801年还是1800年。首先，吴文溥肯定不是卒于1802年。刘嗣绾《尚絅堂诗集》卷三十四《吴竹虚归里越旬讣至》记有"前年悼吴澹川"（按：吴澹川即吴文溥），该卷系于癸亥年（1803），则吴文溥似乎卒于辛酉年（1801）。再如徐熊飞《悼三吴君诗》记有三吴君"半年之间，相继殂谢"；据陈斌《白云文集》卷五《亡友吴蘅皋传》记载，三吴君之一的吴应奎卒于1800年，则吴文溥的卒年也不可能迟至1802年。叶德辉在《郋园读书志》中认为"澹川即没于庚申（1800）夏间"，书中所据是《两浙輶轩录》卷三十八"吴文溥"一则所附陈鸿寿语："庚申夏，余方随节海上，而丈以病归，成永诀矣。"（按：丈即吴文溥）对此，柯愈春的判断是"知文溥卒于此年或稍后"而称其"卒年不详"。（《清人诗文集总目提要》）实则陈鸿寿所说"以病归，成永诀矣"确为吴文溥当年病逝之意，黄安涛《诗娱室诗集》卷一有诗题作《庚申春，予在秀州访吴澹川先生于南野堂，相见欢然，谈艺颇惬。比闻其于八月中逝矣，怆然有作》，庚申八月在 1800 年。既然吴文溥的生年（1741）、卒年（1800）皆能确定，说明徐熊飞认为吴文溥"卒时年六十二"的说法并不准确，"年六十二"或许是"积闰享寿"的结果。

吴文溥诗集题作《霞林山人诗集》《南野堂诗集》，吴仰贤《小匏庵诗话》说："初刻《霞林山人诗集》，系里中戴经一手缮写，字皆行楷，选择既慎，校刻亦精，洵佳本也。晚年复手订其诗为《南野草堂集》，多所改易，以就时好。随园讥其徇俗之失，顾樊桐亦谓不如初刻。"度其语意，似乎两部诗集初刊时间相隔久远，其实不然。《霞林山人诗集》卷首由吴文溥自撰《霞林山人诗集·总序》，时间署在"乾隆三十有六年"，据此，《贩书偶记》《清人别集总目》《清代诗文集汇编》等指出《霞林山人诗集》为乾隆三十六年（1771）研山堂刊本，并不正确。《霞林山人诗集》末篇为《故西川将军奎公挽歌四首》，成都将军富察·奎林卒于乾隆五十七年（1792），说明《霞林山人诗集》的刊刻时间在乾隆五十七年之后。而《南野堂诗集》初刻于乾隆五十九年（1794），《霞林山人诗集》刊刻时间与之接近。《中国诗学大辞典》提到吴文溥"早年诗收入《霞林山人诗集》"，"晚年诗收入《南野堂诗集》"，实则比对两部诗集便可知道《霞林山人诗集》与《南野堂诗集》收诗大量重合，都覆盖了吴氏大半生平的诗歌。

五、《涤庵日记》《乙亥年日记》作者考

《蝉庐日记》（外五种）是 2016 年凤凰出版社推出的《中国近现代稀见史料丛刊》（第三辑）其中一种，全书由《蝉庐日记》《北上日记》《涤庵日记》《淮海日记》《养性室日记》《乙亥年日记》等六种复旦大学图书馆馆藏日记组成，其中《涤庵日记》《淮海日记》《乙亥年日记》等三种日记作者署作"佚名"。

关于《涤庵日记》作者问题，全书"前言"部分已有述及，并也否定已见著录为作者的浙江富阳夏震武（号涤庵），《涤庵日记》具体为谁

所作俟考。整理者提道"他与松江钮永建、无锡同乡吴稚晖、王蕴登、俞复、廉泉、许士熊、裘廷梁、杨寿楠等人交往甚密",(按:"他"即指《涤庵日记》作者)涉及两点关键信息:其一,作者是无锡人;其二,作者与吴稚晖交游,实已点出考证方向。翻检《涤庵日记》可知,光绪二十四年三月初四(1898年3月25日),作者与仲反(俞复)、维新(朱柏)、集安(高翔)、吕肖(许士熊)等一行乘船抵达天津塘沽,当日住定福照楼以后与吴稚晖碰面。吴稚晖同日也曾留下日记:"……踏泥往福照楼,又晤孟兼、吕肖、维新。"(吴稚晖《北洋执教日记》)排查以后,不难看出《涤庵日记》的作者指向"孟兼"。孟兼是无锡杜嗣程的字,杜嗣程的家世生平可从《清代朱卷集成》中查得部分。《涤庵日记》内中尚有证据坐实这一结果,如日记中提道"汪甘卿同年钟霖",而杜嗣程和汪钟霖同是光绪十九年(1893)中举;日记中又提道"表弟萧云碧",而《清代朱卷集成》所载杜嗣程履历中明确记载其姑丈姓萧。除此以外可作旁证的是,《涤庵日记》中作者与吴稚晖通信频次相对较高,同样,从吴稚晖同一时间区间的日记中也可看到数次与孟兼的通信。综上,《涤庵日记》的作者是杜嗣程。当然,杜嗣程在中国近代史上的声名不够彰显,论者一般只关注他参与编纂《蒙学课本》三编——也是中国人自编教科书之肇始。

确定《乙亥年日记》作者的方式与《涤庵日记》相似。据《乙亥年日记》记载:"(1935年12月14日)以电话约伯祥……未几伯祥偕圣陶至,乃同王宝和酒楼小酌。"说明作者当日与王伯祥、叶圣陶聚于王宝和酒楼,王伯祥同日也曾留下日记:"晤晴帆,盖电往叙谈者。七时,予与晴、圣小饮王宝和。"(《王伯祥日记》)再由《王伯祥日记》上下文记载便可得出《乙亥年日记》作者为王伯祥挚友邱晴帆。

六、《淮海日记》作者考

《蟫庐日记》(外五种)是2016年凤凰出版社推出的《中国近现代稀见史料丛刊》(第三辑)其中一种,全书由《蟫庐日记》《北上日记》

《涤庵日记》《淮海日记》《养性室日记》《乙亥年日记》等六种复旦大学图书馆馆藏日记组成，其中《涤庵日记》《淮海日记》《乙亥年日记》等三种日记作者署作"佚名"。先前经过考证，已能确定《涤庵日记》《乙亥年日记》分别为杜嗣程、邱晴帆所作。

  关于《淮海日记》作者问题，全书"前言"部分说道："据日记1923年7月8日载'得宁函，教实联合会委托东南大学教员分组调查江苏各县教育实业状况，余及张海珊、汪启愚共为一组'，可知作者时为东南大学教员。除此外，日记没有信息可资查考作者姓名。""东南大学教员"的结论十分明确，对此再做两个方面补充，便可得知《淮海日记》由谁所作。其一，查找的方向不妨限定于国立东南大学农科教员，因为日记中提到的张海珊（景欧）、汪启愚（德章），以及其他国立东南大学人物如傅焕光（志章，书中第211页作"傅志华"，似误）均来自农科，则农科自然是首先应当考虑的范围，并且日记中也有提到虫害防治等部分农业话题。其二，"日记没有信息可资查考作者姓名"不确，实则日记中起码包含三条具体信息帮助推理，如"壬午久香年伯之六弟，赣榆人"，"久香"为光绪壬午年（1882）中举的许鼎霖，"年伯"之谓再加上对"壬午"时间的强调，则可推敲作者父亲是光绪壬午举人，乃至作者父亲是江苏人；又如"颉哥壬寅南闱同年"，则可推敲"颉哥"已在光绪壬寅年（1902）的江南乡试中考中举人；再如"荣文恪师门下"，则可知晓作者与荣庆有一定的渊源。结合两个方面补充内容对国立东南大学农科教员名单进行排查，发现昆虫局的邹树文（邹应萱，树文应是其字）符合上述所有条件。邹树文的父亲邹嘉来（吴县人）正是光绪壬午年（1882）中举（《清代朱卷集成》），"颉哥"应指光绪壬寅年（1902）中举的邹应苍（颉文）（民国《吴县志》卷十五"选举表七"），而邹树文履历中包括丁未年（1907）毕业于京师大学堂师范科，因荣庆与张百熙管理京师大学堂事务，故称之为"荣文恪师"。《淮海日记》以调查陈家港大源制盐公司圩工与督促春扫为主要内容表现出珍贵的盐业史料价值，邹树文的堂弟、国立东南大学农科主任邹秉文与两淮地区盐垦公司关系密切，邹树文参与其间不难理解。综之，

《淮海日记》作者可确定为邹树文。邹树文（1884—1980），江苏吴县人，现代著名农学专家，被誉为"我国植保事业主要奠基人，近代昆虫学的主要奠基人之一"。

七、关于"春音词社"的两则材料

春音词社的创立者，历来有数种记载。《词学》第十八辑有杨柏岭《春音词社考略》一文，所征引材料为王蕴章《春音余响》、周延祁《吴兴周梦坡先生年谱》、赵尊岳《蕙风词史》，三者说法互有出入，但皆因距春音词社创立年代久远，记述不够准确。《词学》第二十六辑有汪梦川《〈春音词社考略〉补正》一文，依据的材料为王蕴章发表在《文星杂志》的《梅魂菊影室词话》，里面提道"近与虞山庞檗子、秣陵陈倦鹤有词社之举，请归安朱古微为社长。古微先生欣然承诺，且取燃灯之语，以'春音'二字名社"。（按：庞檗子即庞树柏，陈倦鹤即陈匪石）自当以此说为准，另有两则材料可供参证。其一，《民国日报·艺文部》曾连载庞檗子遗著《襄香簃诗词丛话》，1916年10月18日第265号一则谈及春音词社："乙卯春日，予偕倦鹤、莼农结春音词社于海上，请朱沤尹师长之。一时入社者，予三人外，有杭县徐珂仲可、通州白中磊曾然、乌程周梦坡庆云、丹徒叶莐渔玉森、长州吴瞿安梅、吴江叶小凤叶、华亭姚鵷雏锡钧。"（按：莼农即王蕴章、朱沤尹师即朱祖谋）其二，姚鵷雏《春尘集·自叙一》提道："……复与檗子、莼农、倦鹤、楚伧等结春音词社，而奉朱彊村先生为之主。然余性不耐束缚，故于词终不能工，旋即弃去。八年客南京沈遁翁丈，方专志于词，研求音律甚苦。"

八、《王熙凤词》撰者"寄恨"考

民国年间与《红楼梦》相关的弹词文献《王熙凤词》载于《小说新报》1915年第9期，作者署"寄恨"，孙越《〈小说新报〉所载民国弹词〈王熙凤词〉初考》一文在作者问题上失考，其实"寄恨"之身份，尚可进一步考证。综观《小说新报》，知"寄恨"是其中高产的撰稿人，尤以游戏文数量居多，同样"寄恨"也是基本同时期的《友声日报》高产的撰稿人，他在两报发表过《黍春室谐墨》《黍春室滑稽谈》《黍春室拉杂话》《黍春室联语》《黍春室艳吟草》等，故判断"黍春室"为其室名。1915年第4期《小说新报》刊有署名"轶池"的《黍春医药室跋》，据其内容知"黍春医药室"为"轶池"的朋友"仰沙"所开，而《友声日报》中有大量"黍春医药室"宣传广告，介绍内外眼科专家朱仰沙，那么"寄恨"跟朱仰沙是不是同一个人？答案是肯定的。1915年《定夷丛刊》（第二集）序四作者署为朱仰沙寄恨，1918年第4期《青年声》"祝词汇录"中也出现"镇海朱仰沙寄恨甫恭祝"，基本可确定"寄恨"名为朱仰沙。如再进一层验证也易形成证据支撑。如"寄恨"在《小说新报》和《友声新报》发布《记念碑征诗启》，宣传其小说《记念碑》，在晚清民国报刊中曾出现署名"蛟西颠书生"的《病香阁记念碑序》、"壮青"的《题记念碑（调寄买陂塘）》和"镇海轶池"的《买波塘（题哀情小说记念碑）》。"蛟西颠书生"和"镇海轶池"均是镇海文人倪轶池的笔名，倪轶池即倪承灿，字壮青，号轶池，在《病香阁记念碑序》中强调了他与"寄恨主人"的朋友关系，"寄恨主人"撰《宁波小说七日报祝词》中又有"吾宁"的字眼，知"寄恨"是宁波人。以上材料结合，则可确认《王熙凤词》撰者"寄恨"为宁波镇海人朱仰沙。当然，虽从民国报刊中容易看到朱仰沙的作品以及了解其职业情况，但其生平事迹尤其包括生卒年等基本问题仍需更进一步探究。

九、入山惟恐未山深——读苍雪读彻《山居四首》

山居四首

鹤马遗踪自道林，相传野老尚堪寻。花开不择贫家地，鸟宿偏投嘉树阴。弃世久拚随世远，入山惟恐未山深。命根断处名根断，十载应难复寸心。

山深麋鹿好为群，水草丰饶隔世氛。牵犊饮流嫌污口，让王洗耳怪来闻。鸿飞易远逃罗网，木茂难求脱斧斤。不是绝人何太甚，人情更薄似秋云。

匹夫有志实堪从，难夺三军气所钟。圣代唐虞如在上，隐沦巢许亦相容。楚狂昔日歌衰凤，汉室今谁起卧龙？草木余年能遂养，大夫何必受秦封。

天子浔阳特诏宣，虎溪惠远志辞坚。僧因锡号恩愈重，山不称臣怒受鞭。狮子爪牙随踞地，象王鼻孔任撩天。慧持入定今何在？老树枯禅不记年。

苍雪法师（1588—1656），原名读彻，号南来，明末清初著名的遗民诗僧，他的诗集以民国学者王培孙校辑的《南来堂诗集》最为精善，"王校本"也较为完整地保存了明亡以后读彻所作的诗歌。明清鼎革，崩天裂地，禅门也作鸟兽散。玉林通琇、木陈道忞等名僧纷纷投向新兴王朝，被征为王者师，尤其前者积极抢占势要，争夺利益，在新朝的扶植下"红极一时"。作为"僧中遗老"，苍雪读彻不愿与新朝合作，毅然选择深山归隐，《山居四首》的主旨正在于此。对于读彻而言，寻求避世、淡泊名利、家国情怀三者是合而为一的。"弃世久拚随世远，入山惟恐未山深"，入山弃世已经形成"隔世"的状态，读彻觉得不够，还要通过"久拚""惟恐"等词从情感上加深一层，可见心内的执着与坚守。所以《山居四首》虽属隐逸题材，虽属释氏诗作，却包含了激越的、坚定的情感诉求，相搭配的是读彻调用许由、巢父等相关典故，展现隐士品行高洁的气节。同时，诗歌中也有通透的一面，"楚狂昔日歌衰凤，汉室今谁起卧龙"，朱明所代表的汉族政权能否东山再起？恐怕读彻本人也觉得大势已去,那么不要紧,诗人没有拘泥于这样的问题,而是通篇摆出对待新朝征召,"我"持有的不屑于的态度、不合作的立场、无所求的状态。既然有了自我的修持和底定,诗人也就没有困扰于亡国的哀情。

读彻长居"吴之中峰"。"中峰"即苏州的支硎山,在明清两朝赫赫有名,但在 20 世纪经历严重破坏和重建恢复以后,其名气已远不及吴郡诸山之灵岩、穹窿了。

十、梦忆前朝——余怀《咏怀古迹》诗选读

孙楚酒楼

江南城西酒楼红,无数杨柳迎春风。
孙楚去后李白醉,千年不见紫髯公。

谢公墩

高卧东山四十年,一堂丝竹败苻坚。
至今墩下潇潇雨,犹唱当年奈何许。

雨花台

雨花台上草青青,落日犹衔木末亭。
一线长江三里寺,千年鹤唳九秋萤。

劳劳亭

蔓草离离朝送客,骊驹愁唱新亭陌。
夜深苦竹啼鹧鸪,空帘独宿头皆白。

余怀的《咏怀古迹》是一组金陵怀古诗歌,共计二十九首。余怀(1616—1696),字澹心,别号鬘持老人,福建莆田人,流寓南京。余怀

作品以哀感顽艳的《板桥杂记》最为著名，刘声木评曰："世眼以为艳情，道眼以为殷鉴。"《板桥杂记》极写晚明秦淮一带狭邪、艳冶之事，介绍诸位名妓之事，然则易代之后，风流云散，玉碎香埋，繁华终在惊心动魄之中落下帷幕，成为美丽的回忆。

今昔对比的感慨，也大量出现在余怀的诗里。作为明朝遗民，余怀对旧都南京景点的描绘附着着心内的寄托和前朝的梦忆。在弘光小朝廷败亡之后，大局已定，明朝已无翻盘的可能，《孙楚酒楼》说："千年不见紫髯公"，即便偏安一隅、主持江东大局的孙权现在也没有了。我们以为，"千年不见紫髯公"如非诗末突兀一笔，那么"无数杨柳迎春风"必然带有深意，或许是在暗喻太多的人已经彻底放弃复明之志，投向新王朝的"春天"。而孙权呢？虽然一度称臣于曹魏，却事实上稳持着江东的独立。

既然没有复明的可能，作者的笔下也就唯剩亡国的哀音了。"至今墩下潇潇雨，犹唱当年奈何许"，读来容易想到"商女不知亡国恨，隔江犹唱后庭花"。杜牧的《泊秦淮》侧重于讽，余怀的《谢公墩》侧重于悲。明朝覆亡以后，"商女"也没有了，只有潇潇雨声，唱着《奈何许》。南北朝乐府中的一首《读曲歌》云："奈何许。石阙生口中，衔碑不得语。""碑""悲"谐音，正是诗人心绪，而且是不能说出的"碑"，压抑在心的"悲"，在清廷的高压统治下，诗人无法直白地抒泄故园之思。"至今墩下潇潇雨，犹唱当年奈何许"，雨含无限凄凉，语含无尽之悲，"奈何许"一典，巧妙之至。

类似的，"南朝四百八十寺，多少楼台烟雨中"到了余怀笔下也只有惨淡的景象。"一线长江三里寺，千年鹤唳九秋萤"，物象排列通过较为夸张的数字使用，生成情境的感染力。"四百八十寺"，只留下了"三里寺"，而这三里寺，还要长久地处在风声鹤唳之中，还要在寒冷的深秋之夜发出微弱的"萤光"。窥寺庙一斑而见全豹，可知战乱之后，清初的南京是多么荒凉了。

今昔对比是这几首诗成功的关键，以过去孙楚楼的红火、谢安的成功、雨花台的欣欣向荣来衬托如今的凄惨，侧面表达诗人对亡国的痛苦。王渔洋曾说余怀的《咏怀古迹》可以媲美刘禹锡的《金陵怀古》之作，绝非溢美之词。

十一、洪水与看客——读梅曾亮《归舟至江东门》

归舟至江东门

野老无船踏破扉，一篙欹侧傍墙隈。
石头城上人如海，袨服新装看水来。

《归舟至江东门》是梅曾亮在南京所作的诗歌。有清一代，江苏留下三次特大洪灾的历史记录，而仅道光一朝就有两次，分别为道光三年（1823）和道光二十九年（1849）大水。道光三年，梅曾亮因为父母年老，告病回乡，往来于宣城、南京等地，亲眼见证洪水的肆虐，并为此作有一系列诗篇。在南京的江东门，梅曾亮看到这样的场景：一位村野老人乘着门板当船使，用竹篙斜靠着城墙一角，在洪水中艰难求生。而城上处在安全地带的群众，却是人头攒动，用观景的心态围观着眼前的汪洋，而且"袨服新装"，他们穿着艳服新衣，和"野老""破扉"形成强烈反差。所以陈作霖在《可园诗话》里愤怒地说："士女嬉游，与杭州观潮同，则真全无心肝矣。"群众"全无心肝"，无聊漠然。殊不知人心渐坏之社会，终会成为洪水猛兽之世界，这样的"洪灾"才是最为可怕的。

十二、云中佛境——读易顺鼎《云海歌》

云海歌

青天化为云，白云化为海。忽看非海亦非云，元气淋漓泣真宰。以天作地地作天，连山一变成坤乾。须臾却变归藏象，围围升云何处边。或言兜罗绵，或言银色界，佛力能将大千载。

是云是佛吾不知，但觉虚空皆粉碎。万年千劫何匆匆，佛与盘古争鸿蒙。顿使山川与人物，自生自灭云之中。我愿须弥入芥子，众生同住云光里。全空地火水风轮，四海一云而已矣。

这首《云海歌》是易顺鼎于光绪乙酉年（1885）在峨眉山所作，诗中点出的"兜罗绵""银色界"正是峨眉云海奇观。诗人调动峨眉山的地理文化要素，妙将人间的佛教场演绎成为自然的佛境界，关键在于"化"字，陈寥士在《单云阁诗话》中指出"化"为诗眼。通过诗心的畅游、云中的神思，天、地、云、海在峨眉山的连接之下随意而化、元气酣畅，竟能让上苍为之哭泣。乾坤倒转，云气升腾，茫无涯际，人言是为佛力承载。所谓"佛与盘古争鸿蒙"，在云的流动中，山川与人物，刹那之间时隐时现，如同人间与佛境的较量。诗人之感受，触发众生同住云光之愿。纳须弥于芥子，辽远无边的云之海，由此幻化为有限的四海一云，大小各尽其端却也相融相生，尽纳地火水风四大物质，充满变灭变生之妙。如斯才情纵横、奇思妙想的诗歌，正如叶昌炽《缘督庐日记》里称赞易顺鼎那样："一枝好笔，如天马行空，不可羁勒。"

十三、靖难史鉴——读王伯沆《过明故宫》

过明故宫

驱车出东郭，钟阜豁明靓。
循行得辇路，坏壁余红映。
有明造草昧，四海颂仁圣。
得贤辅太孙，正学受顾命。
书生少大略，势亟但忧悛。
北兵夺门至，夷族过秦政。
江山洒碧血，断石气余劲。
无补家国事，一死岂究竟？

当时若早计，世危或转盛。
徙封戢乱志，曷不从卓敬？
西北易为兴，金元事可证。
读史每三叹，揽古益愁迸。
兴亡付徙倚，斜阳一碑正。

《过明故宫》是王伯沆于民国初年所作的谈论明初历史的诗歌。王伯沆（1871—1944），名瀣，字伯沆、伯谦，号冬饮，近现代著名的南京籍学者，人称"冬饮先生"，有《王冬饮先生遗稿》等。王母陈氏喜读明史，故而王瀣自小就接受了严格的明史研习。明故宫位于南京城东，靠近紫金山，是明初皇家宫殿。明成祖迁都北京，南京故宫不再使用，后经数百年间的人祸天灾，只留废墟一片。由眼前所见而发历史之思，诗人自然联想到逆转南京故宫气运的那件历史大事——靖难之役。

这首五言古诗咏史部分的特点有二。第一，议论并非直述铺陈，而是几经转折，层层推进，富含历史思辨。先从正面看，明太祖朱元璋去世后，建文帝年纪尚轻，一代贤士"正学先生"方孝孺成为顾命老臣，稳固国本，有明王朝似乎正在有序地传承着。然而笔锋一转，"书生少大略，势亟但忧忉"，对于明成祖朱棣发动的战争，方孝孺没有相应的雄才大略与对手周旋，面对危局只会忧心忡忡。笔锋再转，"江山洒碧血，断石气余劲"，南京城破之后，方孝孺宁死不屈、甘心就戮的骨气值得肯定。笔锋三转，方孝孺之死于国事无补，怎能如此一死了之？如果他们早做准备，靖难之役也许不会发生，诗人捕捉到了一条史料。据《明史》记载，建文帝登基之初，卓敬就曾提出限制朱棣势力，秘密上疏曰："燕王智虑绝伦，雄才大略，酷类高帝。北平形胜地，士马精强，金、元年由兴。今宜徙封南昌，万一有变，亦易控制。夫将萌而未动者，几也；量时而可为者，势也。势非至刚莫能断，几非至明莫能察。"北京龙兴之地，金代、元代在此兴起，所以要把朱棣迁出北京，防患于未然。这是绝佳的提议，然而"事竟寝"，竟然没了下文，不得不说是建文帝及周边大臣的失误。两重反复的认可与不认可之间，诗歌完成了对靖难之役的思考,"方孝孺"形象在其间既是起到穿针引线的作用,也反映诗人对方孝孺试图进行客观、全面的定位。第二,议论中带有诗人自己的历史倾向性,比如"有明造草昧,四海颂仁圣"与"北兵夺门至,夷族过秦政"的对比,诗人对朱棣的残忍杀戮,尤其诛杀建文旧臣方孝孺、黄子澄、齐泰等九族、十族的血腥,是深恶痛绝的,认为这些超过了秦朝的暴政。

历史就是这样,兴亡之间,于后见之明看来,充满了变数和偶然性。身兼史家和诗人双重身份的王伯沆专注于历史的细节,也在历史中投入大量的情感。所谓以古鉴今,诗歌的创作时间是沧海横流的民国初年,时局混乱,现实不能尽如人意,历史走向也充满了不确定性。诗人揽古而愁进,其原因庶几正在于此。

十四、词人笔下的"晚清日暮"——读朱祖谋《烛影摇红》

烛影摇红

晚春过黄公度人境庐话旧

春暝钩帘,柳条西北轻云蔽。博劳千啭不成晴,烟约游丝坠。狼藉繁樱划地。傍楼阴、东风又起。千红沉损,鹎鵊声中,残阳谁系? 容易消凝,楚兰多少伤心事。等闲寻到酒边来,滴滴沧洲泪。袖手危阑独倚。翠蓬翻、冥冥海气。鱼龙风恶,半折芳馨,愁心难寄。

这首《烛影摇红》作于1903年,是近代大词人朱祖谋的名作。黄公度即晚清著名诗人黄遵宪,他和朱祖谋一样,都是维新变法的支持者。"晚春过黄公度人境庐话旧",是说两位吟坛大家谈论戊戌旧事。

词的上片,写晚春日暮之景,也是晚清日暮之景。"春暝钩帘",点出时间,有说暗指慈禧太后垂帘听政。"柳条西北轻云蔽",轻云蔽空,讽刺政局黑暗,朱祖谋擅长运用"浮云"意象。"博劳千啭不成晴,烟约游丝坠",伯劳鸟婉转地鸣叫着,也不能让天空放晴,清烟缠绕着游丝往下坠落,或用伯劳鸟比喻维新人士,"坠"指变法失败。"狼藉繁樱划地",樱桃花散落满地,指戊戌六君子被害。"东风又起""千红沉损",指旧党掌握朝政,新法被一一废除。"鸭鹕声中,残阳谁系",欧阳修有诗"红纱蜡烛愁夜短,绿窗鸭鹕催天明",鸭鹕是一种催明鸟。经过庚子事变这最黑暗的一夜,国事已经不堪,谁还可以拯救夕阳西下的清王朝?

下片由景及情,"消凝"点出销魂凝魄的心情,"楚兰多少伤心事"点出"消凝"原因,"楚兰"多见于《楚辞》,当指光绪戊戌、庚子年间的仁人志士,"伤心事"承接上片。许保诗以为"楚兰"句写湖南巡抚陈宝箴(《许姬传七十见闻录》),未免穿凿。黄遵宪和朱祖谋当然也是"楚兰",戊戌政变之际,黄遵宪可谓九死一生,之后回乡,直至逝世;庚子事变之时,朱祖谋曾在庙堂公然顶撞慈禧,险丢性命,之后出任广东学政。他们都远离了政权中心,但还是会"等闲寻到酒边来,滴滴沧洲泪",为国事而伤感,他们是真正做到了心系国家。所以,"袖手危阑独倚",他们没有放弃,不会真正如陈三立所说"凭栏一片风云气,闲作神州袖手人",他们要去感受"冥冥海气",要去接受严酷现实的洗礼,即便"翠蓬翻",那蓬莱仙山,那存于幻想的国度,也已破灭。对于险遭杀身之祸的黄遵宪、朱祖谋而言,他们也不会如辛稼轩所说"凭栏却怕,风雷怒、鱼龙惨",因为他们的愁心难以纾解,"芳馨"或许是指对国家的愿景,只是这样的愿景已然在风雨飘摇中被摧折了。

写景大开大合,写情秾挚感人,暮春景物的转移引领内在意脉的走向,又由内心情感的推进完成"危阑独倚"之时的情景交融,天衣无缝,一气呵成。对于这首词,胡先骕有过评论:"敛稼轩之豪情,就梦窗之轨范,遂兼二家之长,而别开一境界。"提示读者可以从"稼轩风"和"梦窗体"两方面来把握。就"梦窗体"来说,这首词达到了朱祖谋论吴文英词"沉邃缜密,脉络井井,缒幽抉潜,开径自行"的境界。就"稼轩风"来说,借用朱庸斋的说法:"此词句句紧凑,无懈可击,颇似稼轩'行神如空,行气如虹'笔调。"

后记一[1]

  开始写"后记",意味着《汪荣宝诗歌研究》终于走进了尾声。整篇论文的设计,以时间为轴,配合汪荣宝诗歌的特征,形成了目录的逻辑框架。巧合的是,位于全文中心的第四章第二节,完成了时代上由清至民国的过渡。在此之前,汪荣宝诗歌研究的晚清部分,重点放在西砖酬唱,这是清季吴地诗歌集群研究绕不开的话题,极具考证空间。前不久,《徐兆玮日记》的整理本出版发行,关于西砖酬唱的部分疑问才可以得到确切答案;在此之后,汪荣宝诗歌研究的民国部分,是较有挑战性的研究内容,由于自觉很多内容把握不够到位,所以论述《采风录》诗歌群体部分处理得较为保守。而最为用力的第六章第一节,谈及汪荣宝与日本汉诗界的关系,也限于文献掌握,总觉不尽如人意。当然,不管得失,《汪荣宝诗歌研究》都是自己大学生涯至今最为重要的学术训练,论文撰写过程中的甘苦,别有意趣。回顾汪荣宝诗歌研究的选题,三年以前已经酝酿。出乎意料的是,三年以来,汪荣宝的研究资料不断新出,尤其是《汪荣宝日记》整理本,竟然连续推出了中华书局和凤凰出版社的两种版本,说明汪荣宝不再是历史研究领域的冷门人物,而《汪荣宝诗歌研究》算是从文学角度填补了空白。

  清代乃至近代文学研究的魅力在于文献的丰富性,眼花缭乱的各种资料要甄别、要取舍、要整合,这就给予研究者充分的施展空间。我庆幸接触了这一领域,也感谢我的导师马卫中老师为我打开这扇门,门内

---

[1] 即硕士论文《汪荣宝诗歌研究》之"后记",此处略做修订。

的世界为我提供了钻研的乐趣，而老师极为严谨又不失诙谐的态度也让我钦佩。求学过程中，感谢父母的理解和支持，让我从没有过后顾之忧。感谢马亚中、涂小马、薛玉坤、杨旭辉、钱锡生等老师的点拨和帮助。也感谢同门的情谊，同学的友谊。去年与陈斌、周游寻访西碛山黄茅石壁之旅给我留下了深刻印象，让自己不禁为之津津乐道。自诩攻略达人，又听不懂苏州话的我向村民问路时用一口一句"北渍山"竟也完成了"牛弹琴"式的交流，想来十分有趣。

甲午年于苏州大学独墅湖校区二期学生公寓

后记二

今年是我在苏州大学文学院的第十四个年头,在此期间完成了从学生到教师的身份转变。如此长久地在同一个环境中学习、工作、成长是难得的缘分,也令我备感幸运与满足。回首过往,其中的甜蜜与苦涩都已化为生命中一段重要旅程,成为值得珍视的回忆。当然,大部分经历是"甜"的,因为苏州是甜的城市,苏帮菜正是以甜著称。苏州的一切既温和又充满睿智与沉稳,我热爱这座城市,早已习惯"苏味",漫步苏州的大街小巷也在不经意间成为一种爱好。至于"苦",连接着漫长学途。从事研究的冷板凳并不易坐。一周前,中学时代的偶像科比·布莱恩特骤然离世,一位球迷沉痛地说:"如果有一天你忘了努力,我会把科比的故事讲给你听。"这位篮球巨星在社交网站的最后留言仍是鼓励队友"保持成长,不断前行",他的励志生涯感染了许多人,同样感染到我。我也期待着在自己熟悉的环境中继续成长,不断收获与分享自己的新知。

曾几何时开始困惑于一个问题:古代文学"研究"的意义是什么?智者口中的"意义"大多充斥着现实与机巧。作为一名研究者,究竟是该"自处于无用",索性达成内心和解,抑或全力经营论文与项目的名利游戏而自我麻醉?直到有一天,安托万·孔帕尼翁的一句话引起我的共鸣,他说:"唯有困惑,乃文学的伦理道德。"似乎带来逆反式的自洽。就在当下,新型冠状病毒持续蔓延,一场当代史大事正在进行中,集体力量推动诸多问题浮上水面而导致众声喧哗。唯其不变者,在于事件背后还是亘古不变的话题——世道与人心。我想,古代文学研究者持有知古鉴今的客观、冷峻与良知，应当是基本的素质。

本书列入"苏州大学文学院学术文库"，感谢曹炜院长、孙宁华书记、周生杰副院长、杨旭辉老师以及其他学院领导对文库出版工作的推动。感谢苏州大学出版社孔舒仪老师为本书出版付出的辛勤劳动。感谢导师马卫中先生与合作导师马亚中先生，两位马老师深具人格魅力，他们带来的学术指导、人生启迪与具体帮助使我铭记终生。感谢亲人、朋友、同事、学生，织造出一张安定与包容的社会关系网，让我的人生始终充满暖意。

庚子春于泗州青阳